KB174267

언어의 형상과 성찰적 상상력

Literal form and introspective imagination

지은이 **유지현**

서울에서 태어나 고려대학교 국문과 졸업, 고려대학교 대학원에서 문학박사 학위를 받고, 1994년 중앙일보 신춘문예에 문학평론 〈견인과 소생의 변증법〉이 당선되어 등단하였으며, 시론집 『현대시의 공간 상상력과 실존의 언어』, 편저 『님의 침묵』이 있다.
현재 국립 한경대학교 미디어문예창작학과 교수로 재직하고 있다.

언어의 형상과 성찰적 상상력

1판 1쇄 인쇄_2015년 12월 20일
1판 1쇄 발행_2015년 12월 30일

지은이_유지현
펴낸이_양정섭
펴낸곳_작가와비평
등록_제2010-000013호
블로그_http://wekorea.tistory.com
이메일_mykorea01@naver.com

공급처_(주)글로벌콘텐츠출판그룹
대표_홍정표
편집_노경민 송은주 디자인_김미미 기획·마케팅_노경민 경영지원_안선영
주소_서울특별시 강동구 천중로 196 정일빌딩 401호
전화_02) 488-3280 팩스_02) 488-3281
홈페이지_http://www.gcbook.co.kr

값 15,000원
ISBN 979-11-5592-171-5 03810

언어의 형상과 성찰적 상상력

유지현 평론집

작가와비평

글을 엮으며

수많은 말들이 오가는 삶의 현장에서 살고 있다. 그러나 그 언어들이 모두 진정한 언어는 아니라고 믿는다. 그 언어에서 빠져나와서 고요하게 되돌아 볼 때 언어는 비로소 언어다움을 얻을 수 있다고 생각해 왔다.

문학의 언어 앞에서 행복한 동시에 좌절한다. '겨울 부채에 나의 시'라고 했던 박목월 시인의 시어를 빌어, 문학의 언어는 때로는 겨울에 홀로 있는 부채처럼 결핍과 부재를 지고 가는 것이 아닌가 싶다.

당장의 쓰임과 무관한 겨울 부채의 이미지 속에는 허무하고 부박한 시간을 넘어서는 의연함이 있으며 겨울 부채의 시처럼 문학의 언어는 무용지용(無用之用)의 역설과 더불어 부재와 결핍의 시간을 건너가는 성찰의 깊이를 지닌다고 생각한다.

각각의 글을 완성할 때마다 작품이 지닌 빛깔과 향기를 살릴 수 있는 비평 방법을 모색하기 위하여 고심하였다. 성찰적인 동시에 개성적인 상상력이 바탕을 이룬 언어를 꼼꼼히 읽으며 틀에 박힌 말 혹은 그저 떠도는 말들에서 빠져 나올 수 있어서 행복했다.

평론집을 엮기까지 많은 분들의 가르침과 도움을 받았다. 무엇보다 묵묵히 도와준 남편에게 고마움을 전한다. 나날의 언어를 가르쳐주었지만 더 새로운 언어가 있음을 알게 해준 채민과 채헌에게도 사랑을 전한다.

연구실 창 밖 눈을 얹은 먼 산을 바라보며

유지현

차례

물의 심상과 성찰적 상상력의 깊이
—박목월 시에 대하여

1. 물의 심상을 찾아서

박목월은 1939년 『문장(文章)』지 추천으로 등단하여 1978년 타계하기까지 풍부한 서정성과 왕성한 시작 활동을 통해 해방 이후 한국현대 시단의 대표적인 서정시인으로 평가받아 왔다. 박목월 시의 서정적 아름다움은 일상적이고 보편적인 언어를 재구성하여 풍부한 시적 심상과 심원한 의미를 지닌 시적 언어로 창출해낸다는 점에서 찾을 수 있다. 그의 시적 언어는 경험적 공간으로부터 드물지 않게 찾아볼 수 있는 소박하고 보편적인 어휘들이지만 시적 조형을 통하여 드러나는 언어의 힘은 만만치 않다. 이 글에서 분석의 대상으로 삼고자 하는 물 또한 보편적인 대상이라고 할 수 있다. 그러나 보편적인 물을 대상으로 삼은 박목월의 시는 깊이 있는 사유와 서정적 직관을 바탕으로 개성적 특질을 보여주는 예가 적지 않다.

이 글은 물의 심상을 분석함으로써 물이 지닌 문화적 보편성을 바탕으로 박목월 시에 나타난 심상의 특성을 분석하고 나아가 전체적인 의미구조를 밝혀내고자 한다. 시에서 반복적으로 사용되는 심상은 시세계를 규명하는 중요한 상징적 의미를 지닌다.[1] 박목월 시 작품에는 초기시에서 후기시에 이르기까지 물의 심상이 고르게 나타나며 이러한 물의 심상들은 시적 사유를 감각화하고 의미화한다고 볼 수 있다. 물은 다양한 문화적 상징을 지니고 있을 뿐 아니라 환경과 조건에 따라 변용을 보일 수 있는 가변적인 물질이라는 점에서 시인의 사유를 보다 명확하고 심도 있게 드러낼 수 있는 매개물로 기능하기 때문이다. 시의 심상은 의식 속에 드러난 인간의 삶과 세계 인식의 본질을 시적 문맥 속에서 중계하고 실체화한다[2]는 점을 감안할 때 물의 심상을 통한 시작품 연구는 내밀한 시의식을 분석하고 시세계를 총체적으로 고찰할 수 있는 타당한 방법이 된다.

물은 고대로부터 형이상학적인 관점에서 혹은 미학적이고 철학적인 관점에서 우주의 근본 물질로 간주되었다. 동양의 고전적 전통에서 물은 도에 비유되는[3] 존재였으며 천지의 변화와 흐름을 통찰하는[4] 대상이기도 하였다.

물은 그 물질적 특성상 액체와 기체, 고체의 상태를 모두 지니

---

1) P. Wheelwright, 김태옥 역, 『은유의 실재』, 문학과지성사, 1982, 92쪽.
2) 최동호, 『한국현대시의 의식현상학적 연구』, 고려대 민족문화연구소, 1989, 12쪽.
3) '上善若水 水善利萬物而不爭 處衆人之所惡 故幾於道' 老子, 『道德經』, 8장.
4) '逝者如斯夫 不舍晝夜' 『論語』 子罕편.

는 물질이다. 물의 이러한 특성으로 말미암아 외부환경의 변화와 여건에 반응하여 자유로운 변용이 가능하다. 물은 자유로운 이동과 형태의 변화가 가능하며 다른 물질과의 비교적 용이한 혼합 및 용해를 통하여 상태를 바꾸어 나갈 수 있다. 이러한 물의 다양한 존재 방식으로 인해 넓은 의미의 물은 강물, 호수, 우물, 비, 구름, 안개, 우유, 얼음, 피, 樹液 등을 포함한다.[5] 액체·기체·고체 상태로 변화하며 공간이동을 보이는 물의 물질적 변환은 신화적이고 상징적인 의미에서 탄생과 정화와 재생의 구조[6]로 이해되기도 한다. 또한 물은 생명의 탄생과 존속에 있어서 없어서는 아니 될 중요한 물질로서 삶과 밀접한 연관을 지니고 있다.[7] 이렇듯 광범위한 분포를 보이면서 변화하며 순환하는 물의 특성은 시인의 사유의 변화를 섬세하게 드러내 줄 수 있는 시적 내포를 제공한다. 박목월 시인의 경우 시적 대상으로 자주 취택된 자연공간은 물론 경험적 현실공간을 다룬 시편에서 물의 심상이 다양한 의미로 사용되어 시적 의미를 창출하고 있음을 볼 수 있다. 물의 다양한 존재성은 시인의 시적 사유를 분석할 수 있는 섬세하고 다양한 시적 심상을 형성하므로 기존의 연구에서 간과한 심상의 특질을 검토하여 작품의 유기적인 의미 구조를 읽어낼 수 있다.

이 글은 박목월 시[8]의 물의 심상 전개를 보다 전체적인 관점

---

5) 최동호, 앞의 책, 8쪽.

6) 미르치아 엘리아데, 이재실 역, 『이미지와 상징』, 까치, 1987, 166~167쪽.

7) 권종운, 「물과 생명」, 『물과 한국인의 삶』, 나남, 1994, 83~87쪽.

8) 이 글은 동시집과 선시집, 유고시집을 제외하고 시인이 편찬한 『청록집』(1946)에서 『無順』(1876)에 이르는 작품을 발표 시기에 따라 고찰한다.

에서 살펴보기 위하여 심상의 특색에 따라 풍요한 물, 고난의 물, 정신적인 물이라는 세 가지 측면으로 나누어 그 의미를 점검하고자 한다. 이러한 물의 양상은 시인의 이상적 삶과 현실 삶의 갈등 그리고 대칭적인 두 의미 공간 사이의 균형 확보를 위한 시적 노력을 함축한 것이기도 하다. 물의 심상적 특색은 작품의 면밀한 분석에 의하여 도출될 것이며 심상의 특질을 통해 시인의 시의식을 추론할 것이다. 이러한 분석을 토대로 박목월 시의 사유 구조가 총괄적으로 부각될 것이다.

2. 물의 심상과 시적 사유

1) 풍요한 물과 생명력의 구현

자연을 산수(山水)로 파악하고 있는 동양 전통에서 물은 자연의 조화와 충족을 나타낸다.[9] 이러한 전통의 연장선에서 박목월은 자연공간의 아름다움과 생명력을 물의 심상을 통하여 드러낸다. 자연공간에서 물은 흐름과 순환이라는 역동적인 성격 외에도 지상의 생명체에게 생명체의 유지와 존속에 필수불가결한 물질로서 생명의 원천이 된다. 조화로운 자연공간에서 기대되는 생명력의 약동에는 풍요한 물의 심상이 그 중핵에 놓여 있음을 볼 수 있다.

---

9) 유종호, 「생명과 자유와 풍요」, 『물과 한국인의 삶』, 나남, 1994, 167쪽.

방초봉 한나절
고운 암노루

아래ㅅ 마을 골짝에
홀로 와서

흐르는 내ㅅ물에
목을 축이고

흐르는 구름에
눈을 씻고

열 두 고개 넘어 가는
타는 아지랑이

―「三月」[10] 전문

이 시는 흐르는 물의 심상을 통해 자연의 생명력을 제시해준다. 1연의 '방초봉 한나절'에서는 인간의 자취가 배제된 자연의 원초적 공간성이 드러난다. 산봉우리의 웅장함과 여린 암노루의 움직임은 대조를 이루는데 고요한 이 자연의 정경에 생동감을 불어넣는 것은 물의 흐름과 그 흐름을 따라가는 노루의 움직임이다. 3연에서 흐르는 물은 그 자체로 역동성을 보여줄 뿐 아니

10) 『청록집』, 을유문화사, 1959.

라 겨울의 응축된 공간에서 벗어난 생명체에게 물을 공급한다는 점에서 소생의 활기를 제공한다. 흐르는 냇물에서 볼 수 있는 역동성과 유연함은 보다 확산되어 구름으로 연계된다. 4연에서 흐르는 구름은 3연에서 제시된 '흐르는 내ㅅ물'의 심상을 확대한 것으로 지상을 흐르는 물이 아닌 공중에 떠서 흐르는 천상의 물이라고 할 수 있다. 냇물과 구름은 모두 흘러간다는 점에서 공통점을 지닌다. 흘러가는 물은 정지해있는 물과 달리 청신한 감각을 자아내며 이러한 신선함을 통해 생명체는 존재의 쇄신을 도모할 수 있다. '축이고'와 '씻고'는 모두 물과 연관된 행위들로서 암노루와 물의 접촉은 물의 부드러움과 청신함을 배가시킨다. 목을 축이는 것을 통해 육체적 갈증을 해소하고 활력을 얻으며 구름에 눈을 씻는 것을 통해 순연한 노루의 눈은 더욱 맑고 투명한 생기를 얻는다.

봄날의 풍요한 물은 천상과 지상에 걸쳐 역동적이고 확산적인 활력을 드러내는 바탕이 되며 이러한 물을 향유하는 생명체는 물로부터 부드러움과 역동성을 획득하게 된다. 암노루와 물의 결합이 자아내는 청신함과 역동성은 봄날 부활하는 생명력을 드러내는 것이다. 생명력의 약동과 활기를 담은 물의 심상이 이루어내는 조화로운 자연공간에 대한 탐구는 「산도화 1」에서 이상세계의 추구로 확대된다.

산은

九江山

보랏빛 石山

山桃花
두어송이
송이 버는데

봄눈 녹아 흐르는
玉같은
물에

사슴은
암사슴은
발을 씻는다

—「산도화 1」[11] 전문

이 시는 조화로운 자연공간을 짜임새 있는 시적 구도로 보여주는 작품이다. 이 시에서 봄날의 생동감을 더하는 것은 '九江山'의 물 흐름에서 기인한다. '九江山'이라는 지명에서 강이 적지 않은 공간적 비중을 차지하는 산이라는 암시를 받을 수 있다. 봄날 풍요한 물기를 머금은 강은 이 시의 전체적 구도를 윤기어린 공간으로 이끌어가고 있다. '옥같은 물'이라는 수식어에서 알 수 있듯 물은 옥의 고귀함에 비유되어 영롱한 빛과 결합된 물의 심상을 보여준다. 또한 옥은 광물체로서 단단한 고체성을 지닌다는 점에서 '옥같은 물'은 고체적 속성이 유연한 액체의 속성으로

11) 『山桃花』, 영웅출판사, 1955.

전환된 것으로 볼 수 있다. 단단한 것에서 부드럽고 유연한 심상에로의 전이 과정에는 물이 개입되어 있으며 역동적이고 부드러운 물이 시의 전체를 감싸고 있다. 2연에서 '두어송이 송이 버는' 산도화에는 막 피어나는 꽃의 아름다움과 싱그러움이 그려져 있다. '石山', '봄눈'의 차갑고 굳어 있던 것에서 '산도화'와 '물'의 따스하고 환하며 부드러운 것으로의 전이[12]를 통해 봄날의 약동하는 생명력을 보여준다. 옥에서 연상되는 물빛의 신선함과 영롱함은 산도화의 아름다운 빛깔과 연계되어 봄날의 부활하는 생명력[13]의 발편을 감각적으로 드러낸다.

4연에서 암사슴은 순하고 부드러운 느낌을 불러일으킴으로써 도화꽃에서 상기된 부드러운 아름다움과 연계된다. 여기에 더하여 암사슴은 이 시에 역동적인 동력을 불어넣는 존재이다. 발을 옥 같은 물에 씻음[14]으로써 사슴은 흐르는 물의 약동감에 자신의 신체를 접하여 눈 녹은 물의 청신함을 체험하게 된다. 발은 신체의 움직임을 주도하는 부분이라는 점에서 겨울의 위축감에서 벗어나 날렵한 움직임을 보여주는 발과 흐르는 물의 접촉은 동적인 활력을 증진시킨다.

산도화의 피어남과 암사슴의 활기는 식물과 동물로 상징되는

12) 이남호, 「목월시 읽기: 원고지 위에서 지쳐 내려오는 곡예사들」, 『현대시학』 2002년 8월호, 157쪽.

13) G. 바슐라르, 이가림 역, 『물과 꿈』, 문예출판사, 1980, 52쪽.

14) 발을 씻는다는 표현은 '濯足'의 전통과 관련이 있는 듯하다. 흐르는 물에서의 탁족은 자연에서 청신함을 얻고자 하는 풍습이었으며 이러한 신선함에 대한 갈구를 조화로운 자연공간의 생명체인 암사슴과 연계시킨 듯하다. 국립민속박물관, 『한국의 세시풍속』, 국립민속박물관, 1997, 74~75쪽 참고.

생명력의 부활이며 이는 물의 풍요한 심상과 깊은 연관을 맺고 있다. 봄의 신선함이 흐르는 물에 의하여 생명체에 스며들고 이것이 생명력의 역동성으로 이어지는 것이다.[15] 산도화의 물기 어린 고운 자태와 발을 씻는 암사슴의 평화로운 모습을 통해 확인할 수 있는 것은 물을 통해 드러나는 여성적인 심상[16]의 강조이다. 이 시의 여성적 부드러움은 생명력의 조화로움과 온화한 낙원에 대한 상상과 연계되고 있다. 도화꽃은 동양의 문화적 전통에서 도화원, 즉 낙원의 상징물이다. 보랏빛 산과 옥 같은 물, 선계(仙界)의 상상과 결부된 사슴[17] 그리고 도화의 결합은 자족적이고 조화로운 생명력이 구현된 이상세계를 상기시킨다.[18]

---

15) 물을 통한 생명력의 풍요한 가능성의 실현에 대하여 엘리아데는 다음과 같이 설명한다. 물의 접촉은 언제나 부활을 가져온다. 한편으로는 물에 잠기는 것은 삶의 잠재력을 풍요화하고 증식시키기 때문이다. 미르치아 엘리아데, 이동하 역, 『성과 속』, 학민사, 1983, 115~116쪽.

16) 김우창, 「한국문화와 산」, 『산과 한국인의 삶』, 나남, 1993, 115쪽.

17) 동양적 전통에서 유토피아의 상상을 광범위하게 드러내는 '仙境'의 개념이 쓰이는데 이 선경에는 신선, 선녀의 존재와 온갖 기화요초 그리고 학과 사슴 같은 선수(先手)가 서식하는 것으로 나타난다. 또한 『산해경』에 짐승과 자연이 조화를 이룬 낙원으로 '沃野'의 명칭이 보인다. 정재서, 『도교와 문학 그리고 상상력』, 푸른숲, 2000, 245~248쪽 참조.

박목월 시에 등장하는 조화로운 산수와 도화꽃, 사슴의 존재는 동양적 전통에서 영향 받은 낙원의 구성요소로 간주할 수 있다.

18) 도화꽃은 이상향을 상징하는 대표적인 자연물로서 도화꽃을 통해 무릉도원을 상기시키는 감각적 표현은 전통시가에서 어렵지 않게 찾을 수 있다.

도연명의 『도화원기』에서 비롯된 동양적 유토피아적 공간으로서 도화원은 원래 협동적 생산과 평등이념이 가능한 원시적 집산주의 사회에 대한 갈망의 표현이라고 할 수 있다. 도화원에 사는 주민들이 '조상들이 秦代의 난을 피하여 처자와 邑人을 이끌고 이 절경으로 와 다시 나가지 않았기 때문에 외부의 인간세계와 격절하게 되었다'는 기원의 설명이 말해주듯, 진대(秦代)의 사회정치적 혼란을 이끌어와 도연명이 당대의 사회적 비판으로 빗댄 것이라고 볼 수 있다. 陳正炎·林其錟, 이성규 역, 『중국의 유토피아사 사상』, 지식산업사, 1993, 227쪽.

그러나 조선조 조식이나 이황 또는 17세기 시조에서 드러나는 도화꽃 모티 부드럽고 생동감 넘치는 물을 통해 자연공간의 조화로움을 보여주는 「산도화 1」은 동양적 전통에서 영원한 이상적 낙원의 형상이 투영되어 있다.

「山·素描 1」에서는 자연의 조화롭고 원초적인 생명성과 모성의 심상이 결합되어 풍요한 생명력을 담은 물의 심상을 보여준다.

> ① 한자락은 햇빛에 빛난다. 다른 한자락은 그늘에 묻힌 채…… 이 길씀한 山 자락에 은은한 웃음과 그윽한 눈동자에 모으고 아아 당신은 영원한 母性
>
> *
>
> ② 그의 陰陽의 따뜻한 懷妊 안에 나는 눈을 뜨고 감았다. 다만 한오리 안개가 그의 神秘를 살픈 가리고 있었다. 어머니라는 말씀이 풀리지 않게 또한 굳지 않게.
>
> *
>
> ③ 仙女는 늘 昇天했다. 羽衣 한자락이 하얗게 빛났다. 또 한자락은 어둠에 젖은 채…… 어둠에 젖은 채 仙女는 늘 下降했다.
>
> 초록빛 깊은 하늘에는 은두레박 오르내리는 소리가 들렸다.

—「山·素描 1」[19] 전문(번호는 인용자가 부기한 것임)

프를 통한 이상공간에 대한 동경은 체제나 제도를 달리하는 공간으로서 이상공간에 대한 열망보다는 현실공간의 일부로서 계산풍류(溪山風流)의 정점에서 구사되는 정서적 상관물이라고 할 수 있다. 이형대, 『한국고전시가와 인물형상의 동아시아적 변전』, 소명출판, 2002, 346~347쪽.

박목월의 시에서 드러나는 도화꽃을 통한 이상 공간의 구현 역시 현실의 모순을 극복할 수 있는 대안공간이라기보다 자연의 풍요하고 자족적 아름다움의 한 극점에서 도출되는 이상적 자연공간의 낭만성을 띠고 있다고 볼 수 있다.

「山·素描 1」에서 두드러진 것은 대립적인 요소를 감싸는 자연의 부드러운 포용력과 창조적인 자연의 생명성을 부각시키는 물의 매개 작용이다. 「산도화 1」에서 드러난 여성적 심상의 부드러움은 이 시에서 더욱 강화되어 모성의 부드러움과 창조성으로 구체화된다.

이 시는 원초적인 자연공간인 산을 모성의 공간으로 비유하여 자연공간의 무궁한 생명력과 모성의 생명성을 동일시한다. 산의 햇빛과 그늘이라는 대립성은 음양의 조화로움으로 전환되며 이것은 '회임'이라는 모성의 창조성으로 이어지고 있다.[20] 이는 자연의 포용력을 모성에 견준 것으로 대립보다는 조화와 포용을 상징하는 모성의 특성에 기인한다. 이러한 조화와 부드러움은 물의 특성과 연관된 것이기도 하다. ②에서 안개는 물의 변화 형태로서 떠있는 물이라고 할 수 있다. 안개가 보여주는 부드럽고 유연하며 가벼운 물의 심상은 양지와 음지의 대립적 경계를 해체하는 모성의 포용성과 통한다. 공간을 드러내는 동시에 은폐하는 안개를 통해 조성되는 신비성은 ③부분의 설화적 요소와 연계되어 '선녀'의 존재뿐 아니라 지상과 천상을 오가는 은두레박의 신비한 물을 예고하는 역할을 한다. ①에 제시된 모성의 부드러움과 융화력은 ②에서 생명의 창조로 심화된다. ③에서 설화를 토대로 한 선녀[21]의 존재는 이상적 여성상과 초월적 모성을 보여준

---

19) 『蘭·其他』, 신구문화사, 1959.

20) 이 시의 모성적 공간성과 시간성에 대한 보다 자세한 분석은 유지현, 「1950년대 前後 전통지향시에 나타난 山의 시·공간 고찰」, 『어문논집』 45집, 민족어문학회, 2002, 64~67쪽 참조.

21) 이 시에서 드러나는 선녀는 〈나무꾼과 선녀〉설화에 근거한 것으로 보인다. 성

다. 설화 속에서 선녀는 이상적 여성성을 드러내며 궁극적으로 모성의 존재와 결부된다는[22] 점에서 ①의 '母性', ②의 '懷妊'과 이어지는 모성적 심상을 확대한 것이며 신비화한 것이다. 선녀의 강림과 모성으로 전환을 담은 설화의 도입은 이 시에 드러난 모성의 의미를 경험적 시공간을 떠난 영원한 존재로 신비화시킨다.

이상적 여성상이자 초월적 모성인 선녀의 존재를 매개하는 것은 산의 맑고 투명한 물이다. 선녀의 승천과 하강이 물과 연관되어 있으며 그 물을 매개로 선녀가 천상의 여성으로부터 모성으로 전환된다는 점은 물이 모성적 존재성을 실현하는 매개물이 됨을 보여주는 것이다. 천상과 지상을 오가는 물을 담은 은두레박은 두 공간을 연계하는 매개물의 속성을 지니면서 은빛의 광채와 맑고 투명한 물이 어울려 모성에 비유된 자연공간이 내포하는 신비성과 역동성을 부각시킨다. 물의 순환성과 관련 있는 은두레박은 지상수가 천상으로 상승한다는 점에서 물의 생성적 힘을 드러내는 것이다. 오르내리는 은두레박의 물소리를 통해 자연은 정태적인 공간이 아닌 역동적 생명의 공간임을 확인할 수 있다.

「三月」의 목을 축이는 암노루와 「산도화 1」의 발을 씻는 암사슴 그리고 「山·素描 1」에서 지상으로 강림하는 선녀의 존재를 통해서 물과 여성적 존재와의 결합은 점차 강화된다. 따라서 '암노루'와 '암사슴'이 신선한 물의 향유에 따른 청신한 생명력의

기열, 『한국 민담의 세계』, 인하대학교 출판부, 1982, 91~95쪽 참조.

22) 선녀는 지상으로 내려와 지상수에서 목욕이라는 행위를 통해 나무꾼과 혼인하게 되고 자식을 낳게 됨으로써 어머니[母]의 신분을 획득한다. 배원룡, 「나무꾼과 선녀 설화의 구조와 의미」, 황패강선생고희기념논총간행위원회 편, 『설화문학연구』, 단국대학교 출판부, 1998, 830~831쪽.

회복을 보여주었다면 「山·素描 1」에서 물과 여성적 심상의 결합은 보다 긴밀해지며 물을 매개로 한 조화로움과 부드러움은 모성적 심상과 연계되어 자연의 창조적 생명성을 부각시킨다. 모성적 심상에서 조화롭고 신비한 생명의 바탕을 확인한 시인은 흐르는 물의 연속성과 충만함을 통해 모성의 창조성에 대한 명상을 심화시킨다.

강물줄기가 스스로
비롯된 근원을 모르듯
철없는 열매가
그 줄기의 뿌리를 깨닫지 못하듯
저는
당신이 누구신지도 모르고
당신 안에 자랍니다
방안에서 안으로 이슬맺히는 꽃봉오리 방안에서.

—「어머니에의 祈禱 7」[23] 전문

이 시는 생명의 근원으로서 물의 심상을 보여주고 있다. '당신 안'으로 명명된 모성의 창조적 공간은 자연의 무궁한 생명력과 비유적으로 결합됨으로써 생명의 심원한 토대로서의 특성을 드러내고 있다. 모성의 근원적 깊이를 강조하기 위하여 제시된 강물줄기와 식물의 뿌리는 모두 물과 깊은 상관성을 지닌다. 강물

23) 『어머니』, 삼중당, 1968.

은 면면히 흐르는 물의 특성으로 말미암아 생명의 연속성[24]을 상징하며 뿌리는 식물의 수액을 밀어올림으로써 생명의 근원을 이룬다. 열매의 성장은 뿌리에 근원을 둔 것으로서 뿌리는 수직적인 깊이를 지니고 있다. 뿌리는 대지 깊은 곳으로부터 수액을 이끌어 올린다는 점에서 생명을 지속시키는 물의 수직적 상승을 보여주며 물의 상승은 생명력의 고양을 의미한다. 뿌리는 생명력의 깊고 단단한 토대를 이룬다는 점에서 쉽사리 소멸되지 않는 생명의 깊이와 상응한다. 이러한 강물과 뿌리의 상상력은 꽃봉오리로 집약되는데 꽃봉오리는 식물이 보여주는 생명력의 절정에 해당하며 생명의 연속성을 위한 씨앗을 내재한다는 점에서 모성의 생명성 배태와 비견될 수 있다. 이 시는 강물 → 뿌리 → 꽃봉오리 → 당신(모성)으로 이어지는 상상적 연관을 통해 생명의 근원을 형성하는 모성의 창조성에 대한 명상을 이끌어내고 있다.

모성은 생명 창조의 능력을 지님으로써 영속적으로 이어지는 생명의 근원적 바탕이라고 할 수 있다. 풍요한 물이 신선한 생명력의 일깨움에서 나아가 모성적 창조력으로 전개되면서 생명의 원천이라는 의미망을 형성하고 있다는 점에서 박목월 시가 지향하는 조화로운 삶이 면면히 이어지는 생명성의 확인과 다르지 않음을 알 수 있다. 이러한 조화로운 생명의 공간은 실재 자연의 세계에 연원한 것이기는 하지만 엄밀히 보자면 경험적 삶의 공간에서 획득된 것이라기보다는 상상의 차원에서 재구성된 것이다. 풍요한 생명의 공간에 대한 동경이 박목월 시의 중요한 맥락

24) 미르치아 엘리아데, 이은봉 역, 『종교형태론』, 한길사, 1996, 280쪽.

을 구성하며 서정적 아름다움을 획득하고 있으나 현실 삶과 명백한 거리를 두고 있다는 점에서 현실 삶의 공간을 배제할 수 없는 시인의 고뇌가 표출된다. 그의 시가 풍요한 물의 심상만으로 채워질 수 없었던 이유는 삶에 대한 정직한 시선을 통해 현실의 누추함을 인식하고 있었기 때문이다.

2) 고난의 물과 메마른 현실의 갈등

물은 생명의 원초적 토대를 형성하는 근본이며 생명체의 존속을 위하여 없어서는 아니 되는 물질이므로 물의 결핍은 삶의 고난이며 위기로 인지된다. 박목월의 시에서 물은 생명의 터전으로서 풍요한 양상을 드러내기도 하지만 현실적 고난을 드러낼 때에는 물의 결핍 혹은 결빙의 양상을 보여준다. 메마름과 추위로 인하여 결빙되거나 정체된 물은 척박한 삶의 정황을 감각화하여 드러내는 심상이다.

잠자듯 고운 눈썹 위에
달빛이 내린다
눈이 쌓인다
옛날의 슬픈
피가 맺힌다
어느 江을 건너서
다시 그를 만나랴
살 눈썹 길슴한

옛사람을

山수유꽃 노랗게
흐느끼는 봄마다
도사리고 앉은채
도사리고 앉은채
울음 우는 사람
귀밑 사마귀

—「귀밑 사마귀」25) 전문

이 시는 하강적이고 정체된 물의 심상을 보여준다. 이 시에서 물의 양상은 쌓이는 눈, 피 맺힘, 울음, 강으로 나타나는데 모두 정체되거나 소모적인 물의 심상을 보여준다. 피는 인체 내부를 순환하여 생명을 유지하도록 하는 물이라는 점에서 맺힌 피는 생명체에 가해지는 고통이며 위협이 될 수 있다. 맺힌 피는 원활하게 순환되지 못하는 정체 현상을 통하여 내적인 위기의식과 고통을 드러낸다고 볼 수 있다. 6행의 '어느 강을 건너서 그를 만나랴'는 회의적 물음과 여관지어 볼 때 '그'를 만나는 것이 어려우며 이별과 그로 인한 그리움이 피의 정체와 같은 좌절과 실의의 근원이 됨을 알 수 있다. 따라서 이 시에서 강은 '그'와 시적 자아를 가르는 이별의 공간이며 감내하기 어려운 현실의 고통을 가져오는 부정적 공간으로 기능한다. 1연의 내려쌓이는 눈과 2연의 울음

25) 『靑鹿集』, 을유문화사, 1946.

은 하강적인 물의 상태를 보여준다. 특히 2연은 '울음'이 연 전체를 지배하고 있는데 산수유꽃마저 흐느낀다고 묘사한 것은 슬픔을 자연물에 대응시켜 서러움의 정조를 확산시킨 것이다. 노란 산수유꽃의 흐느낌이 외부로 확산된 슬픔의 양상을 드러낸다면 '도사리고 앉은 채 울음 우는 사람'은 슬픔의 표출조차 자유롭지 못한 상황을 묘사함으로써 내면에 응축된 슬픔을 보여준다. 눈물조차 마음껏 표출할 수 없는 위축된 모습은 '맺힌 피'의 심상과 연계되어 심리적 고통을 가중시킨다. 밖으로 드러내지 못하고 내면으로 어둡게 자리 잡은 심리적 좌절은 흐르지 않는 물의 정체나 고갈 등 부정적 심상으로 표현된다. 맺힌 피, 쌓인 눈은 정체된 물이며 이는 어둡게 가라앉은 내면의 상흔을 드러내는 심상이다.

박목월의 시에서 어두운 내면의 고통은 흐르지 않고 가라앉은 물이나 물의 결핍으로 인한 갈증 그리고 얼어붙은 물의 심상으로 감각화됨을 이후 시의 전개에서 살펴볼 수 있다.

山紫水明의
山水를 뽑은 그 紫明은
죽은 어린딸의
이름이었다.

영혼이 나가고
비로소 팔에 남은 그 體重.
그것을 안고
나는

山으로 갔다.

은은한 보랏빛
기슭으로
그리고
찬보랏빛
山마루로
늘
어리는
한 오리 안개……
아아
마음이 渴한 서운한 그것.

―「後日吟」[26] 부분

이 시는 자연과 대비되는 유한한 생의 한계를 목마름을 통해 드러낸다. 시적 자아는 산자수명의 아름다운 자연에서 연유된 명명(命名)을 통해 산수의 청아함과 딸의 존재를 일치시키려는 노력을 보이지만 인간의 덧없는 삶은 그러한 노력을 무위로 돌아가게 하며 크나큰 상실감을 불러일으킨다. 1연에서 산이 청아한 아름다움의 근원지로서 공간적 위상을 드러낸다면 2연에서 산은 '영혼이 나가고' 남은 육신을 매장하는 공간이다. 3연에서는 '은은한 보랏빛'이 산자수명에서 연원한 자연의 아름다움을

26) 『蘭·其他』, 신구문화사, 1959.

형용하다면 '찬보라빛'은 처연한 슬픔이 내재된 색채로 대조를 보인다. 보랏빛은 죽어서 산으로 돌아간 딸의 이름 '자명'과 연계된 색채이기도 한다. '은은한 보랏빛'이 자연의 아름다움과 조화로움을 드러낸다면 '찬보라빛'은 온기를 잃은 차디찬 인간의 육신을 연상하게 한다. 은은한 보랏빛은 자식에게 명명해 주고 싶었던 자연의 아름다운 색채였으나 결국 인간의 유한한 생명에 대한 비극적 확인으로 종결되고 만다. 동일한 자연과 색채를 대극적인 의미로 묘사하는 것은 자식을 잃은 아버지로서의 심리적 혼돈과 안타까움이 반영되어 있기 때문이다. 시적 자아의 심리를 반영하듯 산마루에 걸린 안개는 떠있는 물로서 사물 본래의 색이나 형체를 흐리게 하며 시야를 불투명하게 한다. 안개가 지닌 해체적 특성과 불투명한 시각적 심상은 시적 자아의 심리 상태와 상응하는 것으로서 산수를 더 이상 맑고 아름다운 색채로 바라볼 수 없는 고통을 드러내는 것이다. 산자수명의 본래적 아름다움을 퇴색시키는 안개의 불투명성과 더불어 갈증은 시적 자아의 심리적 상흔을 반영하는 것이다. 이상적 자연을 온전히 느낄 수 없도록 하는 현실의 고통과 잃어버린 자식에 대한 안타까운 심리를 불투명한 시야와 목마름으로 감각화시킨 것이다. 이 목마름의 근원에는 산자수명의 이상적 생명공간에 대한 향수와 인간의 유한한 생에 대한 회한이 어려 있다.[27] 목마름은 생명의

---

27) 목마름에 관하여 박목월은 다음과 같은 술회를 보임으로써 목마름이 생의 유한성과 현실의 갈등과 관련됨을 드러낸다.
"목이 마를 때 물을 찾는 것은 극히 당연한 일이다. 하지만 나의 경우 구속되고 유폐된 젊음을 의식할 때, 그것에의 해방, 탈출을 위한 갈증이요, 혹은 불완전한 인간과 인간 사이에 벌어지는 틈바구니 속에서의 목마름이요, 죽음이 그

유한성에 대한 서글픈 자각이 물의 결핍으로 감각화된 것이며 이는 풍요한 물의 향유를 통한 생명력의 획득과 선명한 대조를 이룬다. 이러한 목마름은 박목월 시에서 적지 않게 나타나는데 이는 유한한 존재로서의 자각과 현실적 삶의 갈등과 연관된다.

목이 마려워
물을 마시려 내려가는
층층대는 아홉칸

—「上下」

불이 켜질 무렵
잠드는 바람같은
목마름

—「小曲」

마른 보리빵 부스러기를 씹으며
두 손으로 싸락눈을 받으며
나의 겨우살이

—「겨우살이」

창조적인 시작(詩作)의 공간을 상층으로, 물질적인 공간을 하층으로 대립적으로 인식한 시 「上下」에서는 목마름이라는 육체

모습을 보일 때의 '하얀 목마름'이었다."(『靑鹿集以後』, 현암사, 1968, 34쪽)

적 결핍을 충족하기 위하여 하향적 태도를 취한다. 이 시에서 목마름을 충족하기 위한 하강은 물질적 요구를 위하여 진력할 수밖에 없는 현실의 갈등을 동반한다. 「小曲」의 목마름에는 자아 내면적 요구가 충족되지 못하고 무심히 흘러가 버리는 일상의 허무함과 서글픔이 배어 있으며 「겨우살이」에서는 겨우살이로 상징되는 삶의 고단함을 마른 빵 부스러기로 견디는 신산함이 느껴진다. 마른 보리빵 부스러기의 메마른 감촉은 시적 자아가 인식하는 현실을 감각화시켜 지상에 속박된 삶의 왜소함과 생의 건조성[28]을 드러내는 함축적 심상이라고 할 수 있다.

목마름이나 메마름이 현실의 갈등과 결여를 감각화하여 드러낸다면 차갑게 얼어붙은 물의 심상은 고단한 삶의 정황을 환기시키는 또 다른 물의 심상이라고 할 수 있다.

내 신발은
十九文半
눈과 얼음의 길을 걸어,
그들 옆에 벗으면
육문반의 코가 납작한
귀염둥아 귀염둥아
우리 막내둥아

미소하는

---

28) 김현자, 「박목월 시의 감각과 미적 거리」, 『한국시의 감각과 미적 거리』, 문학과지성사, 1997, 19쪽.

내 얼굴을 보아라
얼음과 눈으로 벽을 짜올린
여기는 地上
연민한 삶의 길이여.
내 신발은 十九文半

屈辱과 굶주림과 추운 길을 걸어
내가 왔다
아버지가 왔다
아니 十九文半의 신발이 왔다
아니 지상에는
아버지라는 어설픈 것이
存在한다.
미소하는 내 얼굴을 보아라

—「家庭」[29] 부분

가장으로서의 책무가 주어진 공간에서 시적 주체의 자기규정은 '十九文半'이라는 신발을 통해서 이루어진다. 신발은 도구에 불과하지만 지상적 존재를 증거하는[30] 역할을 함으로써 시적 자아의 고단한 삶을 드러낸다.[31] 시적 자아가 얽매인 삶의 세계

29) 『晴曇』, 일조각, 1964.

30) M. Heidegger, 오병남·민형원 공역, 『예술작품의 근원』, 예전사, 1996, 39쪽.

31) 이 시에서 지상적 삶에 속박된 삶을 상징하는 신발은 「산도화 1」에 '玉같은 물에' '발을 씻는' 암사슴의 발과 대조를 이룬다. 옥 같은 물에 발을 씻는 사슴의 평화로운 자태와 얼음과 눈으로 쌓인 길을 힘겹게 걸어 돌아오는 신발에

는 '얼음과 눈으로 벽을 짜올린' '지상'이며 '굴욕과 굶주림과 추운 길'로 요약된다. 외부 공간은 2, 3, 4연에서 각기 '눈과 얼음의 길', '얼음과 눈'의 '벽', '굴욕과 굶주림과 추운 길'로 변주되고 있는데 모두 추위로 응결된 물의 심상으로 짜여져 있다. 얼음과 눈은 시적 자아가 파악하는 현실의 냉혹함을 직접적으로 증거하는 심상이라고 할 수 있다.

외부 공간은 '屈辱과 굶주림과 추운 길'로 상징되는 고달픈 공간이며 내부 공간은 '귀염둥이' 아이들과 '알전등'의 소박한 빛이 시적 자아를 기다리는 곳이다. '얼음과 눈'의 외부 세계에 대한 고통과 내부세계에 대한 애정이 이 시를 교직하는 정서라고 할 수 있다. 이러한 내부 공간이 보호되고 유지되기 위하여 생활의 터전인 차디찬 '눈과 얼음의 길'을 걸어야 하는 시적 화자의 시련은 감수해야 할 성질의 것으로 나타난다. 아홉 켤레의 신발이 아버지를 기다리는 가정을 지키기 위한 가장으로서의 책무와 차갑게 응결된 외부 공간 사이의 현실적 갈등이 시적 자아의 심리를 위축시키고 있다. 시적 자아는 내부 공간과 외부 공간의 대극적인 공간성을 '연민'의 시선으로 바라본다. '미소하는 얼굴'은 이러한 가족에 대한 애정과 자신에 대한 연민이 복합된 태도의 표출이라고 할 수 있다. '屈辱'과 애정이 어린 두 공간을 오가는 시적 자아의 내면의 고뇌가 '얼음과 눈의 길'을 걸어온 신발에 투영되어 있다고 할 수 있다. 바람직하지 못하다고 해서 삶의 물질적 기반이 되는 외부 공간을 함부로 방기할 수 없다는 점에

담긴 상징성은 투명한 물의 향유를 통한 자족적이고 이상적 삶과 대비되는 고단한 일상적 삶으로 간주될 수 있다.

서 시적 자아의 고뇌는 더욱 가중된다.

적막하구나
적막하구나
백리 이백리를 달려도
사방은 산으로 에워싸고
눈이 덮인 俗離山
등을 붙이고
하루를 살 한 치의 땅이
어딜까.
부연 낙엽송
산 모롱이를 돌면 돌면
해도 있는 듯 없는 듯
잔설만 얼어 으스스한 산 모롱이
모롱이를 돌면
오늘은
報恩장
부옇게 추운 얼굴들이
마른 미역오리 명태 마리
본목필을 교환하는
가난한 그들의 交易
얼어서 애처로운 닭벼슬.

—「殘雪」32) 부분

이 시에서 시적 자아를 둘러싼 삶의 공간은 메마르고 차갑게 얼어붙은 채 단단하고 황량한 분위기로 일관되어 있다. 풍요한 물의 가능성 대신 메마르고 얼어붙은 물이 존재함으로써 풍요한 생명의 가능성은 배제되어 생명의 위축을 드러낸다. 가지만이 앙상한 '낙엽송'과 '마른 미역오리'와 '명태' 등이 보여주는 메마른 이미지는 삶의 터전이 지닌 황량함을 드러낸다. 건조하고 차갑게 얼어붙은 자연의 조건은 삶에 대한 위협으로서 시적 자아는 이러한 위기의식을 '등 붙이고 살 한 치의 땅'이 없다는 한탄으로 표출한다.

이 시의 제목이기도 한 '잔설'은 메마르고 고단한 삶을 함축적으로 보여주는 물의 심상이다. 두텁게 쌓인 눈과 달리 잔설은 메마른 땅을 적실만큼 충분한 수분을 지니고 있지 못할뿐더러 미처 녹지 않은 눈이 군데군데 남아 스산한 풍경을 빚어낸다. 차갑고 불충분한 물인 잔설의 심상은 활기를 느낄 수 없는 장날의 분위기와 상응한다. 채 녹지 않은 눈이 으스스하게 쌓여 있듯이 장의 분위기도 인파가 적은 스산함을 보여주는 것이다. 쓸쓸한 장터의 분위기는 희망이나 위로가 없는 고단한 삶의 연속을 드러내는 것이다.[33] '해도 있는 듯 없는 듯' 메마르고 그늘진 이면은 잔설이 남은 '으스스한 산 모롱이'의 연장이면서 생명의 온기를 느낄 수 없는 어두운 삶의 고통을 암시한다. 얼어붙은 물의

---

32) 『경상도 가랑잎』, 민중서관, 1968.

33) 같은 시집인 『경상도 가랑잎』의 「杞溪 장날」에 묘사된 장날은 고단한 삶 가운데 장날을 통해 그리운 얼굴을 만나거나 '한잔 술로 소회'도 푸는 것으로 나타나 삶의 위안이며 고통의 해소로서 기능하고 있어서 「잔설」의 정황과 대조를 이룬다.

심상은 '잔설'뿐 아니라 '부옇게 추운 얼굴', '퍼런 눈', '얼어서 애처로운 닭벼슬'로 변주되면서 추위를 통해 얼은 물의 상태를 드러낸다. 추위로 인하여 응결된 차가운 물은 삶의 곤고함을 드러내는 감각적 심상이다. 이 시에서 반복되는 '적막하구나'는 산으로 둘러싸인 배타적 공간의 단절감에 대한 서술에서 삶의 고단함과 허무함에 대한 탄식으로 심화된다. 세속적인 삶의 공간으로 인식된 산은 풍요하고 조화로운 아름다움 대신 척박하고 황량한 삶의 모습을 보여준다. 자연은 가난한 삶에 위안이 되지 못할 뿐 아니라[34] 자연과 더불어 누릴 수 있는 조화로운 삶은 기대하기 어려운 것이 되고 만다. '俗離山'이라는 산 이름이 뜻하는 바의 속세를 떠난 공간에서 기대되는 자연의 위안과 정신적 고고함은 충족되기 어려운 것으로 나타난다. 이러한 '俗離山'의 본래적 언어의 의미와 실제적 의미는 상충을 일으키는데 이는 이상적인 자연공간과 척박한 현실 사이의 갈등을 더욱 증폭시켜 보여주는 역할을 한다.

메마르고 결빙된 물을 통해 박목월은 삶의 곤고함을 감각적으로 드러낸다. 메마른 일상적 삶의 무게를 세밀하게 포착[35]하는 시인은 메마르고 얼어붙은 물의 심상을 통해 현실의 중압감과 갈등을 드러낸다. 차갑고 건조하게 감각화된 물을 통해 삶의 공간이 부드럽고 원만한 충족으로만 이루어진 것이 아님을 직시하는 그의 시적 인식은 메마른 현실의 균열을 해소하며 현실과 이상의 한계를 넘어서려는 정신적 탐색을 드러내는데 이러한 긴장

---

34) 김우창, 앞의 책, 117쪽.

35) 김윤식, 「가치중립적 자리지킴」, 『근대시와 인식』, 시와시학사, 1992, 173쪽.

된 노력이 존재 자각의 의지를 집약한 물의 심상으로 나타난다.

3) 정신적인 물과 실존적 자각

메마르고 무거운 물의 심상이 삶의 균열된 내면을 드러내는 어두움을 함축하고 있다면 정신화된 물은 삶의 이면을 응시하면서 범속한 현실과 일상적 자아로부터 일정한 거리를 두어 그 한계로부터 벗어나려는 의지적 갈망을 보여준다. 일상에 영합하거나 함몰되지 않으려는 내적 의지는 물을 매개로 함으로써 현실의 중력을 벗어난 초월적 지향을 보인다. 존재의 자각이 바탕을 이루는 물의 심상은 부박한 현실을 감내하고 정신적인 승화를 이루어내는 주도적 역할을 담당한다.

내ㅅ사 애달픈 꿈꾸는 사람
내ㅅ사 어리석은 꿈꾸는 사람

밤마다 홀로
눈물로 가는 바위가 있기로

기인 한밤을
눈물로 가는 바위가 있기로

어느 날에사
어둡고 아득한 바위에

절로 임과 하늘이 비치리오

—「임」[36] 전문

이 시에서 기구와 비원의 대상인 임[37]을 그리는 눈물은 단지 슬픔의 물이 아니라 집념이 어린 물의 양상을 띠고 있다. 1연에서 시적 자아의 자기규정은 애달프고 어리석은 존재로서 자기비하의 수준에까지 이르고 있다. 그러나 2, 3연은 '어리석은 꿈꾸는 사람'이 밤마다 홀로 흘리는 눈물을 통해 바위를 연마하는 광경을 제시함으로써 눈물이 단지 소모적인 감정의 발산이 아님을 보여준다. 시적 자아의 애달픈 꿈이 집약된 눈물은 바위의 단단함을 연마하여 내면의 슬픔을 다스리는 강인한 면모를 지닌 것이다. 집념이 내재된 눈물을 도구로 하여 시적 자아는 바위라는 육중한 현실적 장애를 뛰어넘어 임과 하늘을 향한 소망을 달성하게 된다. 눈물의 연약함과 바위의 딱딱함이 마찰하고 충돌하는 데서 오는 시적 긴장감은 시적 자아가 지닌 소망의 절실함을 생생하게 드러낸다.[38] 자기 비하적인 존재 규정으로 한껏 자신을 낮추었던 비감어린 존재 인식은 눈물의 힘을 빌어 바위를 변화시킴으로써 소망의 성취를 이루어낸 것이다. '꿈꾸는 사람'의 꿈을 가능케 한 매개체가 바로 정신적 의지가 집약된 눈물이었음을 살펴볼 때 물에 내재된 의지를 감지할 수 있다. 균열된 현실에 함몰되지 않고 존재 자각을 통하여 정신적 승화를 추구하려는

36) 『靑鹿集』, 을유문화사, 1946.
37) 김종길, 『진실과 언어』, 일지사, 1974, 168쪽.
38) 김재홍, 「목월 박영종」, 『한국현대시인연구』, 일지사, 1986, 352쪽.

시적 자아는 물을 통하여 자신의 소망을 실현시킨 것이다.

물은 땅으로 스며든다. 흐르는 동안 잦아져 버리는 물줄기를 나는 알고 있다. 그 자연스러운 潛跡은 배울 만하다. 하지만 이튿날 아침에는 꽃잎에 현신하는 이슬방울.

하지만 나도, 내가 노래할 시도 물이 된다. 오늘은 자기의 무게로 기어가는 물이지만 내일은 어린것의 눈썹에 맺히고 목마른 자기 가슴 속을 지나 당신의 처마에 궂은 가을 빗줄기로 걸리는 기나긴 驛程과 巡廻에 나는 順理와 轉身을 깨닫을 뿐이다.

—「比喩의 물」[39] 부분

이 시는 물의 다양한 순환 과정을 따라가면서 물의 변용과 시적 효용을 등질화시킨다. 물은 지상적 존재로서 삶의 무게를 짊어진 하강적 모습을 드러내기도 하지만 순환의 과정을 거쳐 순수한 물로 또는 천상의 물로 변용하게 된다. 흐르다 잦아져버리는 물에서 다시 꽃잎의 이슬로 영롱한 빛을 보이는 물의 변용은 해체와 생성의 순환적 움직임을 통해 가능한 것이다. 이러한 물이 보여주는 빠르고 가벼운 몸 바꾸기[40]의 움직임을 따라감으로써 시적 자아는 시정신의 자유로움을 실현하고자 한다. 이는 해체와 생성을 반복하는 물의 순환성이 일상적 삶의 직선적이고

---

39) 『경상도 가랑잎』, 민중서관, 1968.

40) 손진은, 「시 『往十里』의 상호텍스트성 연구」, 『어문학』 76집, 어문학회, 2002, 375쪽.

무상한 흐름으로부터 벗어나 있기 때문이다.

또한 물은 메마른 세상을 위무하고 단단함을 부드럽게 용해시키는 너그러움을 보여준다. 내면의 목마름을 다스리는 치유의 물이며 대지에 생명수 역할을 하는 비로 변용된 물의 심상은 시적 자아가 실현하고자 하는 시의 효용과 일치한다. 메마른 삶의 불우함을 위무하는 비는 물인 동시에 시인 것이다. 시적 자아는 인간의 삶에 긴요한 구원과 치유를 베풀고자 하는 시정신의 뜻을 물을 통해 구체화시킨다. 어린아이의 티 없는 눈동자의 물기처럼 순수하고 영롱하며 메마른 대지를 적시는 비처럼 부드러운 시를 창작하고자 하는 소망을 물의 상징적 힘을 빌어 드러낸 것이다. 물과 시의 동일화에는 범박한 지상의 삶으로부터 자유로운 물의 변용을 통해 자신을 가두는 현실의 완고함에서 벗어나 탈속의 희열과 시적 자유를 실현하고자 하는 열망이 반영된 것이다. 이러한 물은 통한 탈속의 열망은 무상한 삶의 시간으로부터 벗어나 창조적 정신성을 획득하려는 의지로 지속되며 내면적 깊이를 지닌 물로 심화된다.

오전에는
제자의 주례를 보아주고
오후에는
벼루에 먹을 간다
이제 내가
蘭을 칠 것인가, 산수를 그릴 것인가.
흰 종이에

번지는 먹물은 적막하고.

가슴에 붉은 꽃을 다는 것과

흰 꽃을 꽂는 것이

잠깐 사이다.

겨울 부채에

나의 詩,

나의 노래,

진실은 적막하고

번지는 먹물에 겨울 해가 기운다.

—「겨울 扇子」[41] 전문

시적 자아의 일상은 일상적 생활사와 자신을 위한 창작의 시간이 더불어 존재한다. 제자의 주례를 보아주는 일이 관혼상제로 요약되는 삶의 흐름을 느끼게 하는 시간이라면 벼루에 먹을 가는 홀로의 시간은 자신을 위하여 오롯이 쓰일 수 있는 창조의 순간이다. 벼루에 먹을 가는 것은 글씨를 쓰거나 그림을 그리기 위해 먹물을 만들기 위한 행위이지만 여기에는 정신적 집중이 요구된다.[42] 먹물은 정신성이 투영된 물이라고 할 수 있으며 이 먹물을 통해 시적 자아는 자신의 정신적 사유를 펼쳐나가는 것

41) 『無順』, 삼중당, 1976.

42) 먹을 사용하는 방법과 자세는 수묵을 다루는 선비나 문인화가에 있어서 필수적인 것이다. 당나라 말의 문인화가인 형호(荊浩)와 송대의 곽희(郭熙)는 선염(渲染)의 높고 낮은 담과 사물의 깊고 얕은 문채(文采)를 드러내기 위하여 묵의 중요성을 강조하였다. 강행원, 『문인화론의 미학』, 서문당, 2001, 121~122·144~145쪽 참조.

이다. 난을 치거나 산수를 그리는 것은 단지 그림에 그치지 않으며 내면적이고 정신적 의지를 펼쳐나가는 것이다. 동양적 전통에서 난과 산수화는 기교의 차원이 아니라 정신적 표현으로 간주되었기 때문이다.[43]

흰 종이에 '번지는 먹물'을 통하여 고요히 자신의 내면세계를 펼쳐놓는 사유의 여백 사이로 일상적 삶의 시간이 순간순간 혼재된다. '붉은 꽃'과 '흰 꽃'은 모두 관혼상제를 주관하거나 대상이 되는 사람으로서 갖추어야 하는 격식과 예의를 함축한다. 번지는 먹물의 선 사이로 삶의 시간이 교차하는데 여기서 먹물이 상징하는 창조적이며 영원한 시간성과 인간이 향유하는 찰나적이고 일상적인 삶의 시간성이 대조를 이루고 있음을 알 수 있다. 먹이 번지는 바탕은 겨울 부채이다. 먹물을 통해 창조의 순간을 얻어 자신의 시와 그림 즉 정신적 내면을 그리는 흰 종이가 시의성을 얻지 못한 겨울 부채라는 사실은 역설적이다. 겨울 부채는 시의적절한 생활 도구가 아니며 겨울의 일상적 환경으로 볼 때 무용지물에 가깝기 때문이다. 이러한 겨울 부채는 흰 꽃과 붉은 꽃이 함축하는 무상한 삶의 시간으로부터 벗어나 있으며 일상적 시간으로부터 일탈한 초월적 정신의 자유를 상징한다. 먹을 가는 시간과 먹물이 번져 나가는 순간은 일상의 시간의 흐름으로부터 자유로운 정신의 경지를 누릴 수 있는 시간이다. 겨울 부채가 함축하는 것은 시간의 틈이며 이러한 시간의 틈을 통해 시적 자아는 일상의 허망한 시간적 흐름으로부터 순간적인 초월

43) 김종태, 『동양회화사상』, 일지사, 1984, 143~144쪽.

의 시간을 획득하게 된다. 겨울 부채 위에 그려지는 시와 그림을 가능케 하는 먹물은 그 초탈의 순간을 매개하는 창조의 물이며 구원의 물이라고 할 수 있다.

〈1〉

달포가량

앓고

처음 잡아보는 만년필의

펜촉의 촉감이

너무나

미끄럽고 익숙하다.

이제 살아났군

펜촉이 속삭인다.

그래.

그렇군.

흘러내리는 잉크를 따라

샘솟는 생명감.

(…중략…)

〈2〉

원고지에

잉크가 스며든다.

오늘의 물거품 안에서

순하게 빨려드는 잉크의 숙연한

受納.

무엇 때문에
쓰는 것이 아니다.
오늘의 물거품 안에서
나의 문맥은
가는 귀가 먹은
밤으로 뻗치고
쓰는
그것의 진실을 위하여
쓰게 되는
耳順의
원고지에
순하게 스며드는
그것은 두렵다.
오늘의 물거품안에서
느리게 자리를 옮기는
별자리.

—「耳順」44) 부분

이 시에서 자아의 의식을 확인하는 중요한 매개체는 펜촉이며 보다 구체적으로 잉크라고 할 수 있다. 「겨울 扇子」의 먹물과 마찬가지로 펜촉에서 번져나가는 잉크는 시업(詩業)을 위한 매개체가 되어준다. 잉크는 병고에서 벗어나 자의식을 확인하려는 시

---

44) 『無順』, 삼중당, 1976.

적 자아에게 새로운 생명감을 불러일으킨다. 이러한 잉크는 〈2〉 부분에서 원고지에 쓰여짐으로써 시적 창조의 구체적 과정을 드러내는 매개체인 동시에 현실의 부박함을 딛고 시쓰기의 정신성을 함축하는 물의 심상이다. 흘러내리는 잉크를 따라 샘솟는 생명감을 확인하는 시적 자아의 시쓰기는 병고의 위협 앞에서 자신이 육체적으로나 정신적으로 온전히 살아있음을 증명하는 치열한 존재 확인의 행위이다. 잉크는 '오늘의 물거품'과 대조되는 심상이다. '잉크'는 병고를 딛고 일어나 자아의 정신을 쇄신하고 이를 원고지에 옮김으로써 허망한 물거품으로 대변되는 현실의 찰나적 순간을 넘어서는 매개체가 되어주기 때문이다. 물거품이 허무하게 스러지는 삶의 일회성을 드러낸다면 원고지에 스미는 잉크는 창조적 정신성에 대한 지향을 담고 있다. 펜촉을 따라 흘러내려 원고지에 스미는 잉크는 자신의 실존을 확인하며 육체의 피폐함을 치유하는 물의 심상을 담고 있다. 자신의 사유를 적어감으로써 함부로 지워지거나 소멸되지 않는 정신성을 표출하기에 시적 자아는 '두렵다'는 내적 성찰을 보인다. 쇠잔한 육신과 범속한 현실을 넘어서려는 의지를 담아 써 내려가는 시쓰기의 작업이 마지막 행에서 '별자리'라는 천체적 심상으로 귀결되는 것은 지상적 범속성과 구분되는 영원성을 시적 자아가 인식하고 있기 때문이다.

삶의 균열과 갈등의 와중에서 자신의 실존을 확인하려는 시인의 의지는 정신성을 내재한 물의 심상을 통해 구체화된다. 특히 시나 그림의 창작의 순간을 빌어 창조적 승화의 순간을 얻는데 이러한 창조성은 일상 삶을 도외시한 것이 아니라 일상 삶의 메마름과 무상함을 극복하는 과정에서 획득된 것으로 이때의 물은 정신의 응결체로 나타난다. 이러한 정신적인 물의 바탕을 이루는 것은 무상한 삶의 흐름으로부터 벗어나 자신의 존재성을 확인하고 입증하려는 의지적 자각이었다고 할 수 있다.

3. 물의 의미 구조와 박목월 시의 전개

이 글은 박목월 시에 나타나는 물의 심상을 풍요한 물, 고난의 물, 정신화된 물로 나누어 각각의 특성과 그에 따른 시적 사유를 살펴보았다.

박목월 시에 나타나는 풍요한 물은 자족적인 자연공간으로부터 연원하며 생명의 근원이 되는 물의 심상으로 형상화된다. 풍요한 물은 흐르는 물의 유연하고 역동적인 모습을 보이는데 이는 생명감을 고양시키는 바탕을 이룬다. 물의 풍요함은 모성적 심상과 연계되어 물의 창조성을 더욱 구체화시킨다. 모성이 함축하는 생명 창조와 흐르는 물의 역동성이 결합되어 면면히 이어지는 생명력을 확인하는 원천이 된다. 풍요한 물은 시적 자아가 희구하는 이상적 공간의 조화로움을 구성하는 중요한 요인이 된다.

고난의 물은 메마르거나 정체된 물 또는 추위로 인하여 결빙된 물의 심상으로 나타난다. 물의 정체, 결빙, 메마름은 모두 척박한 삶의 정황을 드러내는 요소이며 이러한 물의 심상은 시적 자아의 고뇌를 효과적으로 부각시킨다. 생명의 원천이 되는 물의 결핍을 얼음과 눈의 차가움과 갈증 또는 메마름으로 묘사함으로써 내면의 고뇌를 감각화하여 표출한 것이다.

정신적인 물은 단순히 자연 물질로서 존재하는 것에 그치지 않고 시적 자아의 정서적 쇄신의 동력이 되거나 자아의 실존의식을 확인하는 매개체로 기능한다. 정신적인 물은 물의 변용을 빌어 시적 창조의 효용성과 등질화되거나 먹물, 잉크 등의 창작 행위의 매개체가 됨으로써 일상적 범속성을 넘어서려는 정신적 초월성을 내재하게 된다.

이러한 물의 심상 전개를 그림으로 보이면 다음과 같다.

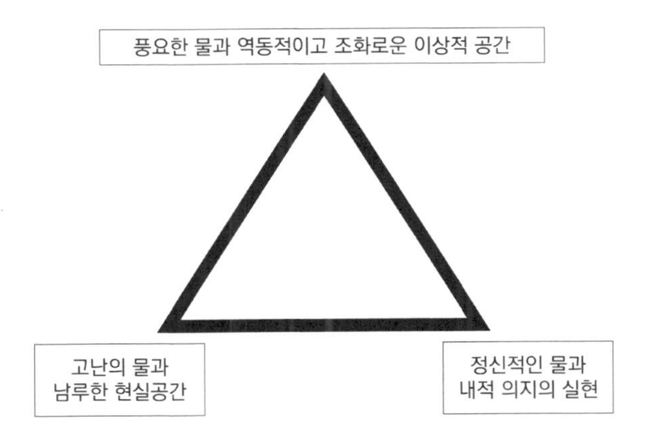

풍요한 물로 구현된 조화로운 이상세계는 시인의 동경이 담겨 있는 것이기는 하지만 순수 자연공간 혹은 설화적 체험이 반영됨으로써 경험적 삶의 공간을 일정부분 배제한 상상적 공간에 가깝다. 풍요한 물의 반대편에는 지상적 삶의 고뇌가 담겨진 하강, 메마름, 결빙을 담은 물의 심상이 놓이게 되는데 이는 풍요

한 물이 보여주는 생명력으로 충만한 물의 이상적 공간과 대칭을 이룬다. 정신화된 물은 범속한 현실의 조건을 바탕으로 이러한 현실의 정황을 수긍하면서 현실의 남루함을 견디는 내적 쇄신의 힘과 자각의 의지를 구현한다.

이러한 물의 세 가지 심상 구조는 모두 박목월 시를 구성하는 중요한 의미의 축이다. 여기서 주목할 것은 남루한 현실공간과 조화로운 이상적 공간의 대립적 의미망이 교차하는 가운데 내적 통찰의 시선은 성숙되고 심화되며 이것이 정신적 상승의 바탕을 이루고 있다는 점이다. 정신화된 물을 통해 박목월 시인이 추구하는 것은 이상세계의 동경과 남루한 현실의 고단함이 대립하지 않으면서 이상과 현실을 아우를 수 있는 균형적 시각의 확보라고 할 수 있다. 이러한 물의 다양한 의미의 축이 전 시기에 비교적 고르게 나타난다는 것은 박목월이 이상과 현실의 간극을 의식하면서 이를 극복할 수 있는 창조적 정신성을 끊임없이 추구해왔다는 점을 입증한다.

정신화된 물이 함축하는 존재 자각의 내면 의지에는 탈속적 정신세계를 지향하면서 체험적 현실의 바탕을 방기하지 않는 균형감각이 자리하고 있다. 이상세계에 대한 동경에 뒤따를 수 있는 현실의 배제라는 위험성과 범속한 현실공간의 시화가 불러올 수 있는 긴장감의 해이라는 안이함의 함정을 극복하고 균형감각을 유지하는 박목월 시의 특징이 물의 심상을 통한 의미구조에서 드러난다. 그는 이상공간을 갈구하면서 현실의 남루함을 직시하는 정직성을 견지하고 있었으며 이것이 정신화된 물의 심상을 통하여 메마른 일상적 삶의 갈증을 해소하려는 의지의 구현으로 귀결되었다고 할 수 있다. 시인은 정신적 가치를 내재한 물을 통해 현실의 메마름을 해소하고 삶의 본질에 대한 성찰과 자아의 진정성을 회복하려는 의지를 표출한다. 정신화된 물은 이상적 공간에 대한 동경과 탈속의 경지를 희구함으로써 무상하게 흘러가는 현실을 보완하는 기능을 한다. 정신화된 물은 이러한 상호 보족의 과정과 균형감각을 드러내주는 시적 사유의 산물인 셈이다.

심상 분석을 통해 드러난 의미 구조는 박목월 시의 사유 구조가 편향적으로 흐르지 않고 이상적 삶에 대한 동경과 현실 삶의 고난을 포용하면서 긴장감 있게 진행되어 왔다는 점을 보여준다. 물의 세 가지 심상은 모두 시작 사유를 표출하려는 중요한 기능을 보여주면서 박목월 시의 내면을 이끌어가는 시적 원리로 작용한다. 박목월 시에서 읽을 수 있는 시적 통찰과 서정적 감동의 깊이는 이상세계에 대한 동경을 내적 원천으로 하면서도 체험적 삶의 남루함을 포용하며 현실의 메마름을 다스려 정신적 승화를 실현시키려는 사유의 치열함에서 찾을 수 있을 것이다.

자아의식 정립과 모색의 여정

—백석 시에 대하여

1. 백석 시의 자아를 이해하기 위하여

백석이 1930년대에서 1940년대에 걸친 기간 동안 보여준 시 세계는 주목할 만한 것이라고 할 수 있다. 방언을 사용한 독특한 시어 구사와 개성적인 서정성은 한국현대시사에 있어서 중요한 성과의 하나로 꼽혀질 만하다. 이러한 백석의 시작품에 대한 연구는 한국현대사의 질곡 속에 가리워져 있다가 1980년대에 뒤늦게 시작되어 심도 있게 진행되어 왔다.

백석 시에 대한 기존의 연구는 김기림이 '기억 속'의 '동화와 전설의 나라'[1]라고 평한 이후 유년기의 서사적 회상을 통한 전통적 풍습의 시화라는 논점이 백석 시 연구의 중요한 축을 형성

1) 김기림, 「『사슴』을 안고」, 『조선일보』, 1936.01.29.

해왔다. 전통적 풍습의 재현과 토속적 언어를 사용한 언어 미학적 효과가 백석 시의 중요한 특질임은 분명하나 이 부분에 집중할 경우 시집 『사슴』 발간 이후에 발표된 시들을 해명하는 데 있어서는 적지 않은 난점을 지닌 것으로 파악된다. 기존의 연구에서 『사슴』에 수록된 시편들과 이후의 시를 다른 기준으로 분류하여 규명하고 있는 것은 전통적 풍습의 재현이나 토속어의 구사, 서사적 구조의 도입 등의 관점만으로 백석 시를 총괄적으로 이해하기에 다소 미흡하다는 점을 드러낸다. 백석 시가 그리 길지 않은 기간 동안 창작되었다는 점에서도 백석 시의 전체적인 면모를 유기적으로 살펴볼 필요성이 제기된다.

이 글은 백석 시가 『사슴』 발간 이후 서사적 요소보다는 서정적 주체의 내면의 응축과 토로[2] 그리고 주관적인 감정의 표출이나 형상화에 주력한다는 점을 중시하여, 서정적 주체가 사회 역사적 상황에서 자신의 내적 의식을 정립해 나가는 사유의 구조를 고찰하고자 한다. 시적 형상화 속에서 서정적 자아가 드러내는 내면의 고뇌와 탐색을 읽어 냄으로써, 혼란과 압박으로 점철된 식민지 시대에 자신의 위상을 정립해나가려는 의지적 노력을 살피고자 하는 것이다. 백석 시에서 공동체적 삶의 전통적 모습을 유년기 화자를 통하여 형상화한 작품들은 객관화된 장면의

2) 헤겔에 의하면 서사시는 내면보다는 외면적인 것을 상세하게 묘사하고 삽화적인 사건과 행위를 자세하게 기술한다. 한편 서정시는 주체의 감정과 성찰이 현존하는 세계를 자기 속으로 흡수하고, 이 내면적 토대 위에서 체험하며 내면적으로 전화시켜 단어로 표출하므로 내면에 응집된 '집중'을 원칙으로 하며 표현의 내적인 깊이를 얻으려 한다. G. W. F. 헤겔, 최동호 역, 『헤겔시학』, 열음사, 1987, 35쪽·183~182쪽.

제시나 묘사의 기법을 통해 서정적 자아의 직접적인 정서 표현이 절제되어 있는 경우가 적지 않다.

그러나 유년기의 회상에 의존하여 서사성을 띤 작품들 역시 서정적 자아의 체험과 개성에 힘입는 바가 크므로 서정적 자아의 의식경향이 노정된다고 할 수 있다. 지나간 풍습에 대한 회상을 담은 객관적 묘사일지라도 주관적 자아의 개입을 통한 기억의 선택적 재구성이 작용한다는 점에서 내면의식의 지향성이 드러나기 때문이다. 외부 세계와 서정적 자아의 대응양상이라는 관점에서 백석 시를 살펴볼 경우 기존의 연구에서 발견되는 시집 『사슴』에 수록된 시와 이후 발표된 시를 분리하여 고찰하는 한계를 극복하고 백석 시가 당대적 삶의 바탕 위에서 자아의 위상을 확립해 가는 모색의 과정을 밝힐 수 있을 것이다. 백석 시에서 느끼는 감동의 생생함은 급격히 변화하는 외부 세계에 대응하는 서정적 자아의 치열한 시적 모색이 개인적 체험의 절실함을 통해 형상화됨으로써 획득된 것이라고 판단된다. 백석 시에 드러나는 언어 미학적 형식 또한 이러한 서정적 자아의 치열한 모색을 담아낼 때 단순한 심미적 조탁에서 벗어나 시적 공감으로 연결될 수 있다고 본다.

이 글은 백석 시의 포괄적이고 유기적 이해를 위하여, 유년기 자아의식 형성에서 자존의식의 확립과 내적 정립에 이르는 과정을 검토함으로써 백석 시가 드러내는 외부 세계와 자아의 대응양상을 살피고자 한다. 백석 시에 다루어진 시적 공간은 평화로운 유년의 고향으로부터 갈등과 고립의 이방(異邦)에 이르기까지 다양하며 이를 인식하는 자아의 반응 양상 또한 층위를 달리한다. 따라서 고향의 전통적 습속을 재구성하는 자아 내면으로부터 출발하여 「남신의주 유동 박시봉방」[3]의 실존적 자아에 이르기까지의 외부 세계와 서정적 자아의 대응 양식을 단계적으로 검토할 필요가 제기된다. 유년의 체험이 담긴 자아 형성의 공간으로부터 사회적 삶과 개인 그리고 타인과 자아 사이의 관계 성립에 이르는 과정에서 변별적으로 드러나는 서정적 자아의 내면 의식을 살펴봄으로써, 백석 시의 특질을 보다 명료하고 총체적인 관점에서 이해할 수 있을 것이다.

2. 백석 시의 서정적 자아

1) 모성의 안위와 자존의식의 형성

백석은 시집 『사슴』을 위시한 초기 시편에서 유년기 자아의 체험적 술회를 방언의 구사를 통해 보여준다. 방언은 태어나서 자연스럽게 접하게 되는 모성의 언어라는 점에서 모성의 세계에 속한 유년기 자아가 표출하는 방언의 구사는 원초적 삶의 경험을 효과적으로 드러내는 수단이라고 볼 수 있다. 발표 시기는 약간의 시간적 편차가 있으나 어린아이가 화자로 등장하는 시편들

3) 백석은 1935년 『조선일보』에 발표된 「정주성」을 시작으로 작품 활동을 보여 1936년 시집 『사슴』을 간행하고, 1948년 「남신의주 유동 박시봉방」에 이르기까지 많은 시를 발표한다. 1950년 이후 그가 북한에서 발표한 작품이 상당수인 것으로 확인되지만, 해방 이후의 작품은 북한의 정치 사회 체제의 일정한 영향력 하에서 작품 활동이 이루어진 것으로 판단되므로, 이 글에서는 고찰의 대상에서 제외한다.

은 고향의 자족적이고 원형적인 공간을 바탕으로 유년기의 자의식 형성을 보여준다. 동심의 체험을 담은 시편은 자아경험의 근원을 형성하는 모성적 보호와 안위를 드러낸다. 이러한 유년기 자아는 외부적 삶의 갈등이나 균열로부터 보호되어 있다. 모성의 보호를 바탕으로 하여 시적 자아는 자아정체성을 형성하는 풍요한 정신적 바탕을 얻는다.

작품 「古夜」에서 모성적 공간에서 보호받는 유년기 자아의 내면의식을 살펴볼 수 있다.

> 아배는 타관에 가서 오지 않고 山비탈 외따른 집에 엄매와 나와 단둘이서 누가 죽이는 듯이 무서운 밤 집뒤로는 어늬 산골짜기에서 소를 잡어먹는 노나리꾼들이 도적놈들 같이 쿵쿵거리며 다닌다 // 날기명석을 져간다는 닭보는 할미를 차 굴리다는 땅아래 고래같은 기와집에는 언제나 니차떡에 청밀에 은금보화가 그득하다는 외발 가진 조마구 뒷山 어늬메도 조마구네 나라가 있어서 오줌누러 깨는 재밤 머리맡의 문살에 대인 유리창으로 조마구 군병의 새까만 대가리 새까만 눈알이 들여다보이는 때 나는 이불속에 자즈러붙어 숨도 쉬지 못한다 // (…중략…) // 내일같이 명절인 날 밤은 부엌에 쩨듯하니 불이 밝고 솥뚜껑이 놀으며 구수한 내음새 곰국이 무르끓고 방안에서는 일가집 할머니가 와서 마을의 소문을 펴며 조개송편에 달송편에 죈두기 송편에 떡을 빚는 곁에서 나는 밤소 팥소 설탕 든 콩가루소를 먹으며 설탕 든 콩가루소가 가장 맛있다고 생각한다 / 나는 얼마나 반죽을 주무르며 흰가루손여 되어 떡을 빚고 싶은지 모른다
>
> —「古夜」[4] 부분

이 시에서 유년기의 자아가 안위를 얻는 공간은 집이며 구체적으로는 어머니가 지켜주는 방안[5]이라고 할 수 있다. 방 바깥을 둘러싼 것은 이성적 판단을 불가능하게 하는 어두움이며 도적들이 횡행하는 암흑의 세계이다. 자아의 성장과 형성의 차원에서 볼 때, 질서가 부재하는 외부의 혼란상을 극복할 수 있도록 도와주고 외부 세계를 제어할 수 있는 아버지[6]는 '타관에 나가 오지 않'음으로 해서 부재하는 것으로 묘사된다. 어두운 세상에서 유년의 나를 보호해주는 것은 어머니이다. 방을 벗어난 외부 공간은 마치 '누가 죽이는 듯이' 두려운 공간으로 인식된다. '조마구'의 설화는 밤의 암흑과 그에 따른 공포감을 구체화시킨다. 조마구의 새까만 머리와 새까만 눈을 인식한 유년의 자아는 공포 때문에 방 바깥, 즉 외부 공간으로 나가지 못한다. '이불 속에 자즈러붙는' 유년기 자아의 모습은 외부의 어둠과 그 어둠과 결합한 설화의 공포로 말미암아 극도로 위축된 상태를 보여준다.

유년의 자아가 심리적 위축을 벗어나 보다 활기찬 모습을 보여주는 것은 3연에서 서술되듯, 음식 준비를 통해서이다. 명절 즈음할 무렵 집안의 공간은 대개의 경우 불을 밝히고 음식을 준비하는 활기 있는 모습을 보여주기 마련이다. 불이 환하고 명절

---

4) 시의 본문 인용은 이동순 편, 『백석시전집』, 창작과비평사, 1987에 의한다.

5) 집과 모성이 결합된 이미지 형성에 대하여 가스통 바슐라르, 곽광수 역, 『공간의 시학』, 민음사, 1990, 165~166쪽 참조.

6) 아버지의 혈통에 속함으로써 어린아이들은 자신의 행복과 이익, 안락함에 대한 권리를 가진다. 아버지는 삶을 보호해줄 뿐 아니라, 아이를 문화세계에 편입시킴으로써 어른들의 사회에 통합될 수 있는 권리를 충족시켜준다. P. 쥘리앵, 홍준기 역, 『노아의 외투』, 한길사, 2000, 58쪽.

의 음식 냄새가 가득한 부엌은 시적 자아에게 삶의 본질적 의미를 일깨워주는 원초적 공간이다. 백석 시에서 빈번히 등장하는 음식과 음식 냄새는 모성적 보호의 원형질을 형성하는데, 이러한 음식의 공급처가 되는 부엌은 시적 자아에게 매우 의미 있는 공간이다. '쩨듯하니 불이 밝'은 부엌은 1, 2연에서 서술된 암흑의 외부 공간과 대조를 이룬다. 밝음을 빌어 자아는 어둠이 주는 위축감을 떨치고 자신감을 회복하게 된다. 이러한 자아 회복의 매개체 역할을 담당하는 것이 흰 떡과 송편 빚기이다. 시적 자아를 신명나게 하는 떡반죽과 '흰가루손'의 즐거움을 빌어 유년의 자아는 풍요하고 활기찬 세계를 경험한다.

부엌은 외부적 공포와 위협으로부터 유년의 자아를 보호하고 자아의 정체성을 형성하는 데에 영향을 끼친 모성적 공간을 대표한다고 할 수 있다. 부엌으로 대표되는 모성의 보호와 안위는 조화롭고 풍요로운 자아의식의 원천을 이룬다.

> 밤이 깊어가는 집안엔 엄매는 엄매들끼리 아르간에서들 웃고 이야기하고 아이들은 아이들끼리 웃간 한 방을 잡고 조아질하고 쌈방이 굴리고 바리깨돌림을 하고 호박떼기하고 제비손이구이하고 이렇게 화디의 사기방등에 심지를 멫번이나 돋구고 홍게닭이 멫번이나 울어서 졸음이 오면 아릇목싸움 자리싸움하며 히드득 거리다 잠이든다 그래서는 문창에 텅납새의 그림자가 치는 아츰 시누이 동세들이 욱적하니 홍성거리는 부엌으론 샛문틈으로 장지문틈으로 무이징게국을 끓이는 맛있는 내음새가 올라오도록 잔다
>
> —「여우난골族」 부분

이 시 역시 모성의 보호 아래 놓인 천진한 동심의 세계를 그려낸다. 어린아이들은 즐거운 놀이에 한창이고 부엌을 중심으로 활기찬 분위기를 주도하는 것은 '엄매' 그리고 다른 아이의 '엄매들'이다. 이 시에서 시적 자아는 친족들과 어울려 평화로운 시간과 풍성한 음식을 향유한다. 아이들만의 유희의 공간은 아무런 구속이나 제약을 받지 않고 어린아이들의 자율적인 의지로 채워진다. 새벽이 될 때까지 지속되는 유희의 시간을 통해 어린아이들만의 낙원을 창출하는 것이다. '아이들'로 구성된 세계에는 아무런 균열이나 결핍이 존재하지 않는다. 그것은 화해와 평화의 시간을 대변하는 것이라고 볼 수 있다. 유희의 시간이 종식될 즈음 풍겨오는 음식 냄새는 천진한 낙원의 의미를 더욱 견고하게 만든다. 즉 놀이의 즐거움과 음식 냄새가 상기하는 식욕의 충족이 병치되어 유년의 공간이 가진 안위와 자족의 의미를 부각시키고 있다. 모성의 보호 아래에서 음식과 놀이의 즐거움이 결합되어 갈등이나 균열이 없는 천진한 동심의 세계를 보여주는 것이다.

모성적 보호가 조화로운 자존의식의 형성에 기여함을 「넘언집 범 같은 노큰마니」에서 확인할 수 있다.

내가 엄매 등에 업혀가서 상사말같이 항약에 야기를 쓰면 한창 퓌는 함박꽃을 밑가지채 꺾어주고 종대에 달린 제물배도 가지채 쪄주고 그리고 그 애끼는 게사니알도 두 손에 쥐어주곤 하는데

우리 엄매가 나를 가지는 때 이 노큰마니는 어늬 밤 크나큰 범이

한 마리 우리 선산으로 들어오는 꿈을 꾼 것을 우리 엄매가 서울서 시집온 것을 그리고 무엇보다도 내가 이 노큰마니의 당조카의 맏손자로 난 것을 다견하니 알뜰하니 기꺼이 녀기는 것이었다

—「넘언집 범 같은 노큰마니」 부분

이 시에서 '노큰마니'의 존재는 단순한 모성을 넘어서는 가부장적인 위엄을 지니고 있다. '노큰마니'는 연령으로나 가계의 구도상으로 손위의 어른일 뿐 아니라 가족을 보호하고 유지하려는 노력을 통해 강인한 면모를 드러내는 인물이다. 그녀는 '젖먹이를 청능 그늘밑'에 뉘어두고 김을 매러 다니는 굳센 노동력을 보여주며 '부뚜막에 바가지를 아이덜 수대로' 늘어놓고 끼니를 해결할 만큼의 곤고한 삶을 헤치고 가족을 부양한 것으로 서술된다. 또한 일가의 어른으로서 손자와 증손자들에게 회초리를 통한 훈육을 마다하지 않는다.

위엄 있는 노큰마니는 어린 '나'에게 자아 존중감을 일깨워주는 존재이다. 노큰마니는 '나'의 태몽과 관련되어 '범'이라는 동물을 시적 자아의 탄생과 결부시킴으로써, 궁극적으로 '나'의 자아의식을 드높이는 계기를 형성해준다. 전통적 풍속을 통해 범상치 않은 동물로 외경과 추앙을 받는 범의 위상과 시적 자아의 존재를 밀접하게 연관시켜주기 때문이다. 범은 나뿐 아니라, '범 같은' 노큰마니를 형용하는 비유이기도 하다. '범'의 존재를 통한 연계성은 노큰마니와 '나'와의 긴밀한 연관성을 강조하는 동시에, 자아의 위상을 한층 고조시키는 데에 기여한다. 또한 철없이 어린 '나'를 달래기 위하여 한창 피어나는 꽃을 아낌없이 꺾어주

거나 제물로 쓰이는 배와 아끼는 '게사니알'도 주는 것은 노큰마니의 다정한 풍모를 드러내는 것인 동시에 시적 자아를 위하는 노큰마니의 정성을 표현하고 있다. 이러한 추억은 웃어른에게 사랑받게 됨으로써 형성되는 자아의 존중감을 강조하고 있다.

이렇듯 유년기 자아의 존중감과 자부심은 주로 노할머니에서 어머니로 이어지는 모성 계열을 통해 형성된다. 모성이 주는 충족감은 자아 내면에 커다란 영향을 끼쳐 유년기에 느끼는 행복감의 원천이 된다. 정신적인 자부심을 더해주는 노큰마니와 어머니의 존재를 통해 유년의 공간은 모성적인 보호와 안위로 충만하다. 이러한 보호와 자족의 느낌을 확인시켜주는 것은 음식의 향유를 통해서이다. 풍성한 음식의 향유는 육신의 허기를 채워줄 뿐 아니라, 정서적 충족감을 더해주는 요인이 된다.

모성과 합일된 유년의 공간에서 백석 시는 외부 공간과 갈등이나 결핍을 느끼지 않는다. 이렇듯 과거 시간의 재구성을 통해 드러나는 자족감은 자아존립의 근거를 형성하는 것이다. 유년의 공간이 보여주는 조화와 안정은 백석 시가 희구하는 이상적 공간을 투영하고 있으며 백석이 방언의 적절한 구사를 통해 고향의 추억을 담아낸 것은 조화로운 자아의식의 근원을 복원하려는 의도를 담고 있는 것이라고 판단된다. 모성의 보호 아내 놓인 유년기 자아를 통하여 백석은 어린 시절의 평화와 자족을 그리워하는 의식의 지향성을 드러낸다. 평화로운 유년기의 배면에 현실의 어두움이 도사리고 있는 것 또한 사실이나 모성이나 친족의 보호 아래 유예되어 있다. 이러한 유예는 현실의 압박이 가중됨에 따라 오래 지속되지 못한다. 유년기의 공간과 같이 자아와 외부 세계가 충돌하지 않고 화해적인 양상을 보이는 시기는 인간 삶 전체에 있어서 얼마 되지 않는다. 모성의 보호는 영속될 수 없으며, 어머니와의 공생(symbiosis)은 지속될 수 없다. 점차 성인사회로 진입하기 위하여 모성의 보호로부터 분리될 수밖에 없다.[7] 모성의 보호를 벗어나 외부 현실로 확장된 백석 시는 혼란하고 균열된 외부 세계의 체험을 드러낸다.

2) 성년으로의 입사(入社)와 균열된 외부의 체험

유년기의 자아를 통해 드러나는 조화롭고 안정된 공간은 현실의 질곡이 가중됨에 따라 일정한 한계를 내재하게 된다. 부모나 가족 또는 고향 등의 친족 중심에서 벗어나 외부 세계의 삶으로 시적 관심이 확대됨에 따라 자아는 외부의 어두움과 혼란을 인지하게 된다. 유년기의 회상을 통한 과거의 안온함에서 벗어나 현실과 적극적으로 대면하며 성숙된 자의식을 확립하기 위하여 외부의 시련의 체험과 극복의 과정은 필연적인 것이다.

유년기를 벗어난 시적 자아가 체험하는 외부 세계의 험난함은 모성적 공간의 온화함과 대비를 이루는 것이다. 성년이 되어 모성의 보호를 벗어난 시적 자아가 목도하는 외부의 현실은 균열된 삶의 형상을 보여준다. 이러한 외부의 험열함은 사회역사적인 측면에서 볼 때 삶의 준거 원리를 형성하는 전통적 가치 이

7) 유년기를 벗어나기 위한 성인식에서 입사자는 어머니가 아닌 成人師(Initiator)이며, 이를 통해 어머니의 보호권에서 벗어난다. 이부영, 『분석심리학』, 일조각, 1995, 76쪽.

념의 부재와 혼란으로 야기된 것이다. 식민지배의 체험은 전통적인 사회의 이념을 붕괴시켰으며, 이로 인한 가족의 몰락과 해체 등의 고통은 사회적 약자인 여성에게 가중되어 나타난다고 볼 수 있다. 백석 시에서 드러나는 사회적 혼란과 가족의 몰락, 그리고 이로 인한 모성과 자녀의 수난은 식민지 당대 현실의 사회역사적 경험을 반영한 것이라고 볼 수 있다.

작품 「旌門村」과 「여승」은 황폐한 외부 세계와 그로 인한 모성의 고난을 서술하고 있다.

주홍칠이날은 旌門이하나 마을어구에 있었다

「孝子盧迪之之旌門」—몬지가 겹겹이앉은 木刻의額에 / 나는 열살이 넘도록 갈지字둘을웃었다

아카시아꽃의 향기가가득하니 꿀벌들이많이날어드는아츰 / 구신은없고 부헝이가 담벽을띠쫗고 죽었다

기왓골에 배암이푸르스름히 빛난 달밤이었다 / 아이들은 쪽재피같이 먼길을 돌았다

旌門집가난이는 열다섯에 늙은말군한테시집을갔겄다

—「旌門村」 전문

편안도의 어늬 산 깊은 금덤판 / 나는 파리한 여인에게서 옥수수를 샀다 / 여인은 나어린 딸을 따리며 가을밤같이 차게 울었다

섶벌같이 나아간 지아비 기다려 십년이 갔다 / 지아비는 돌아오지 않고 / 어린 딸은 도라지꽃이 좋아 돌무덤으로 갔다

—「여승」 부분

「旌門村」은 전통적 가치규범의 붕괴와 그로 인한 가족의 고통을 그리고 있다. 정문이 본래 지니는 전통적 힘과 내력은 간 곳 없이 정문집의 현재는 초라하기 그지없다. 과거 기와집의 풍모는 간 곳이 없이 '배암이 푸르스름히' 빛나는 정경의 제시는 정문집의 몰락을 단적으로 드러내는 것이다. 칠이 낡은 정문은 전통적으로 숭앙되던 규범의 붕괴를 상징적으로 보여준다. '몬지가 겹겹이앉은 木刻의' 글자는 전통 윤리의 준수와 그로 인한 영예가 덧없는 과거의 일이며, 현재적 삶에 아무런 영향력을 지니고 있지 못함을 의미한다. 쇠락한 정문집의 모습은 아카시아 꽃의 향기와 꿀벌들의 심상과 극명한 대조를 이룬다. 꽃의 만개와 꿀벌의 요란한 날개소리와 정문집의 몰락이 대비를 이루고 있기 때문이다. 아카시아의 만개가 자연의 무성한 생명력을 드러낸다면, 정문집은 황량한 삶의 터전을 보여준다고 할 수 있다. 변함없는 자연의 생명력과 쇠락한 정문집의 대조를 통해 느껴지는 비애감은 마지막 연에 이르러 한층 강조되어 전통의 붕괴와 사회적 혼란의 와중에서 감내하지 않을 수 없는 힘없는 개인의 불행을 부각시킨다. 늙은 말군에게 시집가야 하는 정문집의 딸은 꽃다운 나이에 자신에게 부과된 쓸쓸한 운명을 받아들일 수밖에 없다. 열다섯의 나이는 아카시아 꽃이 한창인 자연과 상응하여 아름다운 삶의 순간을 의미하지만, 집안의 몰락이라는 균열된 현실 속

에서 꽃다운 나이는 오히려 처연한 비애감을 불러일으킨다.

한 가족의 비극이 간결한 어조로 서술된 「여승」에서 여승의 가족은 부성의 부재—모성의 위기—자녀 상실의 고통 속에 여인이 세속을 떠나는 비극적인 결말을 보여준다. 부성의 부재는 가족에게 고통의 근원이며 심각한 위기를 초래한다. 모성의 힘만으로 부성이 부재하는 가족을 이끌어가기가 어렵다는 것을 '파리한 여인'이 파는 '옥수수'의 보잘것없음을 통해 암시적으로 보여준다. 이와 같은 가족의 위기는 전통적 규범의 붕괴와 혼란한 사회상과 맞물려 가족 해체라는 비극적인 결말로 전개된다.

> 북관에 계집은 튼튼하다 / 북관에 계집은 아름답다 / 아름답고 튼튼한 계집은 있어서 / 흰 저고리에 붉은 길동을 달어 / 검정치마에 받쳐입은 것은 / 나의 꼭 하나 즐거운 꿈이였드니 / 어늬 아츰 계집은 / 머리에 무거운 동이를 이고 / 손에 어린 것의 손을 끌고 / 가펴로운 언덕길을 / 숨이 차서 올라갔다 / 나는 한종일 서러웠다
>
> —「절망」 전문

이 시에서 북관 여성이 지닌 강인한 아름다움은 고단한 현실 삶의 무게에 짓눌림으로써 시적 자아를 서글프게 한다. 시 초반에 서술된 여인의 강건한 아름다움은 후반부에서 생활고에 눌린 모습과 대조되어 시적 자아를 절망케 하는 원인이 된다. 과거에 보여주었던 강인한 아름다움과 숨차하는 가파른 현실의 대비는 여인이 감내해야 하는 삶의 고난을 부각시킨다. 시적 자아에게 즐거움을 안겨주던 여인의 강인함이 시의 초반부에 강조되어 있

기에, 시 후반부의 숨 가쁘게 삶을 영위하는 모습은 여인에게 닥친 불행한 상황을 간명하게 드러내는 것이다. 홀로 아이를 데리고 생활고를 견디어야 하는 현실의 어려움이 강인한 여성조차 '숨이 차'도록 만드는 것이다. 머리에 인 동이의 무거움을 더욱 힘겹게 하는 '가퍼로운 언덕길'은 이러한 현실의 고단함을 상징적으로 드러내는 부분이다. 여인의 숨 가쁜 인생길에는 고달픈 삶을 살 수밖에 없도록 만든 비극적인 가족의 상황, 나아가 당대의 암울한 현실이 깔려 있다고 볼 수 있다.

정문집 딸이 겪어야 하는 기구함과 여기에서 유발된 암담함은 「절망」과 「여승」에서 여성의 고난과 가족의 해체로 보다 구체화되어 나타난다. 「旌門村」의 가난이에게 닥친 운명은 「절망」과 「여승」에 드러나는 가족 해체의 비극성과 연계되어 있다고 볼 수 있다. 백석은 가치규범이 붕괴한 혼돈상을 힘없는 여성을 통해 그려냄으로써, 현실을 응시하는 암담한 인식 태도를 드러낸다. 유년기의 풍요한 기억과 대조를 이루는 균열된 외부의 체험은 모성적 보호와 대조를 이루는 것으로 시적 자아가 맞서야 하는 험난한 외부환경에 대한 구체적인 인식의 계기를 키워가게 되는 것이라고 할 수 있다. 가혹한 운명을 감내해야 하는 여성이 보여주는 비극성과 풍요한 모성은 대비되어 백석 시에서 대극적인 의미망을 형성한다. 모성의 보호를 벗어나 외부 세계와 접한 시적 자아가 목도한 사회적 삶은 균열과 결여의 모습으로 인식된다. 모성의 보호 아래 자아의 정체성을 확인하고 풍요함을 누리는 천진한 유년의 공간은 미래에도 지속되는 것이 아니라, 과거에 끝나버린 완료된 세계이다. 시적 자아가 대면한 외부 공간은 갈등과 균열의 세계이며 그 구체적인 양상이 가족 공동체의 비극으로 표출된 것이다. 모성이 주는 풍요함이 삶의 이상적 순간을 드러내는 것이라면, 비극적 여성의 운명은 시적 자아가 맞서야 하는 험난한 현실의 외부 세계를 요약적으로 보여준다고 할 수 있다. 기구한 삶을 살아가는 여성이 처한 사회 현실과 시적 자아가 처한 외부 현실은 동시대라는 의미망을 지니고 있기 때문이다.

3) 미완의 사랑과 실존적 고뇌

삶의 균열상을 그려낸 백석은 자아와 타인 간의 관계를 통해 실존의 고뇌를 응시한다. 모성적 세계를 떠나 자아와 외부 세계 간의 갈등이나 결핍을 보여주는 시편들은 백석 특유의 방언 사용이 극히 제한되어 있다. 백석 시에서 방언 사용은 평화롭고 천진한 고향에서 느끼는 조화와 평온을 담아내는 언어적 전략의 일환이라고 할 수 있다. 백석 시에 나타난 자아는 유년의 공간을 떠나 외부 공간과 직접적으로 만나게 되는데, 이때의 외부 공간은 자아에게 비애와 결핍을 제공하는 공간이며, 삶의 지향점이나 가치체계가 붕괴된 혼란상을 보여준다고 할 수 있다. 따라서 시적 자아는 만족할만한 자아의 준거점을 찾지 못한 채 방황을 거듭하는 것으로 나타난다.

성숙한 자아는 모성과 부성의 세계를 떠나 자아와 타인 사이에서 원만하고 바람직한 관계 구축을 모색한다. 특히 인간에게 가장 원초적이라고 할 수 있는 애정에 기초한 관계는 자아에게 크나큰 영향을 끼친다. 개인이 분리감을 극복하고 합일의 상태에 도달할 것인가는 중요한 문제이며, 이것이 좌절되었을 경우 불안과 죄책감을 유발한다.[8] 백석의 시에서는 사랑하는 여인에 대한 그리움과 갈구를 담은 시편이 다수 보이지만, 대부분의 시에서 시적 자아가 지닌 사랑은 원만한 관계를 형성하지 못하고 미완 혹은 좌절로 귀결되고 있다. 이러한 사랑의 미완 혹은 파탄은 시적 자아를 고립시켜 실존적 고뇌를 유발하는 요인이 된다. 백석 시가 드러내는 사랑하는 여성과의 관계 체계에는 유년시절의 조화로움을 제공했던 모성의 그림자가 드리워져 있다. 회상을 통해 형상화되었던 모성의 풍요로움은 자아가 소망하는 이상적 여성을 통한 조화로움에 대한 갈망으로 변용되어 드러난다고 볼 수 있다. 즉 사랑하는 여성을 통해 가족 구체적으로는 모성의 풍요로움과 평온함을 재발견하고 정서적 충족을 획득하고자 하는 의도가 엿보인다.

> 蘭이라는 이는 明井골에 산다든데 / (…중략…) / 내가 좋아하는 그이는 푸른 가지 붉게붉게 동백꽃 피는 철엔 타관 시집을 갈 것 같은데 / 긴 토시 끼고 큰 머리 얹고 오불고불 넘엣거리로 가는 여인은 평안도서 오신 듯한데 동백꽃 피는 철이 그 언제요
>
> 녯 장수 모신 낡은 사당의 돌층계에 주저앉어서 나는 이 저녁 울 듯 울 듯 閑山島 바다에 사공이 되어 가며 / 녕 낮은 집 담 낮은 집 마당만 높은 집에서 열나흘 달을 업고 손방아만 찧는 내사람을 생각한다
>
> —「統營」 부분

8) E. Fromm, *Art of loving*, New York: Harper & Pow, 1956, p. 8.

이 시에서 시적 자아가 사모하는 여인의 이름이 蘭이라는 사실은 난꽃의 아름다움과 고고함을 함께 연상시킨다. 시적 자아는 사모하는 마음에도 불구하고 적극적인 애정 표현을 드러내지 못한다. 단지 주저하는 모습을 보이며 연인이 멀리 시집가버릴 것을 염려하는 애타는 마음만을 보여준다. 이러한 소극적인 모습은 '낡은 사당의 돌층계에 주저앉'아 있는 모습에서 확인된다. '주저앉'아 '울 듯 울 듯'하는 무기력하고 소극적인 행동은 사랑이 비극적인 결말로 귀결될 것임을 암시한다. 이러한 소극적 태도는 사당에 모신 '녯 장수'의 위용과 대조를 이룬다. 사당에 모신 '녯 장수'의 기개가 '閑山島'를 가득 메우던 용맹스런 남성의 모습을 보여준다면, 이와 대비된 시적 자아의 현재 모습은 유약하기 그지없다. '녯 장수'의 모습과 시적 자아의 현재의 모습은 대조를 이루어 시적 자아의 무력함과 위축을 부각시킨다. 바다를 떠도는 자아의 모습을 '사공'으로 투영하는 부분은 사랑의 실현에 좌절한 이후의 허무감을 노정하는 것이다.

시적 자아가 사랑하는 여성과의 조화로운 관계 구축을 통하여 외부 세계에 대응하지 못한 채 자아의 고립화와 폐쇄화 양상을 드러내는 예를 다음의 시에서 확인할 수 있다.

나타샤를 사랑은 하고 / 눈을 푹푹 날리고 / 나는 혼자 쓸쓸히 앉어 燒酒를 마신다 / 燒酒를 마시며 생각한다 / 나타샤와 나는 / 눈이 푹푹 쌓이는 밤 흰당나귀 타고 / 산골로 가자 출출이 우는 깊은 산골로 가 마가리에 살자 눈은 푹푹 나리고 / 나는 나타샤를 생각하고 / 나타샤가 아니 올 리 없다 / 언제 벌써 내 속에 고조곤히 와 이야기 한다 / 산골로 가는 것은 세상한테 지는 것이 아니다 / 세상 같은 것 더러워 버리는 것이다

—「나와 나타샤와 당나귀」 부분

이 시에서 시적 자아는 흰 눈이 내리는 밤에 나타샤를 기다리며 술을 마시고 있다. 흰 눈과 흰당나귀의 조응은 이 시의 신비하고 아늑한 배경 조성에 기여한다. 이국 여인의 이름인 나타샤 또한 흰 눈과 흰당나귀와 함께 신비하고 몽환적인 정조를 더해주는 역할을 한다. 나타샤를 간절히 기다리는 이유는 그녀와 더불어 세상을 버리고 산골의 '마가리'(오막살이)라는 은둔의 공간으로 가고자 하기 때문이다. 나타샤는 시적 자아의 간절한 기다림과 '燒酒를 마시며'라는 현실 망각의 상황 속에서 존재한다. 이 시에서 나타샤는 실존의 인물이기보다는, 시적 자아의 이상적인 아니마(anima)[9]라고 할 수 있다. '혼자 쓸쓸히 앉어' 소주를 마시며 은둔을 꿈꾸는 정황으로 미루어볼 때 상상 속의 아름다운 여인,[10] 즉 이상적 아니마를 염원한다고 볼 수 있다. 이 시의 나타샤는 현실적인 구원의 힘을 보여주는 인물이라기보다, 자아의 간절한 기다림 속에서 존재하는 인물이라고 간주할 수 있다.

---

9) 긍정적인 의미에서의 아니마(내면의 여성성)는 내적 가치나 영감과 조화를 이루고 이를 통해 심오한 내면의 깊이로 인도하는 역할을 한다. 칼 구스타프 융, 정영목 역, 『사람과 상징』, 까치, 1995, 291~223쪽.

10) 고형진은 「백석시연구」(『백석』, 새미, 1996, 68쪽)에서 나타샤가 환상 속 아름다운 여인이라고 해석하고 있으며, 이명찬은 「1930년대 후반 한국시의 고향의식 연구」(서울대학교 박사논문, 1999, 59쪽)에서 나타샤가 강렬한 그리움의 다른 이름으로써 현실에서 부재한다고 보았다.

나타샤가 아니올 리 없다는 간절한 기다림이 반복될수록 나타샤가 부재하는 현실이 강조된다. 시의 전반에 걸친 신비하고 몽환적인 분위기와 술을 마신다는 행위 속에 암시되듯, 시적 자아는 상상 속에서 여인을 기다리며 일종의 현실 망각을 시도하는 것이다.

그는 혼란한 현실에서 또 다른 낙원을 꿈꾼다. 그것은 모성의 대리자인 여성성의 추구를 통해 은둔의 세계로 도피하고자 하는 시도로 나타난다. 나타샤와 더불어 가고자 하는 공간이 '산골 마가리'라는 폐쇄적이고 도피적 곳이라는 점은 현실과의 부적응을 강하게 드러낸다. 공간적인 의미에서 방 또는 집은 외부로부터 일정 부분의 단절을 전제로 한다. 외부 공간과 구분되는 방은 순기능적인 측면으로 보자면 보호의 기능이 강하지만, 단절이 강조될 경우 외부와의 교류가 단절된 폐쇄의 공간이 된다. 유년의 방 또는 집이 균열된 외부와의 즉각적인 대면이 유예된 보호와 안위의 기능이 강한 반면, 산골의 '마가리'는 단절을 통한 폐쇄의 의미가 강하다. 이는 산골 '마가리'가 현실 대응의 공간이 되지 못함을 단적으로 드러내는 것이다. 시의 자아는 산골로 가는 것이 세상에 지는 것이 아니며 더러워 버리는 것이라고 말하지만, 산골의 '마가리'가 현실의 낙원이 될 수 없음은 분명하다.

사랑하는 여인과 단절되고 모성적 안위의 공간으로도 되돌아갈 수 없는 시적 자아의 절망적인 내면을 시 「흰 바람벽이 있어」에서 살펴볼 수 있다.

이 흰 바람벽에 / 희미한 十五燭 전등이 지치운 불빛을 내던지고

/ 때글을 다 낡은 무명샤쯔가 어두운 그림자를 쉬이고 / 그리고 또 달디단 따끈한 감주나 한 잔 먹고 싶다고 생각하는 내 가지가지 외로운 생각이 헤매인다 / 이 흰 바람벽에 / 내 가난한 늙은 어머니가 있다 / 내 가난한 늙은 어머니가 / 이렇게 시퍼러둥둥하니 추운 날인데 차디찬 물에 손은 담그고 무이며 배추를 씻고 있다 / 또 내 사랑하는 사람이 있다 / 내 사랑하는 어여쁜 사람이 / 어늬 먼 앒대 조용한 개포가에 나즈막한 집에서 / 그의 지아비와 마조 앉어 대구국을 끓여놓고 저녁을 먹는다 / 벌써 어린것도 생겨서 옆에 끼고 저녁을 먹는다

—「흰 바람벽이 있어」 부분

이 시의 초반부는 홀로 외로운 공간에서 내적인 결핍감에 괴로워하는 시적 자아의 상황을 보여준다. 십오촉 전등의 희미한 불빛을 통해 현실의 암담함이 드러나는 가운데, 삶의 피로감이 '지친 불빛', '어두운 그림자' 등을 통해 간접화되어 묘사되고 있다. 간접화된 묘사적 장치는 시적 자아의 정서적 과잉을 제어하는 동시에, 객관적 상황을 통해 고립된 자아의 정서를 효과적으로 드러내는 데에 기여하고 있다. '달디단 따끈한 감주나 한잔 먹고 싶다'는 서술이 압축적으로 드러내듯, 시적 자아는 추위와 배고픔에 시달리고 있으며 이는 단지 육체적 공복감에 그치지 않고 정신적인 외로움과 정서적 허기를 드러낸다.

8연부터는 어머니에 대한 서술이다. 유년기의 어머니가 시적 자아에게 보호와 안위를 제공하였다면 현재의 늙으신 어머니는 현실의 자아에게 아무런 보호와 위안을 제공하지 못한다. 낙원

으로서 기능하였던 모성의 공간은 풍족한 음식의 냄새와 충만한 빛 대신 냉기만이 가득하다. 냉랭한 현재의 상황은 「여우난골족」의 '욱적하니 흥성거리는 부엌'의 '맛있는 내음새', 「古夜」의 '쩨듯하니 불이 밝'은 부엌이 중심이 되는 유년의 온화한 공간과는 확연히 구분된다. 유년의 어머니가 풍요한 음식과 더불어 따뜻한 공간을 지키며 시적 자아를 보호해주었다면, 현실의 시점에서 어머니의 역할은 분명한 한계를 지닌다. '시펴러둥둥한', '추운', '차디찬'으로 연속되는 형용사는 어머니가 더 이상 풍요하고 온화한 공간의 주관자가 아니라는 사실을 보여준다. 또한 시적 자아가 갈구하는 '달디단 따끈한 감주'로 대표되는 풍요한 음식과 그로 인한 정서적 충족이 어머니로부터 더 이상 얻어질 수 없다는 사실을 의미한다. 유년의 시기를 지난 시적 자아는 어머니로부터 이미 독립한 존재이며, 어머니에게 의존하는 것이 불가능하다는 것을 의미하는 동시에 현실의 어머니 또한 시적 자아에게 더 이상 풍요한 공간을 제공할 수 없음을 뜻하기도 한다.

이러한 연속선상에서 '내 사랑하는 어여쁜 사람'에 대한 그리움은 성년의 시적 자아가 지닌 이상적 여성성에 대한 갈구라고 할 수 있다. 그러나 시적 자아의 갈구에도 불구하고 그는 '내 사랑하는 어여쁜 사람'이 존재하는 '나즈막한 집'의 '조용한' 공간에 참여할 수 없다. '내 사랑하는 사람'은 이미 다른 사람의 아내이며 '어린 것'과 더불어 따뜻하고 단란한 공간을 향유하고 있기 때문이다. '대구국'의 따뜻함은 시적 자아가 갈구하는 '따끈한 감주'의 온기와 상징적으로 일치한다. 이 따뜻한 음식과 음식이 주는 정서적 충족감이 현재의 시적 자아에게는 결여되어 있는 것이다. '대구국을 끓여놓고 저녁을 먹는' '내 사랑하는 어여쁜 사람'의 온기어린 공간은 '시러퍼둥둥한' 추운 날 무와 배추를 씻는 냉기어린 모성의 공간과 대칭된다. 회복될 수 없는 모성의 공간과 내가 배제된 '사랑하는' 사람의 공간은 모두 시적 자아의 고립감과 외로움을 가중시킨다.

유년의 공간을 벗어난 시적 자아는 사랑하는 여인과의 관계 속에서 구원의 공간을 찾아내고자 한다. 그러나 이와 같은 시도는 좌절되고 만다. 앞서 인용된 시 「統營」에서 나타나듯, 시적 자아는 사랑의 구현에 실패하고 애만 태울 뿐이며 「나와 나타샤와 당나귀」에서 나타샤는 이상적인 여성의 현태를 보여줄 뿐, 시적 자아에게 구원의 힘을 보여주지 못한다. 「흰 바람벽이 있어」의 여인 또한 좌절감을 심화시킬 뿐이다. 시적 자아는 모성의 공간으로 회귀하지 못하며, 또한 사랑하는 여인과도 소망스러운 관계를 이루지 못한 채 단절된다. 이러한 단절로 말미암아 그는 내면적 고립을 가져오게 되는데, 백석 시는 이러한 고립을 극복하고 자아의 정체성을 모색해 나가야 한다는 과제를 안게 된다.

4) 강건함의 갈구와 자기정위(自己定位)의 노력

어머니와 '노큰마니'에 의하여 부여된 유년기의 자아 존중감은 자존의식의 바탕을 이루지만 외부 세계의 균열과 대응하기 위하여 새로운 자아상을 정립하지 않으면 안 된다. 그는 균열된 외부 세계가 주는 좌절과 고립에서 벗어나 강건한 의지를 내면화하려는 시도를 보여준다. 이는 주체적인 남성상과의 동일시, 또는 강인한 정신성의 내면화를 통해 현실에 대응하려는 노력으로 드러난다. 강건한 정신적 인격체와의 동일시는 시적 자아가 목도한 균열된 외부 세계의 혼란상을 극복하고 자아정체성을 형성하려는 노력의 일환으로 간주될 수 있다. 그의 시에 등장하는 '의원', '광개토대왕', '소수림왕' 등은 그가 내면을 다스리고자 외부 세계에서 찾아낸 긍정적 남성 유형이자, 시적 자아가 동일시하고자 하는 강인한 인격체라고 할 수 있다.

> 나는 北關에 혼자 앓어 누어서 / 어늬 아츰 醫員을 뵈이었다 / 醫員은 如來 같은 상을 하고 關空의 수염을 드리워서 / 먼 녯적 어늬 나라 신선 같은데 / 새끼손톱 길게 돋은 손을 내어 / 묵묵하니 한참 맥을 짚드니 / 문득 물어 故鄕이 어데냐한다 / (…중략…) / 醫員은 또다시 넌지시 웃고 / 말없이 팔을 잡어 맥을 보는데 / 손길은 따스하고 부드러워 / 故鄕도 아버지도 아버지의 친구도 다 있었다
>
> —「고향」 부분

이 시에서 의원은 긍정적 남성상의 원형을 보여준다. 의원은 치료자로서 육체적 치유의 능력을 지니고 있을 뿐 아니라 부성적 모습을 통하여 정신적 안위를 제공한다. 의원의 모습을 형용하고 있는 여래는, 현실의 혼란상을 수습한 종교적 형상을 띠고 있다는 점에서 의원의 긍정적인 면모를 드러낸다. 또한 '關空의 수염'이라는 언술을 통해 중국의 고전소설 『삼국지연의』에 등장하는 인물 중 긴 수염으로 유명했던 관우의 모습을 연상하고 있

다. 관우는 삼국지의 여러 인물 중 무예가 뛰어날 뿐 아니라, 신의를 중시했던 인물이라는 점에서 관우의 모습과 의원을 연계함으로써, 강건하고 긍정적인 남성상의 일면을 형상화한 것이다. 나아가 이러한 의원의 모습은 속계를 떠나 선계를 대표하는 '신선'으로 귀착된다. 여러 긍정적인 형상을 통해 의원은 친근함과 위엄을 지닌 남성상으로 인식되고, 시적 자아에게는 경외의 대상이 된다. 세속을 초월한 존재성이 투영된 의원에게서 고향과 아버지를 연상하는 것은 의원을 이상적 父性으로 인식하기 때문이다. 의원이 지닌 부성적 모습은 고향을 떠나 홀로 병든 시적 자아에게 육체의 치유뿐 아니라 정신적인 치유를 제공한다.

「고향」에서 드러난 부성의 이미지가 고향과 가족의 정감을 상기시켜 내면적인 절망감에서 벗어날 수 있는 심리적 위안을 제공한다면 「北新」에서는 사회역사적 차원으로 확장된 강건한 부성의 모습을 확인할 수 있다.

> 국수집에서는 농짝같은 도야지를 잡어 걸고 국수에 치는 도야기조기는 돌바늘 같은 털이 드문드문 백였다 / 나는 이 털도 안 뽑은 도야지 고기를 물구러미 바라보며 / 또 털도 안 뽑은 고기를 시꺼먼 맨모밀국수에 얹어서 한입에 꿀꺽 삼키는 사람들을 바라보며
>
> 나는 문득 가슴에 뜨끈한 것을 느끼며 / 小獸林王을 생각한다 廣開土大王을 생각한다
>
> —「北新」 부분

이 시에서 시적 자아는 '털도 안 뽑은 도야지 고기를 물구러미

바라보'며 이를 먹는 사람들을 바라보는데, 이러한 응시의 시선에는 채 다듬어지지 않은 야생의 상태를 즐기는 강한 식욕과 이 식욕이 상기하는 건강한 생명력에 대한 선망이 어려 있다. '털도 안 뽑은 도야지'와 '시꺼먼 맨모밀국수'를 '한입에 꿀꺽 삼키는 사람들'에게서 원시적인 동시에 강인한 생명력을 느끼는 것이다. 강인한 생명력에 대한 동경은 '뜨끈한' 감동으로 귀결되며, 이러한 감동은 역사 속에서 굳건한 힘을 보여주었던 인물로 집약된다. '小獸林王'과 '廣開土大王'의 존재는 시인이 선망하는 건강한 생명력과 북방의 강인한 정신을 구현한 인격체라고 할 수 있다. 이러한 정서적 맥락은 음식 냄새에서 모성적 공간을 의식하고 모성애로의 귀속, 또는 유년기의 기억으로 회귀하고자 하는 유년기의 추억을 담은 시의 경향과 구분된다.

시적 자아는 모성적인 공간으로 복귀하려는 시도가 불가능하며 사랑을 통해 획득하고자 하는 여성성에의 갈구가 현실적 결여를 더욱 크게 만든다는 점을 인지하고 있다. 그는 현실의 좌절에서 벗어나 자아정체성을 찾으려는 시도를 보이는데, 그것은 강건한 정신성의 내면화를 통한 자아존립 의지의 구축으로 표면화된다. 이는 이상적인 남성성(animus)[11]을 경외하고 내면화함으로써, 내적인 고립과 좌절을 극복하려는 노력으로 연계된다. '의원'에서 감지되는 '관공', '여래', '신선'의 모습은 시적 자아가 경

11) 분석심리학적 측면에서, 긍정적인 남성성(animus)은 힘, 용기, 주도성, 객관성과 정신적인 명증성, 지혜로운 老賢者 등의 모습으로 투영되어 내적 자아의 확립에 도움을 주는 것으로 나타난다. 이부영, 『아니마와 아니무스』, 한길사, 2001, 100~102쪽.

외할만한 존재이다. 또한 「北新」의 '小獸林王', '廣開土大王'은 강인한 힘을 보여주었던 역사적 인물이라고 할 수 있다. 모성적 공간의 회복이나 여성성에의 갈구가 좌절된 시적 자아는 긍정적인 남성성을 내면화하여 자아정체성을 구축하고자 하는 노력을 보인다. 이는 유년의 아이가 모성의 품을 벗어나 외부 세계에서 시련을 접하고 강건한 남성의 세계에 접합으로써, 비로소 주체적인 존재[12]가 되는 것과 동일한 맥락이다.

> 내 가슴이 꽉 메어 올 적이며 / 내 눈에 뜨거운 것이 핑 괴일 적이며, / 또 내 스스로 화끈 낯이 붉도록 부끄러울 적이며, / 나는 내 슬픔과 어리석음에 눌리어 죽을 수밖에 없는 것을 느끼는 것이었다. / 그러나 잠시 뒤에 나는 고개를 들어, / 허연 문창을 바라보든가 또 눈을 떠서 높은 턴정을 쳐다보는 것인데, / 이 때 나는 내 뜻이며 힘으로, 나를 이끌어가는 것이 힘든 일인 것을 생각하고, / 이것들보다 더 크고, 높은 것이 있어서, 나를 마음대로 굴려가는 것을 생각하는 것인데, / 이렇게 하여 여러날이 지나는 동안에, / 내 어지러운 마음에는 슬픔이며, 한찬이며, 가라앉은 것은 차츰 앙금이 되어 가라앉고, / 외로운 생각만이 드는 때쯤 해서는, / 더러 나줏손에 쌀랑쌀랑 싸락눈이 와서 문창을 치기도 하는 때도 있는데, / 나는 이런 저녁에는 화로를 더욱 가까이 끼며, 무릎을 꿇어보며, / 아니 먼 산 뒷옆에 바우섶에 따로 외로이 서서,어두어 오는데 하니야니 눈을 맞은, 그 마른 잎새에는, / 쌀랑쌀랑 소리도 나며 눈을 맞은, / 그 드물다는 굳고 정

12) 이남호, 「편모슬하에서의 시쓰기」, 『문학의 위족』 1, 민음사, 1990, 103~104쪽.

한 갈매나무라는 나무를 생각하는 것이었다.

—「南新義州 柳洞 朴時逢方」 부분

이 시의 자아는 모든 친애하는 사람들과 분리되어 있음으로 해서 고립의 극한에 이른다. 낯선 이의 집에 기거하면서 가족과 유리된 시적 자라는 절망의 극한에 이르지만, 자기 파괴의 하강적 인식에서 벗어나 자존의 근거를 찾으려는 의식의 전환을 보여준다.[13] 시적 자아는 자신의 운명보다 '더 크고, 높은 것'을 명상함으로써 심리적 평형에 도달한다. 그는 화로에 무릎을 꿇는 겸손하고 진지한 자세를 통해 '갈매나무'라는 상징적인 가치를 발견한다. 나무의 수직적인 자세는 '높은 턴정'을 바라보면서 절망의 극한에서 벗어나 심리적 균형을 되찾는 자아의 자세와 상통하는 것이다. 외로이 눈을 맞는 갈매나무가 지닌 모습은 나무의 강건함에서 기인하는 것으로, 춥고 험한 외부환경에 맞서는 내면적이고 신중하며 비밀스러운[14] 힘을 보여준다.

갈매나무가 위치한 '먼 산', '바우옆'이라는 장소는 산의 공간적 위용과 바위라는 광물의 단단함을 수반함으로써, 갈매나무의 강인한 기상을 강조하고 있다. 산과 바위라는 강건한 주변 환경과 나무의 수직적 모습은 어우러져 갈매나무의 '굳고 정한' 기개로 형상화된다. 세상의 험난함 속에서 단련되기 위하여서는 단단한 심상의 도움이 필요하다.[15] 갈매나무가 지닌 '굳고 정한'

13) 유지현, 「귀소와 동경의 공간 시학」, 『현대시의 공간 상상력과 실존의 언어』, 청동거울, 1999, 214쪽.

14) 자크 브로스, 주향은 역, 『나무의 시학』, 이학사, 2000, 39쪽.

심상은 시적 자아가 희구하는 남성적인 기개와 맞물리면서 시적 자아의 내면적 가치로 전환된다. 갈매나무의 굳건한 기상에 대한 명상은 현실의 가혹함을 견디고 주체성을 회복하려는 자아 정위의 노력으로 귀결된다. 험난한 환경에도 불구하고, 홀로 당당한 갈매나무의 굳고 정한 기개는 시적 자아가 갈구하는 강건한 정신의 응결체라고 할 수 있다. 갈매나무가 지닌 강건하고 고요한 특징은, 시적 자아의 내적 덕목으로 자리 잡아 삶의 준거 원리를 형성한다.

모성적 공간으로부터 벗어나 균열된 외부 세계와 사랑하는 여성과의 좌절된 관계 속에서 시적 자아는 강인한 생명성과 빛나는 정신성을 내면화함으로써, 자존의 근거를 확립해나간다. 「남신의주 유동 박시봉방」은 타자와의 소망스런 관계가 좌절된 고뇌의 극한에서 표출된 자아존립의 노력을 보여준다. 갈매나무라는 굳건한 정신적 상징체를 통해 백석 시가 추구해온 자아 정위의 노력은 하나의 완결점에 도달했다고 볼 수 있다.

3. 굳고 정한 갈매나무 같은 자아를 위하여

이 글은 백석 시에 나타난 외부 세계와 자아의 대응양상을 고찰함으로써 백석 시의 총괄적인 면모를 유기적으로 이해하려는 의도를 바탕으로 쓰여졌다. 백석 시에서 우선 강조되는 것은 모

15) 김우창, 「시인의 보석」, 『시인의 보석』, 민음사, 1993, 120쪽.

성적 보호 아래 놓인 평화롭고 자족적인 자아의 내면의식이라고 할 수 있다. 모성의 보호 아래 유년의 자아는 화해로운 세계를 구가하지만, 유년의 세계를 벗어나 성년으로 입사하면서 균열된 외부 세계의 시련과 직면하게 된다. 식민적 현실이 반영된 외부 세계의 체험은 비극적 자아 인식으로 내면화된다. 이후 백석 시의 자아는 외부 세계와 바람직한 관계 수립을 모색하지만, 사랑의 좌절로 인하여 시적 자아는 실존적 고뇌를 겪으며 내면 고립의 극한에 처하게 된다. 이러한 내적 고립으로부터 벗어나기 위하여 강인한 정신성과의 내적 동일시를 추구하며 이를 통하여 자아정체성을 확인하고자 한다. 백석 시의 자아는 굳센 생명성과 강인한 정신성을 보여주는 대상을 내면화함으로써 자아 정위의 노력을 보여준다.

백석은 길지 않은 시작 활동기간 중 유년의 자아로부터 실존의 위기에 봉착한 자아에 이르기까지 다양한 층위의 자아상을 보여준다. 이는 각기 다른 자아의 내면의식을 통해 외부 세계에 대응하려는 시적 모색의 산물이라고 간주된다. 백석은 유년의 회상을 통해 현실의 균열과 대립되는 始源의 평화를 보여주려 했으며, 또한 혼란스런 현실에 처한 내면의 고뇌와 번민을 진솔하게 드러내고자 한 것으로 보인다. 이와 같은 백석의 시적 자아는 풍요한 기억으로 충만한 유년세계와 불안과 절망으로 점철된 현실세계 간의 대비를 통해 시적 사고의 폭을 확장했다고 볼 수 있다. 백석 시가 유년기의 과거 공간에 안주하지 않고 현실의 어둠을 직시하면서 좌절과 내적 침잠을 거쳐 끊임없는 자아 변용과 자아 확립의 노력을 지속적으로 보여준다는 점은 자아의식의 성숙과정을 보여주는 것이며, 시세계의 확장과 맞물리는 것이다. 백석 시가 보여준 외부 세계와 자아 관계에 대한 다각적이며 심도 있는 형상화 노력은 현대시사의 독보적인 시정신으로 기록될 것이다.

신체적 상상력, 변형과 역설의 미학
—서정주의 『질마재 신화』에 대하여

1. 신체적 상상력과 서정적 직관

서정주의 『질마재 신화』는 60여 년에 걸친 시력의 여정에서 주목할 만한 시적 작업을 보여준다. 『질마재 신화』는 시적 자아의 체험적인 일화의 서술형식을 지님으로써 초기시와는 확연하게 구분되는 상상력을 보여주는 시집이기도 하다. 『질마재 신화』에서 시적 상상력의 전개는 시인이 유년기에 체험한 경험적 삶의 사실이거나 전승된 이야기가 바탕이 되고 있는데 여기서 근간을 이루는 것은 기층민이 영위하는 삶의 세목[1]이라고 할 수 있다. 이러한 기층민의 대지적인 삶 속에는 가공되지 않은 삶의 실제 양상이 그대로 노출되고 있으며 이러한 삶의 원형질을 시

1) 유종호, 「소리지향과 산문지향」, 『작가세계』 1994년 봄호, 353쪽.

적 언어로 구성하고 전개하는 과정에서 신체성에 근거한 상상력이 작용하고 있음을 볼 수 있다. 서정주의 『질마재 신화』는 신체적 상상력이 서정적 직관과 결합하여 개성적인 상상력의 특질을 드러내고 있다.

신체에 관한 관심과 성찰은 이성중심주의적 사고의 틀에서 타자화시켜왔던 신체를 복원하려는 철학적 반성과 맥을 같이한다고 볼 수 있다. 영혼의 도구화된 대상이었던 신체에 대한 각성을 새롭게 일깨웠던 니체는 순수이성의 동일성으로 결정화되는 자아란 존재하지 않고, 이성이란 몸의 주인이 아니며 정신은 몸을 매개로 표현[2]됨을 주장하여 신체를 인식의 새로운 대상으로 간주하였다. 또한 메를로-퐁티는 『지각의 현상학』을 통해 모든 인식의 궁극적인 완성은 몸의 지각을 통해 이루어진다[3]고 밝혀 신체를 인식의 주체로 상정하였다. 이렇듯 근대철학의 타자로 소외되어 왔던 신체는 인식의 주체로 부각되어 이성 중심주의로부터 벗어난 새로운 사유의 가능성을 열어준다고 할 수 있다.

동양철학 특히 유가철학에서는 신체와 마음이 별개의 것이 아닌 심신일여(心身一如)나 심물합일(心物合一)을 강조한 심신일원론이 적용되어 예술적인 측면에서도 몸에 충만한 기를 예술의 출발점으로 간주한다. 마음이 기를 통하여 몸으로 드러난다는 형신론(形神論)이나 생동적인 예술 형상으로써 인물의 내재정신을 표현하려는 기운생동론(氣韻生動論)은 이러한 심신일원론적 사고

2) 김성현, 『니체의 몸의 철학』, 지성의샘, 1995, 172~179쪽.

3) 양해림, 「메를로-퐁티의 몸의 문화현상학」, 한국현상학회, 『몸의 현상학』, 철학과현실사, 1992, 110쪽.

방식에 바탕을 둔 것이라고 할 수 있다.[4)]

이 글은 의식현상의 주체인 신체[5)]와 신체 주체적인 감각 현상에 대한 내밀한 상상력을 중심으로 『질마재 신화』를 분석함으로써 시적 사유의 특질을 고찰하고자 한다. 상상력의 전개 양상에 따라, 신체적 욕망이나 힘이 소모적이거나 풍요한 양상으로 나타난 부분과 신체적 변형, 유한한 신체의 소멸의 범주로 나누어 분석하며 추출된 의미를 바탕으로 『질마재 신화』에 나타난 신체적 상상력의 특징과 의미를 밝혀내고자 한다.

2. 신체적 상상력의 전개 양상

1) 신체적 욕망의 소모성과 풍요성

신체는 모든 사회적 실천 행위들의 필수적인 매체이다.[6)] 신체적 표현은 타인에게 전달됨으로써 사회적인 관계에 놓이게 되며[7)] 타인에게 의미화되는 과정을 거치게 된다. 신체가 함축한

---

4) 조민환, 「유가미학에서 바라본 몸」, 이거룡 외, 『몸 또는 욕망의 사다리』, 한길사, 1999, 68~96쪽 참조.

5) 이 글에서는 물리적이며 생물학적인 실체로서의 몸뿐 아니라 정신의 구성적 바탕으로서의 특질을 가지는 유기체적 성격을 드러내기 위하여 신체라는 용어를 사용하고자 한다.

6) 다비드 르 브르통, 홍성민 역, 『근대성과 육체의 정치학』, 동문선, 2003, 148쪽.

7) 나와 타인간의 상호신체성을 통해 유아론적으로 고립된 나의 독자성과 절대성이 근원적이 아니며 나와 타인간의 공동성이 근원적인 것임을 알려준다. 이거룡 외, 앞의 책, 161쪽.

힘이나 욕망이 신체 주체의 내부로부터 여타의 사회적 관계에 영향을 미치기도 한다.

『질마재 신화』에서는 개인의 신체가 유발하는 부정적 욕망이 공동체 사회에 영향을 끼치거나 혹은 신체적 힘에서 연원한 풍요성이 다른 생물체나 사회적 관계에서 재현되기도 한다. 이는 신체성에 기반한 상상력의 특질을 드러내는 부분이라고 할 수 있다.

> 간통사건이 질마재 마을에 생기는 일은 물론 꿈에 떡 얻어먹기같이 드물었지만 이것이 어쩌다 주마염 터지듯이 터지는 날은 먼저 하늘은 아파야만 하였읍니다. 한정없는 땡삐떼에 쏘이는 것처럼 하늘은 웨-하니 쏘여 몸써리가 나야만 했던 건 사실입니다. (…중략…)
>
> 마을 사람들은 아픈 하늘을 데불고 가축 오양깐으로 가서 家畜用의 여물을 날라 마을의 우물물에 모조리 뿌려 메꾸었읍니다. 그러고는 이 한해동안 우물물을 어느 것도 길어마시지 못하고, 山골에 들판에 따로 따로 生水 구먹을 찾아서 갈증을 달래어 마실 물을 대어갔습니다.
>
> —「姦通事件과 우물」 1행, 3행

이 시는 신체적 욕망과 그 욕망의 일탈적 행위인 간통사건을 소재로 하고 있다. 간통은 도덕적인 차원으로 단죄되는 것이 보통이지만 이 시에서는 신체적인 대응을 보인다. 간통사건의 발생과 그에 대한 마을 사람들의 대응은 도덕적인 처벌이 아니라 신체적인 차원에서 전개된다. 간통사건이 발생하는 것은 '주마염 터지듯'한 통각(痛覺)으로 여겨지며 그 감각적 아픔은 마을 사람들뿐 아니라 천상적 공간에까지 이르는 것으로 간주되어 '하늘이 아파'하는 것으로 표현된다. 일탈적 욕망이 자아낸 간통사건의 발생과 그에 대한 반응을 신체의 병리 증상[8]으로 드러낸 것이다. 이는 주로 통각을 중심으로 한 감각적 차원으로 제시되는데 하늘이 '땡삐떼'에 '쏘여 몸써리가 나야만 했'다는 표현은 손상당한 도덕률을 신체적 아픔으로 변환시켜 제시한 구체적인 예에 해당한다. 하늘은 전통사회에서 일종의 도덕률을 상징한다. 하늘은 지상과 분리된 정신적 공간으로 상정되어 숭배의 대상이거나 추상적인 공간성을 지닌 것으로 여겨졌으나 이 시에서는 신체감각을 지닌 존재로 간주되어 마을의 공동체 일원과 다르지 않은 위상을 보여주고 있다. 하늘이 상징하는 도덕률의 훼손을 신체의 아픔으로 감각화시킴으로써 동양적 인간관의 원형이라고 할 수 있는 천인무간(天人無間), 천인일체(天人一體)에 기초한 심신일원적 사고방식[9]을 보여준다고 할 수 있다.

간통사건이라는 일탈적 행위와 그에 대한 대응은 마시는 물의 오염과 갈증이라는 신체적인 고통의 감내로 나타난다. 즉 공동체의 물을 자발적으로 오염시킴으로써 마을 구성원 모두에게 갈증의 고통을 부과하는 것이다. 갈증의 고통은 '生水', 즉 더럽혀지지 않는 물에 대한 갈망으로 이어지고 오염되지 않은 물을 찾

---

8) 감정이란 심리적이거나 내면적인 사실이기보다는 오히려 우리의 육체적 태도로 표현된, 타인과 세계와의 관계의 변형임을 상기할 때 신체감각의 차원에서 '아픔'으로 표현된 감정의 실체를 파악할 수 있다. 메를로-퐁티, 권혁면 역, 『의미와 무의미』, 서광사, 1985, 82쪽 참조.

9) 조민환, 앞의 글, 이거룡 외, 앞의 책, 68쪽 참조.

기 위해서는 오염된 마을의 공간을 벗어나 '山골'이나 '들판'이라는 새로운 공간을 찾아가야 한다. 오염되지 않은 물에 대한 갈망은 곧 정화의 갈망이며 이는 간통사건이라는 신체적 이탈이 주는 감각적 통증과 오염으로부터 벗어나 본래 상태로 되돌아가고자 하는 희구를 담고 있다. 일탈된 신체의 욕망이 정화의 갈망으로 대치되는 것이다. 물의 오염과 목마름 그리고 정화의 갈망으로 이어지는 과정을 통해 도덕적 판단의 신체적 전이양상을 살펴볼 수 있다.

「姦通事件과 우물」이 신체적 일탈과 새로운 물의 탐색을 통한 부정적 욕망의 정화를 보여준다면 「小者 李 생원네 마누라님의 오줌 기운」은 풍요한 신체와 그로부터 발원한 풍요한 물의 이미지를 구현하고 있다.

> 小者 李 생원네 무우밭은요. 질마재 마을에서도 제일로 무성하고 밑둥거리가 굵다고 소문이 났었는데요. 그건 小者 李 생원네집 식구들 가운데서도 이 집 마누라님의 오줌 기운이 아주 센 때문이라고 모두들 말했읍니다.
>
> 옛날에 新羅 적에 智度路大王은 연장이 너무 커서 짝이 없다가 겨울 늙은 나무 밑에 長鼓만한 똥을 눈 색시를 만나서 같이 살았는데, 여기 이 마누라님의 오줌 속에도 長鼓만큼 무우밭까지 鼓舞시키는 무슨 그런 신바람이 있었는지 모르지. 마을의 아이들이 길을 빨리 가려고 이 댁 무우밭을 밟아 질러가다가 이 댁 마누라님한테 들키는 때는 그 오줌의 힘이 얼마나 센가를 아이들도 할 수 없이 알게 되었읍니다.—「네 이놈 게 있거라. 저 놈을 사타구니에 집어 넣고 더운 오

줌을 대가리에다 몽땅 깔기어 놀라!」 그러면 아이들은 꿩 새끼들같이 풍기어 달아나면서 그 오줌의 힘이 얼마나 더울까를 똑똑히 잘 알 밖에 없었읍니다.

—「小者 李 생원네 마누라님의 오줌 기운」 전문

이 시에서 '이 생원네 마누라님'은 대지적 생산력을 고무시키는 신체적 힘을 지닌 존재로 등장한다. 농경사회의 생산력을 주관하는 '地母'[10]의 특성을 드러내는 '이 생원네 마누라님'은 토지의 풍요한 생산력과 상징적인 연관성을 지닌 인물이다. 그녀가 '地母'로서의 상징성을 지닌 이유는 '오줌 기운' 때문이다. 인체를 일종의 소우주로 비유[11]할 때 땅을 향하여 내리부어지는 오줌은 대지에 내리는 비와 동일한 현상으로 간주되는 것이다. 이러한 신체적 능력이 '長鼓만큼 무우밭까지 鼓舞시키는 무슨 그런 신바람'으로 비유되어 농작물의 풍성한 결실과 직접 연결되는 것이다. 그녀의 힘은 대지와 직접적으로 연계되어 풍요한 신체-풍요한 물(오줌)-풍요한 농작물이라는 의미의 연계를 형성한다. 풍요한 물의 이미지를 가진 오줌이 여타의 생물에게까지 스며들게 됨으로써 풍요함이라는 의미가 완성된다. 또한 '무우밭까지 鼓舞시키는 무슨 그런 신바람'은 '이 생원네 마누라님'에서 발원하여

10) 토지의 풍요성과 여성성과 연관관계는 지모신 혹은 대지의 신이라는 상징성을 얻으며 농경사회의 특징이나 신화적인 의례와 상징성을 만들어냈다. 미르치아 엘리아데, 이재실 역, 『종교사 개론』, 까치, 1993, 229~251쪽 참조.

11) 인간은 소우주이며 우주(天)와 인간(人)은 상관성을 지니고 있으므로 인체는 천지를 모방한 것으로 생각할 수 있다. 劉安, 이석호 역, 『淮南子』, 세계사, 1992, 151~156쪽.

'무'에까지 이르는 영향력을 묘사한 것이다. '마을에서도 제일로 무성하고 밑둥거리가 굵'은 무는 '이 생원네 마누라님'의 신체성을 식물적으로 재현한 것이라고 할 수 있다. 왕성한 신체의 기운이 농작물에게까지 영향을 미치게 되는 과정을 보여줌으로써 신체적 상상력은 보다 구체적이고 명료한 표현을 얻게 된다.

'地母'와 상징적으로 동일시되는 '이 생원네 마누라님'에게 대지에 침탈하여 생산물을 훼손하는 행위는 용납할 수 없는 일이다. 농작물을 훼손하는 아이들을 응징하는 수단 역시 풍요의 원천인 오줌의 힘을 통해서 이루어진다. 밭을 침범하는 아이들의 작고 재빠른 모습을 경작지에 침입하여 농작물을 훼손하는 '꿩새끼'로 비유한 것이며 이 '꿩새끼' 같은 아이들을 통해 더운 오줌의 기운으로 감각화된 그녀의 신체적 능력이 다시 확인된다고 할 수 있다.

신체로부터 연원한 물이 「小者 李 생원네 마누라님의 오줌 기운」에서는 풍요한 농경적 물의 이미지를 지니고 있다면 「姦通事件과 우물」에서는 오염된 물로 나타남으로써 일탈적인 신체적 욕망을 정화하는 순수한 물에 대한 갈망을 담고 있다. 이 생원 마누라의 '오줌'과 간통사건으로 오염된 '우물'은 모두 신체적 의미를 외향화시킨 것이다. '오줌'이 농경적 풍요를 담고 있다면 '우물'은 신체적 이탈에 따른 훼손의 의미를 담고 있다. 물은 넓게 확산되며 스며드는 특성을 지니므로 물의 이러한 특성을 빌어 신체성이 타인에게 영향을 끼치며 사회적 관계에 미칠 수 있는 파장을 외면화시켜 표현한 것이다.

2) 신체의 변형과 현실의 경계 넘나들기

『질마재 신화』에서 신체는 타자와 관계를 맺는 실질적인 기반이다. 인간의 신체는 실존의 구체적 실현[12]으로서 신체적 한계나 특성으로 말미암아 사회적 관계가 왜곡되거나 순조롭게 형성되지 못할 수도 있다. 신체적 한계나 특성으로 말미암아 고통을 받거나 좌절하는 상황에 놓이게 되는데 서정주는 신체적 변형이라는 상상력을 제시함으로 이를 넘어서는 계기를 마련한다. 신체를 통함으로써 내면정신의 추상적이고 복합적인 부분을 보다 실질적이고 확연하게 이해할 수 있다. 신체적 조건은 현실적 장애를 만드는 고통의 근원으로 작용하기도 하지만 보다 적극적인 차원에서 이를 넘어섬으로써 현실의 질곡을 허무는 토대가 되기도 한다.

㉠ 新婦는 초록 저고리 다홍치마로 겨우 귀밑머리만 풀리운 채 新郎하고 첫날밤을 아직 앉아 있는데, 新郎이 그만 오줌이 급해져서 냉큼 일어나 달려나가는 바람에 옷자락이 문 돌쩌귀에 걸렸읍니다. 그것을 또 新郎은 생각이 급해서 제 新婦가 음탕해서 그새를 못 참아서 뒤에서 손으로 잡아다리는 것라고, 그렇게만 알고 뒤도 안 돌아보고 나가 버렸읍니다. 문 돌쩌귀에 걸린 옷자락이 찢어진 채로 오줌 누곤 못 쓰겠다며 달아나 버렸읍니다.

㉡ 그러고 나서 四十年인가 五十年이 지나간 뒤에 뜻밖에 딴 볼일

12) 리차드 M. 자너, 최경호 역, 『신체의 현상학』, 인간사랑, 1993, 296쪽.

이 생겨 이 新婦네 집 옆을 지나가다가 그래도 잠시 궁금해서 新婦방 문을 열고 들여다보니 신부는 귀밑머리만 풀린 첫날밤 모양 그대로 초록 저고리 다홍치마로 아직도 고스란히 앉아 있었습니다. 안스런 생각이 들어 그 어깨를 가서 어루만지니 그때서야 매운재가 되어 폭삭 내려앉아 버렸습니다. 초록재와 다홍재로 내려앉아 버렸습니다.

—「新婦」 전문(부호는 인용자가 부기한 것임)

이 시는 신체적 접촉의 오해로 인한 사건의 전개를 보여준다. 이 시에서 신체적 접촉은 오해를 일으키는 중요한 원인을 제공하는 동시에 오해를 해소하는 계기로 작용한다.

㉠에서 신랑은 돌쩌귀에 걸린 옷자락을 자신을 잡아당기는 신부의 행동으로 오해한다. 이 행동은 신부의 음탕한 욕망으로 오인되어 신랑이 신부를 떠나는 사건의 발단을 형성한다. 불순한 욕망으로 해석된 이 옷깃과 '찢어진' 옷자락은 두 사람 간의 관계의 찢김을 의미한다. 신랑의 떠남으로 인한 '四十年인가 五十年'의 시간은 불순한 의도를 지닌 접촉이라는 오해를 심화시키는 시간이라고 할 수 있다. 신랑과 신부는 넘기 어려운 심리적 거리를 두고 관계의 파탄을 맞게 된다. 특히 신부의 입장에서 관계의 파탄은 심각한 현실적 제약을 초래하게 된다.

㉡부분에서 신부가 '四十年인가 五十年'의 시간 동안 여전히 '귀밑머리만 풀린 첫날밤 모양 그대로' 앉아 있었다는 점은 신부가 일체의 활동을 금한 채 오랜 시간을 견디었다는 사실을 알려준다. 신부가 첫날밤 모습 그대로 있었다는 점은 신랑이 떠나고 난 후 신부의 신체적 시간은 정지되었으며 그 후 오랜 시간을

걸쳐 고립되어 왔다는 사실을 암시한다. 따라서 신부가 주체적 삶을 유지하기 어려운 시간이었음을 나타내준다. 유기체로서의 활동이 정지된 신체의 고립은 신랑의 부당한 오해와 떠남에 대한 대응의 의미를 지니고 있다. 신부의 고립은 신랑이 신방을 떠나 다른 공간을 떠도는 방랑의 궤적과 대조를 이루는 것이다.

신랑의 손길이 신부의 '어깨를 가서 어루만지'는 접촉은 최초의 신체적 접촉이자 마지막 접촉이라고 할 수 있다. 신랑의 손길이 닿는 순간 신부의 모습은 한줌의 재로 내려앉는다. '초록 저고리 다홍치마'로 상징되는 신부의 젊고 아름다운 신체는 와해되어 재로 변화한다. 옷은 신체가 확장된 형태라고 할 수 있다. 초록 저고리 다홍치마는 젊고 고운 신부의 신체를 암시하는 외형화되고 사회화된 표지[13]라고 할 수 있다. '초록재'와 '다홍재'로의 변형은 신부라는 문화적이고 사회적인 표지를 마지막까지 유지한 것으로 이해할 수 있다. 신부는 그의 신체가 재로 변화한 후에야 비로소 자신을 속박하고 있는 불순한 신체적 행동과 그로 인해 버림받은 신부라는 굴레를 벗어날 수 있게 된다. 소진된 신체를 빌어 신부는 자신을 둘러싼 오해를 해소한다. 재로 허물어지는 신체의 와해는 자신의 결백을 증거하는 것이며 오랜 시간 동안 자신에게 주어졌던 현실적 제약을 넘을 수 있는 계기가 됨을 이 시는 보여준다. 신체가 유발한 오해를 신체의 변형을 빌어 해소함으로써 부정한 욕망과 정숙한 여인이라는 경계와 대립을 넘어선다고 볼 수 있다.

---

13) 의복은 몸과 하나가 되어 있는 것이며 사회적인 몸이라고 할 수 있다. 이거룡 외, 앞의 책, 279쪽 참조.

「新婦」에서 신체적 변형을 통하여 음탕한 신부와 결백한 신부라는 오해의 장벽을 해체한다면 「海溢」은 이승과 저승의 경계를 넘나드는 상상력을 보여준다.

바닷물이 넘쳐서 개울을 타고 올라와 삼대 울타리 틈으로 새어 옥수수밭 속을 지나서 마당에 홍건히 고이는 날이 우리 외할머니 집에는 있었습니다. 이런 날 나는 망둥이 새우 새끼를 거기서 찾노라고 이빨 속까지 너무나 기쁜 종달새 새끼 서리가 다 되어 알발로 낄낄거리며 쫓아다녔습니다만, 항시 누에가 실을 뽑듯이 나만 보면 옛날이야기만 무진장 하시던 외할머니는, 이때에는 웬일인지 한마디 말도 않고 벌써 많이 늙은 얼굴이 옮은 노을빛처럼 불그레해져 바다쪽만 멍하니 넘어다보고 서 있었습니다.

그때에는 왜 그러시는지 나는 아직 미처 몰랐습니다만, 그분이 돌아가신 인제는 그 이유를 간신히 알긴 알 것 같습니다. 우리 외할아버지는 배를 타고 먼바다로 고기잡이 다니시던 漁夫로, 내가 생겨나기 전 어느 해 겨울의 모진 바람에 어느 바다에선지 휘말려 빠져 버리곤 영영 돌아오지 못한 채로 있는 것이라 하니, 아마 외할머니는 그 남편의 바닷물이 자기집 안마당에 몰려 들어오는 것을 보고 그렇게 말도 못 하고 얼굴만 붉어져 있었던 것이겠지요.

—「海溢」 전문

이 시에서 외할아버지와 외할머니의 신체는 공간적으로 바다/안마당, 이승/저승으로 분할되어 있다. 이 시에서 죽음이 가져오는 이별은 '어느 바다에선지' 할아버지가 할머니 곁으로 돌아올 수 없게 된 격리와 분할로 인지된다. '먼바다'는 할아버지와 할머니의 분리를 유발하는 공간이다. 돌아오지 않는 할아버지의 공간을 '먼바다'로 규정할 수 있다면 할머니가 생을 영위하는 공간은 '안마당'으로 설명된다. 생의 이편과 저편을 구분 짓는 경계는 엄격한 것이며 이는 함부로 넘어설 수 없는 성질의 것이다. 인간의 신체는 이 점에서 극명한 한계를 드러낸다. 이승과 저승의 분할은 신체를 지닌 인간에게 결정적인 생의 조건이라고 할 수 있다.

「海溢」에서 이러한 분할은 신체의 변형을 통해 극복된다. '돌아오지 못'하는 '먼바다'의 할아버지는 바닷물을 통해 이승과 저승의 분할을 상징하는 안마당과 먼바다의 경계를 넘어서서 할머니의 공간에 이르게 된다. 즉 안마당에 넘쳐온 바닷물로 인해 바다에서 돌아오지 못했던 할아버지가 할머니와 조우하는 것으로 인식된다. 이 시에서 바닷물은 할아버지의 신체의 상징적 변형이라고 할 수 있다. 이러한 신체적 변형은 경계의 넘어섬을 가능케 한다. 바닷물을 빌어 상상적 조우가 가능해지며 상징적 차원에서 이승과 저승의 경계는 무너진다.

시공간의 장벽을 넘어온 바닷물은 이승과 저승 그리고 안마당과 바다로 분할되어 격리되었던 두 사람의 틈을 메우고 서로에게 스며들어 영향을 주는 물이다. 삶과 죽음의 경계인 '울타리'를 넘어선 물은 분리되어 있던 두 사람이 융합하도록 하는 역할을 한다. 넘쳐나는 바닷물이 되어 아내의 '안마당'으로 되돌아온 남편은 시공간의 장벽을 뛰어넘어 생생한 존재성을 드러낸다. '말도 못하고 얼굴만 붉어져 있었던' 외할머니의 신체적 변화는 이러한 물이 주는 영향력에서 기인한다. 남편이 출렁거리는 바닷물로 변형되어 경계를 허물고 찾아왔음을 확인한 할머니의 붉어진 얼굴은 물을 매개로 하여 상호작용하는 신체적 현상[14]을 보여준다. 반가움과 수줍음으로 붉어진 얼굴은 공간적 경계를 넘어선 남편과의 조우로 인한 정서적 반응을 신체화하여 드러낸 것이다.

> 알뫼라는 마을에서 시집와서 아무것도 없는 홀어미가 되어 버린 알묏댁은 보름사리 그뜩한 바닷물 우에 보름달이 뜰 무렵이면 행실이 궂어져서 서방질을 한다는 소문이 퍼져, 마을 사람들은 그네에게서 외면을 하고 지냈읍니다만, 하늘에 달이 없는 그믐께에는 사정은 그와 아주 딴판이 되었읍니다.
>
> 陰 스무날 무렵부터 다음 달 열흘까지 그네가 만든 개피떡 광주리를 안고 마을을 돌며 팔러 다닐 때에는 "떡맛하고 떡맵시사 역시 알묏집네를 당할 사람이 없지" 모두 다 흡족해서, 기름기로 번즈레한 그네 눈망울과 머리털과 손 끝을 보며 찬양하였읍니다. 손가락을 식칼로 잘라 흐르는 피로 죽어가는 남편의 목을 추기었다는 이 마을 제일의 烈女 할머니도 그건 그랬읍니다.
>
> 달 좋은 보름 동안은 外面당했다가도 달 안 좋은 보름동안은 또 그렇게 理解되는 것이었지요.
>
> 앞니가 분명 한 개 빠져서까지 그네는 달 안 좋은 보름 동안을 떡장사를 다녔는데, 그동안엔 어떻게나 이빨을 희게 잘 닦는 것인지,

14) 안면의 홍조가 피의 몰림에 의한 신체적 현상이라는 점을 감안하면 얼굴의 붉어짐 역시 피, 즉 물에 의한 신체내적 변화 현상이라고 할 수 있다.

앞니 한 개 없는 것도 아무 상관없이 달 좋은 보름 동안의 戀愛의 소문은 여전히 마을에 파다하였읍니다.

방 한 개 부엌 한 개의 그네 집을 마을 사람들은 속속들이 다 잘 알지만, 별다른 연장도 없었던 것인데, 무슨 딴손이 있어서 그 개피떡은 누구 눈에나 들도록 그리도 이쁘게 만든 것인지, 빠진 이빨 사이를 사내들이 못 볼 정도로 그 이빨들은 그렇게도 이뿌게 했던 것인지, 머리털이나 눈은 또 어떻게 늘 그렇게 깨끗하고 번즈레하게 이뿌게 해낸 것인지 참 묘한 일이었읍니다.

—「알묏집 개피떡」 전문

알묏집은 '아무것도 없는 홀어미'로서 결여의 삶을 살아갈 뿐 아니라 신체적으로도 결점을 지닌 여인이다. 곤고한 현실을 살아가는 그녀는 달의 주기에 따라 변화하는 신체성을 구현한다. 즉 '보름달이 뜰 무렵이면 행실이 궂어'지지만 '달 안 좋은 보름 동안'은 마을에서 당할 사람이 없을 정도의 맛깔스러운 개피떡을 만들어 낸다. 알묏집이 보름달이 뜰 무렵에 보여주는 모습은 '이빨들은 그렇게도 이뿌게 했던 것인지, 머리털이나 눈은 또 어떻게 늘 그렇게 깨끗하고 번즈레하게 이뿌게' 한 것으로 나타남으로써 현실의 결핍을 대리충족하는 현상을 보인다. 둥글어지는 달과 더불어 알묏집은 신체의 변화를 보이며 자신의 욕망을 충족시킬 수 있지만 다른 한편으로는 타인의 외면을 받게 된다. 반면에 그믐 때는 대칭적인 구조를 보인다. 그믐 때의 점차 기울어가는 달 대신 지상에서 달 형태의 개피떡을 만들어 냄으로써 자신의 욕망을 충족시키는 대신 보기 좋고 먹음직스러운 떡을 통

해 타인의 미각의 충족을 가져오고 이로써 칭송을 얻게 되는 것이다.[15]

보름달이 뜰 무렵에 천상의 둥근 달과 조응하는 그녀는 신체적 변화를 수반하여 여성으로서 자신의 신체적 욕망을 실현시킨다. 홀어미로서 여성성을 실현할 수 있는 기회를 봉쇄당한 알뫼집은 일탈적인 방법으로 자신의 욕망을 추구해 나가는 것이라고 할 수 있다. '손가락을 식칼로 잘라 흐르는 피로 죽어가는 남편'을 구하고자 했던 '烈女 할머니'가 자신의 신체적 손상을 감수하면서 열녀의 칭송을 받는데 반하여 알뫼집은 '서방질을 한다'는 이유로 외면을 받는 처지이다. 열녀 할머니가 신체적 훼손을 감수하고 열녀의 행동을 취하였다면 알뫼집은 당대의 통념을 벗어나는 일탈적 행동을 보이지만 '빠진 이빨'까지도 알아차릴 수 없도록 '이뻐게' 보이도록 하는 신체적 보상을 획득한다. 따라서 열녀 할머니의 열녀담과 알뫼집의 연애담은 대조를 이룬다. 열녀 할머니는 신체적 훼손-윤리의 신봉으로 연결되지만 알뫼집은 신체적 보상-윤리의 훼손이라는 점에서 상반되는 것이다. 신체적 손상과 보상이 주는 대조적 차이는 사회적 위상의 대조적 위치로 표면화된다.

이러한 두 사람의 대극적인 위치는 '이 마을 제일의 烈女 할머니도' 칭찬하지 않을 수 없는 개피떡을 통하여 극복된다. 개피떡은 알뫼집의 손이 만들어낸 천상적 달의 지상적 구현물인 동시에, 손을 통하여 빚어낸 정서적 감화력의 응결체라고 할 수 있

15) 유지현, 『현대시의 공간 상상력과 실존의 언어』, 청동거울, 1999, 141~142쪽.

다.[16] 그녀는 자신의 결핍을 보상하는 신체적 변형과 손의 기능적 작용을 통해 현실의 윤리적 경계를 해체한다. 그녀를 외면하였던 마을 사람들조차 '그네 눈망울과 머리털과 손끝을 보며 찬양'함으로써 그녀의 손끝에서 빚어 나온 개피떡은 마을의 구성원들에게 칭송받는 원인이 된다. 그녀는 일탈적인 방법으로 자신의 욕망을 충족시키는 동시에 타인의 시각과 미각을 만족시키는 손재주 즉 신체적 능력을 보유하고 있다고 할 수 있다. 알뮛집은 '떡맛과 떡맵시'로 확인되는 절묘한 신체적 기능을 빌어 타인과의 불화와 대립이라는 경계를 넘어서게 된다. 손의 기능적 능력을 통해 엄격한 윤리가 지배하는 사회의 장벽을 넘어서는 것이며 먹는 것이 주는 신체적 충족을 통해 부정한 여인/정숙한 여인이라는 현실의 경계를 넘어선다. 알뮛집이 신체를 통하여 현실적 결여를 보충하며 화해를 이끌어내는 방식은 보다 구체적이며 현실적이라고 할 수 있다.

신체적 변형은 사회적이고 윤리적인 경계를 해체하여 자신의 주체적인 삶을 확인하는 과정에서 매개적 기능을 한다고 볼 수 있다. 정신적이고 도덕적인 차원에서 설정된 현실의 경계를 신체적 작용을 통해 허물게 됨으로써 보다 실질적인 차원에서 삶

---

16) 생존에 필수적인 요소인 의·식·주 가운데 의복과 주거지가 외향적인 성향을 지니는 것에 비하여 음식은 자연의 대상물을 신체와 동일시하고 안으로 흡수하고자 하며 몸의 일부이기를 원한다는 점에서 신체와 동화되고 스스로 변형되며 나아가 신체를 변형시킨다. 성광수 외, 『몸과 몸짓 문화의 리얼리티』, 소명출판, 2003, 230~231쪽 참조.
따라서 신체와 동화되는 경향이 강한 음식을 공유함으로써 정서적 공감을 형성하기가 수월해진다. 개피떡을 통하여 정서적 친근감을 형성하는 양상 또한 이를 반영하고 있다.

의 정당성을 보장받게 되는 것이라고 할 수 있다.

3) 신체의 소멸과 무시간적 존재로의 재생

신체의 한계는 인간이 궁극적으로 견디어야 하는 삶의 실존적 조건이다. 서정주는 삶을 제약하는 요소인 신체적 조건의 불리함을 딛고 소멸을 통해 보다 심원한 존재성을 획득하는 시적 상상력의 과정을 보여준다. 소멸을 통해 시공간의 한계를 벗어남[17]으로써 신체는 현재의 시간과 공간에 속박되지 않는 무시간적인 개방성을 획득하게 된다. 이러한 개방성은 단순한 탈신체적 작용이 아니라 신체적 한계에서 오는 비애와 고통을 배제하지 않는 데서 얻어진 것이며 소멸이라는 희생을 통해 획득된 것이라는 점에서 그 특징을 찾을 수 있다. 현재적 시공간의 속박을 벗어난 거듭남은 무시간의 자유로움을 획득한다는 점에서 서정주 시인이 추구해온 영원성[18]과 결부된다고 할 수 있다. 유한한 신체의 소멸과 재생의 구조를 통하여 비가시적이고 추상적인 영원성을 구체적이고 감각적으로 드러내려는 시인의 의도를 읽을 수 있다.

---

17) 몸은 한계의 장소이자 개별성의 장소이며 많은 사람들이 되찾기를 꿈꾸는 불분명한 상처이다. 사람들은 몸을 통해 결핍을 메우고자 노력한다. 다비드 르 브르통, 앞의 책, 205쪽.

18) 서정주는 자신의 산문을 통해, 자신의 生에 국한되지 않는 한정 없는 세대계승의 측면에서 영원성의 의미를 축조하였다고 밝히고 있다. 이러한 인식을 바탕으로 경험적인 현실시간을 초월한 영원성을 표현하였다고 볼 수 있다. 서정주, 「영생관」, 『미당산문』, 민음사, 1993, 36쪽 참조.

內蘇寺 大雄寶殿 丹靑은 사람의 힘으로도 새의 힘으로도 호랑이의 힘으로도 칠하다가 칠하다가 아무래도 힘이 모자라 다 못 칠하고 그대로 남겨놓은 것이다.

西壁 西쪽의 맨위 쯤 앉아 참선하고 있는 禪師, 禪師 옆 아무것도 칠하지 못하고 너무나 휑하니 비어둔 미완성의 공백을 가 보아라. 그것이 바로 그것이다.

이 大雄寶殿을 지어놓고 마지막으로 丹靑師를 찾고 있을 때, 어떤 헤어스럼제 姓名도 모르는 한 나그네가 西로부터 와서 이 丹靑을 맡아 겉을 다 칠하고 寶殿 안으로 들어갔는데, 門 고리를 안으로 단단히 걸어 잠그며 말했었다.

"내가 다 칠해 끝내고 나올 때까지는 누구도 절대로 들여다 보지 마라"

그런데 일에 폐는 俗에서나 절간에서나 언제나 방정맞은 사람이 끼치는 것이라, 어느 방정맞은 중 하나가 그만 못 참아 어느 때 슬그머니 다가가서 뚫어진 窓구멍 사이로 그 속을 들여다보고 말았다.

나그네는 안 보이고 이쁜 새 한 마리가 天井을 파닥거리고 날아다니면서 부리에 문 붓으로 제 몸에서 나는 물감을 묻혀 곱게 곱게 丹靑해 나가고 있었는데, 들여다보는 사람 기척에

"아앙!"

소리치며 떨어져 내려 마루바닥에 납작 四肢를 뻗고 늘어져보니, 그건 커어다란 한 마리 불호랑이었다.

"대호 스님! 대호스님!, 어서 일어나시겨라우!"

중들은 이곳 사투리로 그 호랑이를 同門 대우를 해서 불러댔지만 영 그만이어서, 할 수 없이 그럼 來生에나 蘇生하라고 이 절 이름을

來蘇寺라고 했다.

그러고는 그 丹靑하다가 미처 다 못한 그 空白을 향해 벌써 여러 百年의 아침과 저녁마다 절하고 또 절하고 내려오고만 있는 것이다.

―「內蘇寺 大雄殿 丹靑」 전문

단청은 건물의 옷을 입히는 과정이며 성소로서의 공간성을 완성하는 의미를 담고 있다. 단청을 하러 온 나그네는 '새'로, '호랑이'로 변화하며 단청을 칠하는데 이는 인간으로서의 신체적 한계를 인지하고 이를 넘어서고자 하는 욕구를 반영한다고 볼 수 있다. 보전(寶殿) 내부가 자신의 신체를 희생하여 종교적 신성성을 완성하려는 성스러운 공간이라면 외부는 속(俗)의 공간이라고 할 수 있다. '西로부터' 온 나그네는 자신의 몸을 희생하여 단청을 칠하는데 이는 자신을 기꺼이 희생하는 일종의 제의 행위[19]로 간주할 수 있다. 성스러운 공간을 들여다보려는 타자의 불순한 욕망과 마주친 신체는 하강할 수밖에 없으며 단청은 미완의 것이 되고 만다. 신성한 공간을 완성하기 위한 자발적 희생과 그 희생의 과정을 통해 건축물이 지닌 의미를 완성하고자 하는 뜻은 결국 달성되지 못하다고 할 수 있다. 신성한 공간을 함부로 넘어서는 시선은 불온[20]한 것이며 이 시선 앞에서 신체는

19) 건축 공희는 우주적 창조의 공희를 모방하여, 건축물이 지속성을 얻고자 한다면 생명과 영혼을 얻어야 하는데 이 영혼은 피의 희생을 바침으로써 가능해진다. 미르치아 엘리아데, 이동하 역, 『성과 속』, 학민사, 1983, 50~51쪽 참조.

20) 불교에서 시각적인 인지는 부정적인 성격을 내포한다. 대부분의 불상이 눈을 반쯤 감고 있거나 완전히 감고 있는 데서 알 수 있듯이 물리적인 두 눈이 본 것은 환상이나 허상에 불과한 것이며 보다 강조되는 것은 감각의 눈이 아닌 마음의 눈이라고 할 수 있다. 임철규, 『눈의 역사, 눈의 미학』, 한길사, 2004,

한계를 드러내게 되고 궁극적으로는 죽음으로 귀결된다. '內蘇寺'라는 절 이름에 담겨진 소생의 염원에는 인간 한계에 대한 통찰과 완성되지 못한 예술에 대한 아쉬움이 배어 있다.

단청을 칠하지 못한 미완의 공백은 '여러 百年'의 시간 동안 절을 하는 대상이 된다. 성스러운 공간을 엿보고자 하는 욕망으로 인한 공백은 인간의 한계를 드러내는 동시에 한계를 딛고 완성된 존재성을 향하여 정진해야 한다는 암묵적인 과제를 안겨주는 공간이다. 완성된 존재를 향하여 부단한 수행을 강조하는 종교적 믿음을 염두에 둘 때 미완의 공백은 성찰의 대상이며 자기 갱신을 향하여 부단히 나아가지 않으면 안 된다는 필요성을 각인시키는 공간이다. 절하는 행위는 종교적이고 정신적인 지향을 신체적 움직임을 통해 표출한 것이라고 할 수 있다. 신체의 한계와 그로 인한 공백은 내세의 소생을 희구하는 내소사의 명칭과 더불어 과거 시간에 국한되지 않는 시간적인 확장성을 지닌다. 도래할 '來生'의 '蘇生'시간과 보전(寶殿)의 공백이 완성되는 시간을 지향하는 종교적 신념은 '여러 百年의' 시간에 걸쳐 내려온 것이며 다가올 '여러 百年의' 시간에 걸쳐 지속성을 지닐 것이다. '여러 百年의 아침과 저녁'이라는 확장된 시간에 걸쳐 반복되는 '절'은 완성된 신성성에 대한 갈망을 확인시키는 신체적 행동이라고 할 수 있다.

아이를 낳지 못해 自進해서 남편에게 小室을 얻어주고, 언덕 위 솔

387~388쪽 참조.

밭 옆에 홀로 살던 한물 宅은 물이 많아서 붙여졌을 것인 한물이란 그네 親庭 마을의 이름과는 또 달리 무척은 차지고 단단하게 살찐 玉같이 생긴 여인이었습니다. 질마재 마을 女子들의 눈과 눈썹 이빨과 가르마 중에서는 그네 것이 그중 端正하게 이쁜 것이라 했고, 힘도 또 그중 실할 것이라 햇읍니다. 그래, 바람부는 날 그네가 그득한 옥수수 광우리를 머리에 이고 모시밭 사이 길을 지날 때, 모시 잎들이 바람에 그 흰 배때기를 뒤집어 보이며 파닥거리면 그것도 "한물宅 힘 때문이다"고 마을 사람들은 웃으며 우겼습니다.

(…중략…)

그런데 그 웃음이 그만 마흔 몇 살쯤 하여 무슨 지독한 熱病이라던가로 세상을 뜨자, 마을에서는 또다른 소문하나가 퍼져서 시방까지도 아직도 이어 내려오고 있습니다. 그 한물宅이 한숨쉬는 소리를 누가 들었다는 것인데, 그건 사람들이 흔히 하는 어둔 밤도 궂은 날도 해어스럼도 아니고 아침 해가 마악 올라올락말락한 아주 밝고 밝은 어떤 새벽이었다고 합니다. 그리고 그것은 그네 집 한치 뒷산의 마침 이는 솔바람 소리에 아주 썩 잘 포개어져서만 비로소 제대로 사운거리더라고요.

그래 시방도 밝은 아침에 이는 솔바람 소리가 들리면 마을 사람들은 말해오고 있읍니다. "하아 저런! 한물宅이 일찌감치 일어나 한숨을 또 도맡아서 쉬는구나! 오늘 하루도 그렁저렁 웃기는 웃고 지낼라는 가부다"고……

—「石女 한물宅의 한숨」 부분

한물댁은 결여의 몸을 지닌 여성이다. 그녀의 몸은 아이를 낳지 못하며 이로 인해 그녀는 가정을 떠나 홀로 박복한 삶을 산다. 여성의 신체적 특성의 하나는 자신의 몸을 통한 생명 잉태와 출산이라고 할 수 있다. 이러한 생명의 창조적 특성으로부터 소외된 한물댁은 결여의 삶을 영위할 수밖에 없게 된다. 아이를 낳지 못하는 그녀의 몸은 돌과 연관된 비유로 표현된다. '차지고 단단하게 살찐 玉같'은 여인이라는 표현에는 옥처럼 곱지만 아이를 낳지 못한다는 신체적 한계를 함축하고 있다. '端正하게 이뻔' 외모에도 불구하고 불우한 삶을 견디어야 하는 한물댁은 가족과 소외된 채 자신의 고통을 견디는 인고의 모습을 보인다.

한물댁이 아이를 낳지 못해 신산한 삶을 살아야 했던 것과는 대조적으로 그녀는 다른 사람들을 웃음 짓게 하거나 심지어 자연물에 이르기까지 그녀의 힘이 미치도록 하는 능력을 보인다. 이러한 그녀의 능력은 신체적 결함으로부터 오는 고통과 대조를 이루는 것이다. 그녀가 현실에서 겪었던 좌절은 다른 사람들에게 보다 큰 영향력을 지니는 것으로 보상된다. '옥' 속에서 핀 꽃 같은 웃음과 다른 사람을 어쩔 수 없이 웃게 만드는 '莫强한 힘'은 그녀가 미치는 영향력을 보여주는 시적 표현이다. 현실의 좌절과 대비되는 인고의 웃음이라고 말할 수 있을 것인데 그녀는 자신의 불행을 웃음으로 바꾸어 냄으로써 불행한 운명을 극복한다.

불행한 죽음 뒤에도 그녀는 여전히 주변 사람들에게 영향을 끼친다. 솔바람 소리와 겹쳐진 한숨 소리는 마을 사람들에게 그녀의 존재를 상기하는 수단이 되며 '한숨을 또 도맡아서' 쉼으로써 웃음을 가져오는 존재로 인식된다. 한숨은 신체로부터 발원하는 바람이라고 할 수 있다. 솔바람 소리는 한물댁의 한숨 소리를 증폭시키는 요소가 된다. 바람은 청각적이고 촉각적인 신체 감각을 통해 순간적으로 인지되는 특성을 지닌다. 바람은 한물댁과 '마을 사람들' 간의 간접화된 접촉의 수단이라고 할 수 있다. 한숨의 확장된 형태라고 할 수 있는 바람을 통해 마을 사람들은 한물댁의 신산한 삶을 상기하게 된다. 솔바람은 무겁고 어둡다기보다 '밝은 새벽'에 불어오는 것이므로 청아하고 신선한 감각을 전달한다. 솔바람과 합치되어 폭넓은 영향력을 보이는 한숨 소리를 통해 고통 속에서도 남을 웃게 만들던 한물댁의 '莫强한 힘'은 사라지지 않고 현재화된다. 바람을 매개로 하여 그녀는 자신의 신체적 불행과 그 한계를 뛰어넘는 전이의 순간을 마련한 것이다. 한숨을 통해 그녀의 고통스러웠던 삶을 표면화시키는 동시에 그것을 전복시킬 수 있는 계기를 형성한다.

한물댁이 유발하는 웃음은 그녀가 자신의 신체적 한계를 수긍한 이후에 얻어지는 것이며 고통을 기반으로 하여 생의 긍정을 이루어낸 것이라고 할 수 있다. 그녀는 한스러운 일생을 마감한 후 바람을 매개로 하여 거듭나게 된다. 신체적 한계를 지닌 한물댁의 비애는 바람을 빌어 대치되고 보상될 수 있는 계기를 마련한다. 솔바람 소리라는 자연의 영원성에 힘입어 그녀의 존재는 끊임없이 상기되고 동시에 그녀가 지닌 영향력 또한 시공간의 한계를 넘어 확장된다고 할 수 있다. 신체는 소멸하지만 역설적으로 그녀의 신체적 결함으로부터 발원한 한숨 소리는 자연현상을 빌어 지속적으로 되풀이되는 무한한 시간성을 획득한다.

땅 위에 살 자격이 있다는 뜻으로 '在坤'이라는 이름을 가진 앉은

뱅이 사내가 있었읍니다. 성한 두 손으로 망석도 절고 광주리도 절었지만, 그것만으론 제 입 하나도 먹이질 못해, 질마재 마을 사람들은 할 수 없이 그에게 마을을 앉아 돌며 밥을 빌어먹고 살 권리 하나를 특별히 주었읍니다.

"在坤이가 만일에 제 목숨대로 다 살지를 못하게 된다면 우리 마을 人情은 바닥 난 것이니, 하늘의 罰을 변치 못할 것이다." 마을 사람의 생각은 두루 이러하여서, 그의 세 끼니의 밥과 추위를 견딜 옷과 불을 뒤대어 돌보아 주어오고 있었읍니다.

그런데, 그것이 甲戌年이라던가 乙亥年의 새 무궁화 꽃이 피기 시작하는 어느 아침 끼니부터는 在坤이의 모양은 땅에서도 하늘에서도 一切 보이지 않고 되고, 한 마리의 거북이가 기어다니듯 하던 살았을 때의 그 무겁디 무거운 모습만이 산 채로 마을 사람들의 마음 속마다 남았읍니다. 그래서 마을 사람들은 하늘이 줄 天罰을 걱정하고 있었읍니다.

그러나, 해가 거듭 바뀌어도 天罰은 이 마을에 내리지 않고, 農事도 딴 마을만큼은 제대로 되어, 神仙道에 약간은 알음이 있다는 좋은 흰수염의 趙先達 영감은 말씀하셨읍니다. "在坤이는 생긴 게 꼭 거북이같이 안 생겼던가. 거북이도 鶴이나 마찬가지로 목숨이 한 千年은 된다고 하네. 그러나 그 긴 목숨은 여기서 다 견디기는 너무나 답답하여서 날개 돋아나 하늘로 神仙살이를 하러 간 거여……"

그래 "在坤이는 우리들이 미안해서 모가지에 연자맷돌을 단단히 매어달고 아마 어디 깊은 바다에 잠겨 나오지 안는 거라" 마을 사람들도 "하여간 죽은 모양을 우리한테 보인 일이 없으니 趙先達 영감님 말씀이 마음的으로야 불가불 옳기야 옳다"고 하게는 되었읍니다. 그래서 그들도 두루 그들의 마음속에 살아서만 있는 그 在坤이의 거북모양 양쪽 겨드랑이에 두 개씩의 날개를 안 달아 줄 수는 없었읍니다.

—「神仙 在坤이」 전문

이 시에서 '在坤'의 삶은 신체적 불구로 인하여 고단하기 그지없는 것이다. '제 입 하나도 먹이질 못'하는 불충분한 노동력으로 인하여 그는 마을 사람들의 도움을 통해 생명력을 영위하지 않으면 안 되는 형편이다. 신체적 불구성으로 인하여 그가 누리는 삶의 영역은 제한될 수밖에 없다. 그는 생존 유지에 필요한 최소한의 '세 끼니의 밥과 추위를 견딜 옷과 불'을 남의 힘에 의존하지 않을 수 없다. 그의 신체적 모습은 거북의 모습으로 형용된다. 이는 느릿느릿한 모습과 땅 위를 포복하는 행동방식에서 거북과 재곤이 형태적으로 연관된다는 점을 근거로 한 것이다. 재곤의 이름에 담긴 그의 신체적 특징은 남의 도움을 통하지 않고는 생존하기 어려운 그의 삶을 요약적으로 보여준다.

재곤의 사라짐은 그가 홀로 삶을 영위하기 어렵다는 점에서 죽음에 처할 수도 있는 중대한 위기이다. 재곤이 처한 생존의 위기는 마을 사람들에게 공포를 불러일으키는 원인이 된다. 사람들의 공포는 재곤의 신체적 부자유와 그로 인한 삶의 방식이 개인적 차원이 아니라 공동체의 삶과 연관되어 있음을 보여주는 대목이다. 이러한 공포는 재곤의 우화(羽化)를 상정함으로써 해소된다. 재곤의 사라짐은 위기나 소멸이 아니라 신체적 갱신으로 비유된다. 이 비유를 통하여 신체적 부자유로 인하여 곤고했던 재곤의 삶은 시공간을 넘나드는 자유로운 삶의 형태로 상승한다. 그는 삶을 버림으로써 현재적 한계에서 벗어나 영원에 가까운 삶을 획득한다. '하늘로 神仙살이를 하러 간'으로 간주된 재곤은 지상적 곤고함을 벗어나 천상적 영원성을 획득한 것으로 간주된다. 신성성을 획득한 재곤의 삶은 신체적 곤고함에 대한 보상적 발상이 작용한 것이다. 재곤의 삶에 대한 상상화 과정에는 고단한 삶 가운데서 자신들의 결여를 채우고자 하는 자기 충족의 형식[21]을 띠고 있다. 즉 재곤의 영원한 삶에 대한 믿음에는 현실 삶을 벗어난 영원성에 대한 마을 사람들의 선망이 어려 있다고 볼 수 있다. 마을 사람이 지닌 영원한 삶에 대한 대리충족적 선망은 '두 개씩의 날개를 달아주는' 신체적 갱신을 통해 완성된다.

완성되지 못한 성소로서의 공간은 인간의 한계를 현시함으로써 완성을 향한 수행의 시간을 부여하며 이는 절이라는 신체적 행위로 구체화된다. 또한 결여를 지니는 신체는 소멸을 통해 그 한계를 벗어나 보다 자유로운 시공간을 획득하게 된다. 이는 신체적 상상력이 경험적 현실의 고뇌를 포괄한 가운데 무한한 시공간으로 확장될 수 있는 가능성을 보여준다는 점에서 의미 있다고 할 수 있다.

3. 『질마재 신화』에 나타난 신체적 사유의 의미

서정주는 『질마재 신화』에서 신체성을 통한 시적 상상력의 특

21) 수잔 K. 랭거, 이승훈 역, 『예술이란 무엇인가』, 고려원, 1993, 236쪽.

징적인 면모를 드러낸다. 『질마재 신화』에 등장하는 인물들은 삶의 기층을 형성하는 인물로서 이들의 삶에 드러나는 현실은 추상적인 도덕률이나 윤리의식에 기반을 두기보다 신체성을 토대로 한 실체적이고 구체적인 생활의 면모를 드러내고 있다. 따라서 기층민의 삶에서 고통 받거나 생존의 위기에 처한 신체가 자주 등장한다. 기층민이 정체성을 형성하고 삶의 위기에 대응하는 가장 직접적이고 근본적인 방식은 신체성을 바탕으로 하는 것이며 이는 『질마재 신화』의 상상력의 원천을 이룬다.

서정주의 신체적 상상력은 근대적 사유의 맹점인 정신과 신체의 이원화된 분리양상을 지양하고 신체를 토대로 함으로써 인식의 새로운 확실성을 부여하는 한편 시적 사유의 추상성을 극복하고 실체성을 구현할 수 있는 계기를 얻는다고 할 수 있다. 관념으로서의 자연이나 이성적 사유의 추상성에 대항하는 상상력을 전개할 뿐 아니라 신체적 한계에서 연원한 삶의 경험적 진실을 들여다보려는 노력을 보여준다. 따라서 서정주는 신체성을 기반으로 하여 삶의 주체성을 회복하고 정당성을 확보할 뿐 아니라 궁극적으로는 고통과 장애에서 벗어나 영원성을 추구한다. 근대적 삶에 대한 반성과 해체로부터 연원한 신체적 상상력은 기층민의 삶에 내재한 생명력을 중시하는 시적 언어로 전개된다.

신체적 소멸을 통한 거듭남의 상상력은 무시간적인 영원성과 연관된다는 점에서 주목할 만하다. 영원성의 획득은 신체가 지닌 유한함을 인정함으로써 역설적인 전환의 계기를 얻는다. 신체적 변형을 통해 현실의 완강한 장애를 넘어설 뿐 아니라 한계를 지닌 신체의 소멸을 통해 존재가 갱신되며 사회적 관계 속에서 주체의 위상을 새롭게 할 수 있는 계기를 형성한다고 할 수 있다. 서정주의 신체적 사유의 특질은 유한한 신체를 기반으로 현실의 완강한 장애를 넘어서거나 신체의 소멸을 통해 역설적으로 영원성을 획득한다는 점에서 주목할 만하다.

『질마재 신화』에서 보여주는 신체적 상상력은 신체적 변형이나 소멸 그리고 재생의 상상력을 통해 경계의 해체와 무시간적 영원성의 의미를 추구하는 동시에 경험적 현실과의 의미 있는 맥락을 포기하지 않았다는 점에서 특질을 찾을 수 있다. 서정주 시에 나타난 영원성에서 흔히 거론되는 현실적 삶의 배제라는 측면을 신체적 상상력을 통해 벗어난 것으로 판단할 수 있다. 기층민의 삶이 바탕이 된 신체적 사유를 통해 현실의 모순과 고통을 인지하면서 정신적 초월이 아닌 신체적 초월을 통해 영원성에 이르려 했던 시인의 의도를 확인할 수 있다. 『질마재 신화』는 신체적 상상력을 통해 인간의 실존적인 조건을 통찰하고 신체성을 온전히 인식함으로써 기층민이 지닌 생명력의 원형을 토대로 현실 초극이라는 시적 갱신의 길을 열어보였다고 할 수 있다.

‘집’을 향한 시선들
—박경리의 『김약국의 딸들』

1. 근대와 여성 그리고 ‘집’

1962년 간행된 『김약국의 딸들』은 박경리의 대표작 중 하나이다. 『김약국의 딸들』은 가족사적인 성격을 노정한 작품으로서 역사와 사회의 변동과 맞물린 개인 삶의 변화와 여성의 정체성 문제를 다각적으로 다루고 있다. 기존의 연구에서 자주 논의되듯이, 한이나 운명에 주목하는 것은 섬세한 인물 묘사에 의거한 개인 내면의 탐색과 근대사회의 변화된 삶의 탐구라는 이 소설의 특징과 주제를 놓치게 될 가능성이 높다. 따라서 개인의 내면이라는 미시적인 관점과 사회의 변동이라는 거시적인 측면을 아우르는 분석적 연구가 필요하다.

이 글은 소설에 나타난 김약국 딸들의 삶이 근대의 사회변화 속에서 개인의 주체성 형성과 선택 과정을 통해 형성된 것임을 고찰해 나가고자 한다. 가부장제의 위계적 사회에서 외부로부터 주어진 자아정체성을 내면화했던 전대의 여성들과 달리 근대 여성은 급격한 사회적 변화로 인해 새로운 자아정체성의 수립이 필요하였으며 이는 다양한 모색의 과정을 통해 진행된다. 이 글은 변환기의 사회적 상황이 여성의 삶과 정체성 형성에 어떠한 변화를 초래하였는가를 작중인물의 주체적 대응과 공간의 특성을 중심으로 분석하고자 한다.

『김약국의 딸들』에 나타나는 '집'은 봉건제의 규범을 담은 위계 공간이 개인의 내면 공간으로 분화해가는 과정을 보여준다. 다층적으로 분화된 집의 공간성은 개인이 처한 사회적 상황과 주체적 대응을 설명할 수 있는 분석의 틀이 될 것이다. 각 인물의 특성과 다면화된 공간의 양상에 따라 '집'을 소통 부재의 닫힌 공간, 시장과 혼재된 공간, 사회적 공간의 형성, 본능적 탈주로 인한 일탈적 공간, 신앙과 접합된 공간으로 분류하였다. 각 공간의 특성은 귀납적으로 구분되었으며 공간의 특성과 그 공간을 형성하는 과정을 살펴봄으로써 개인의 정체성과 가족 공간의 변화 양상이 드러날 것이다. 이 글의 분석과 인용은 1993년 간행된 나남출판사의 『김약국의 딸들』을 중심으로 한다.

2. '집'의 의미 층위들

1) 봉건 질서의 와해와 내면 공간의 다층화

(1) 경계공간의 형성과 집의 의미망

개인이 자신의 존재를 구현하고 입증하는 대표적인 공간이 '집'이라는 점에서 그 공간이 상징하는 바는 개인의 정체성 형성의 과정을 살펴보는 중요한 틀이 될 수 있다. '집'은 정주와 보호의 공간[1]이라는 점에서 개인의 육체적 정신적 모태에 해당하며 실존적 자의식이 형성되는 공간이다. 집이 개인적이며 내밀한 공간성이 강조되는 데 비하여 사회적 공간은 개인의 역사성 및 공공성과 연관된다. 소설의 서두에 등장하는 '통영'은 개인을 둘러싼 사회역사적 정황의 변화를 예고하는 중요한 공간이다. 서두의 통영에 대한 묘사는 단순한 배경 설명이 아니라 봉건제 사회를 탈피해가고 있는 사회적 공간의 특성을 여실하게 드러내고 있다.

> 통영은 다도해부근에 있는 조촐한 어항이다. 부산과 여수사이를 내왕하는 항로의 중간 지점으로서 그 고장의 젊은이들은 조선의 나폴리라고 부른다. (…중략…) 일찍부터 항구는 번영하였고, 주민들의

1) 바슐라르에 의하면 집은 기하하적인 공간을 초월하는 것이며 인간과 집은 역동적 공동체성을 지니고 있다고 본다. 그러므로 집에 거주한다는 것은 인간생활의 위대한 통합력을 보여주는 것이다. 가스통 바슐라르, 곽광수 역, 『공간의 시학』, 민음사, 1990, 157~199쪽.

기질도 진취적이며 모험심이 강하였다. (…중략…) 전해지는 말에 의하면 타관의 영락된 양반들이 이 고장을 찾을 때 통영 어구에 있는 죽림 고개에서 갓을 벗어 나무에다 걸어놓고 들어온다고 한다. 그것은 통영에 와서 양반 행세를 해봤자 별 실속이 없다는 비유에서 온 말일 게다. 어쨌든 다른 산골 지방보다 봉건제도가 일찍 무너지고 활동의 자유, 배금사상이 보급된 것만은 사실이다.

좁은 육로를 제외하고 대부분 바다에 접한 통영은 육지와 바다의 경계 지점이라고 할 수 있다. 경계성은 단지 지리적 위치에 그치지 않고 공간적 특징을 규정짓는 근거로 작용한다. 바다가 근대의 사유 방식과 신문물이 유입되는 공간이라는 점에서 통영은 거주민의 특성과 지리적 여건으로 말미암아 빠르게 근대의 개인적 분화를 수용한 곳이다. 봉건적 지배질서 아래 놓인 공간인 동시에 근대의 사유 방식을 먼저 접하는 곳이라는 점에서 봉건적인 사회질서와 근대가 겹치는 과도기의 양상이 드러난다. 이러한 특징은 통영을 지칭하는 별칭에서도 드러난다. 통영을 '조선의 나폴리'라고 부르는 것은 풍광의 아름다움에 대한 칭송인데 이 호칭에는 직접적이든 간접적이든 이국의 문물에 대한 체험이 투영되어 있다. 조선의 나폴리라는 호칭은 통영의 변모하는 사회 상황을 상징적으로 함축하고 있다. 신분제와 봉건적 질서를 일찍 벗어난 통영은 지리적으로 '조선'이면서 사회적 상황으로는 당대의 '조선'을 벗어난 곳이다. 봉건적 공간인 동시에 근대적 공간이라는 점에서 통영은 경계공간의 성격을 띠고 있다. 따라서 통영은 전통과 탈전통이 혼재된 공간이며 종래의 사회를 지배하는 가치관이 붕괴되면서 새로운 사고의 유입으로 인한 다양성이 노정되는 공간이다.

봉건적 지배질서보다 배금주의가 강하다는 통영의 공간적 특성은 구한말과 일제강점기의 사회 변동의 양상을 직접적으로 반영한 것이다. 가부장제와 신분제가 사회적 구속력을 지니지 못하는 통영은 전체적인 규범에 지배받기보다는 개별적 자아로서 자신의 삶을 규정해 나갈 수 있는 공간적 특성을 지니게 된다고 볼 수 있다. 이러한 공간의 사회적 특성은 개인의 삶에 지대한 영향력을 발휘한다. 통영은 남성과 여성의 삶이 봉건적 가부장제라는 전체적인 틀에서 벗어나 개인별로 다양화되는 경계공간을 형성하며 봉건주의적 사고가 와해되고 개인이 자신의 삶을 주관할 수 있는 공간적 특성을 지닌다.[2)]

전통적인 위계질서가 무너져가는 통영이 경계공간의 특성을 드러낸다면 『김약국의 딸들』의 '집'은 봉건적 가치를 벗어난 삶의 다양한 양상을 보여준다. 이 소설에서 집은 인물과 사건의 핵심 공간이므로 남성과 여성 주인공이 분화해가는 집의 의미를 고찰함으로써 소설의 주제를 면밀하게 파악할 수 있다.

『김약국의 딸들』에서 아버지인 김약국은 심리적 결핍으로 말

---

2) 위계적이고 공동체적인 질서의 사회에서 출생에 따라 어떠한 계급, 성, 공동체적인 소속 관계에 의하여 살아야 하는지가 결정되며 그 존재에 맞는 사람이 되도록 자신을 일치시켜야 한다.
반면 위계적이고 공동체적인 질서를 벗어난 사회에서 관습은 일종의 습관적인 삶의 방식이며 자연의 질서와 공동체적인 질서는 구별되고 완전히 이질적인 것으로 분열된다. 자연의 질서와 더불어 구성원의 행위와 결정, 협의, 주도, 협위에 의하여 유지되는 질서로 분화된다. 로베르 르그로 외, 전성자 역, 『개인의 탄생』, 기파랑, 2006, 120~152쪽 참조.

미암아 가족과 소통이 부재하는 닫힌 공간에서 칩거한다. 그가 칩거하는 사랑채는 가부장의 위엄보다는 부성의 부재를 상징하는 공간이다. 『김약국의 딸들』의 여성 주인공 역시 성장과 출가를 통하여 '집'의 의미를 재생산하게 되는데 이 과정에서 주인공들은 뚜렷한 차별성을 드러낸다. 즉 전통적인 가치관에 의하여 여성이 기존의 관습적인 '집'을 재생산하는 대신 새로운 형태의 '집'으로 변화시켜가는 양상을 보여준다. 『김약국의 딸들』의 주인공들의 출가(出嫁) 및 연애를 통한 '집'의 의미 분화 유형은 작가가 세밀하게 포착한 당대의 사회변화상을 반영[3]하는 것이며 또한 각 인물의 내면성 및 정체성과 긴밀하게 연관된다. 집의 내밀한 공간적 특성은 주인공의 삶의 궤적인 동시에 심리적 변화의 외적 증거인 셈이다.

소설 『김약국의 딸들』은 통영이라는 공간적 특성과 맞물려 전통적 가치관을 벗어난 개별적인 여성의 삶을 보여준다. 개인화되고 분화된 공간적 특성은 자아 내면의 반영일 뿐 아니라 가족간의 관계 변화를 보여주는 것이다. 김약국을 비롯하여 딸들이 보여주는 내밀한 공간적 특성은 개인의 성향과 사회적 관계를 집약적으로 표출한다.

---

3) 전통적 가족의 모습은 개인주의의 확대와 서구적 가족 모델의 등장, 일본식민지배의 일환인 가족법 재정 등으로 변모의 조짐을 드러낸다. 가부장적 전통가족의 여성 또한 이러한 변화에 대응하기 위하여 '양처론'과 핵가족화, 농촌 여성의 계몽운동이나 조직 활동을 통하여 여성의 활동 영역이 확대되며 이는 부계친족집단과 지역 공동체가 가지는 전통적인 규제를 약화시키게 된다. 김혜경, 『식민지하 근대가족의 형성과 젠더』, 창비, 2006, 287~309쪽과 312~315쪽 참조.

(2) 결여의 남성상과 소통 부재의 공간

근대 초기는 국가 공동체의 존립이 흔들리고 거세된 시기로 공적, 제도적 영역이 붕괴 또는 축소되어 갔으며 대신 가족 단위 중심의 생존이 개개인의 삶의 목표가 되었던 시기[4]라고 할 수 있다. 『김약국의 딸들』에서 두드러지는 상황은 부성이 부재하거나 파편화되어 나타나는 것인데 이는 사회적 현상과 맞물리는 것이며 이 시기의 가족을 구성하는 특징 중의 하나로 파악할 수 있다.[5] 전통적인 부권은 흔들리고 상징적인 가치[6]로 존재하는 아버지는 부재함으로써 이전 시대에 상대적으로 미미했던 여성의 역할을 확대시키거나 변형시키게 된다. 소설에서, 1대에 해당하는 봉제 영감과 봉룡은 급서하거나 고향을 등진 인물로 그려진다. 봉룡의 실종 이후 집안을 주도하는 가장인 봉제 영감의 갑작스러운 죽음으로 인해 가부장적인 남성 인물이 사라지게 됨으로써 소설은 초반부터 여성의 역할이 강조된다. 부성이 차지하는 비중이 현저하게 약화되거나 그들의 역할이 축소됨으로써 여성이 남성을 대리하거나 가정 내 영향력이 증대한다. 이는 당시 사회 전반으로 드러난 가부장제 쇠퇴와 여성의 활동 영역의 확대라는 측면과 부합하는 것이다.

---

4) 조혜정, 『한국의 여성과 남성』, 문학과지성사, 1988, 91쪽.

5) 조혜정은 확고한 지위와 활동 영역을 지니고 있었던 전시대와 달리 근대사 초기의 남성들은 무기력하고 나약하거나 항일운동에 투신하는 모습으로 나누어 볼 수 있으며 이에 따라 부재하는 남성의 영역을 여성이 대신하게 되었다고 파악한다. 위의 책, 91~94쪽 참조.

6) 위의 책, 94쪽.

2대인 성수, 즉 김약국은 어머니 숙정의 죽음으로 인하여 큰어머니에 의해 양육되는 김씨 집안의 유일한 남성이다. 그는 모성적 양육과 보호가 상실된 채 유년 시기를 보내며 이는 심리적 결핍의 원인이 된다. 큰어머니의 심리적 혼란과 갈등 때문에 별다른 정을 느끼지 못할 뿐 아니라 큰아버지의 사후에는 집안의 대를 잇는 전통적인 역할을 거부당한다. 성수의 큰어머니 송씨는 성수의 존재를 집안을 대표하는 후계자로서 인정하지 않고 대신 사위 강택진[7]을 내세운다. 결국 성수는 봉제 영감의 죽음 이후 집안의 어른인 송씨에 의해 가족 내에서 남성으로서의 입지를 거부당한 것으로 이해할 수 있다.

가정 내에서 자신의 위상을 박탈당한 그는 외부로의 탈출을 통해 자신의 정체성을 확인하려 한다. 그에게 잃어버린 부성의 회복은 자아의 정체성 구축과 맞먹는 일이다. 유아시절 잃어버린 부친을 찾고 자신의 입지를 새로이 구축하고자 하는 그의 시도는 '북문고개'를 넘어 백부의 집을 탈주하는 것으로 표출된다. 그러나 선산을 지키고 대를 이어야 한다는 가족의 압력으로 인해 자신의 정체성을 찾으려는 성수의 시도는 좌절된다. 북문고개는 가부장제의 규율이 부여한 공적인 의무를 탈피하여 또 다른 삶의 영역으로 향한 문턱과 같은 공간이다. 북문고개 너머의 공간은 열린 공간인 동시에 도전과 쇄신을 담은 영역이라고 할 수 있다. 반면 북문고개 안은 익숙한 공간이지만 닫힌 공간이며

---

7) 사위인 강택진은 장모인 송씨로부터 집안의 가장으로서 권한을 부여받았으나 가족을 이끌어가기보다는 물욕에 눈이 먼 파렴치한 인간성을 지니고 있음으로 해서 이 소설이 비판하고 있는 부정적인 남성상에 속한다.

위계질서에 대한 순종을 의미하는 곳이다. 주변의 만류로 인해 북문고개로 상징되는 경계공간을 넘지 못한 성수는 가업을 이어감으로써 고립되고 좌절된 삶을 살게 된다.

자신의 정체성을 확인할 수 있는 기회를 차단당한 성수는 자신만의 공간인 사랑채에 칩거하며 외부 공간에 무관심하게 된다. 그는 돌도 안 되어 죽은 어머니에 대한 그리움을 내면 깊이 감추고 있는 인물이다. 그에게 모성 상실은 뿌리 깊은 심리적 결핍으로 작용한다. 내적 결핍을 충족하기 위한 행동은 두 가지 방향으로 나타난다. 첫째는 모성의 변형인 누이에 대한 연모로 드러난다. 그가 연순에게 '시집가지마라'고 하는 것도 모성을 대체하는 인물의 상실을 두려워하기 때문이다. 연순은 그에게 모성이 투영된 존재이자 심리적 안위를 제공하는 여성성을 지닌 인물이다. 연순의 여성성에 기대어 내적 결핍과 좌절을 견딘다는 점에서 연순은 성수에게 여성적 아니마[8]로 기능한다. 연순이 죽은 후 '아무도 알아차리지 못'한 성수의 '깊은 슬픔'은 여성성이 집약된 아니마의 상실에서 기인한다.

두 번째는 모성 공간의 복원과 칩거로 드러난다. 그는 실질적인 가권을 물려받자 자신의 생가를 복원하여 사랑채에 칩거한다. 죽음과 실종 사건으로 '도깨비 집'으로 불리는 그의 생가는 애초에

---

8) 이부영은 모성적 상은 아니마의 원형에 해당하며 어머니라는 이미지는 남성의 좌절과 실패의 쓰디쓴 삶에 위로를 주기도 한다고 본다. 이러한 어머니, 딸. 누이 등은 각각 특색을 달리하면서도 여성성이라는 큰 줄기에 포함된다고 본다. 이부영, 『아니마와 아니무스』, 한길사, 2001, 78~81쪽 참조.
어린 시절 연순에 대한 정서적 의탁과 연순의 죽음 이후에도 지속되는 정서적 집착으로 미루어 볼 때 연순은 김약국의 내면에 자리한 아니마라고 판단할 수 있다.

그의 생모가 기거했던 실질적인 모성의 공간이다. 또한 그가 소년기에 도깨비 집 마당에서 바깥세상을 엿보며 먼 곳을 향한 동경을 통해 내면의 결핍을 견디었다는 점에서 심리적인 의미의 모성 공간이기도 하다. 이 도깨비 집을 중수하여 가족의 거처로 삼은 것은 그의 내면에 자리한 모성 공간에 대한 복원의 의미를 담고 있다. 특히 사랑채는 상징적인 자궁으로서, 사랑채의 칩거를 통해 자신만의 공간을 완성한 그는 부인인 한실댁뿐 아니라 누구에게도 마음을 열지 않은 채 고립된 공간을 고수한다. 생모뿐 아니라 여성적 아니마인 연순을 잃은 그는 자궁 속의 아이처럼 사랑채에 칩거하고 있을 뿐 집안의 어떠한 문제에도 깊이 간여하지 않는다.

> "아버지 같다."
>
> 말보다 느낌이 늦게 왔다. 고고한 파초의 모습은 김약국의 모습 같았고, 굳은 등 밑에 움츠리고 들어간 풍뎅이는 김약국의 마음 같았다. 매끄럽고 은은하고 그리고 어두운 빛깔의 풍뎅이 표피, 한실댁은 그 마음 위에 앉았다가 언제나 미끄러지고 마는 것이라고 용빈은 생각했다.

딸인 용빈이 간파하듯, '움츠리고 들어간 풍뎅이'처럼 김약국은 가족에게 마음을 열지 않는다. 어린 시절의 심리적 상처를 감싸며 자신을 보호하는 외피라고 할 수 있는 사랑채에서 홀로 자족할 뿐 가족과는 무관심하게 지낸다. 한실댁이 그의 내면에 다가서지 못하는 것은 김약국이 모성을 대체하는 공간인 사랑채에 머물며 가족과 소통이 이루어지지 않는 데서 비롯된다. 한실댁

뿐 아니라 소청에게서도 어떠한 위안을 얻지 못하는 것은 소통을 거부하는 김약국의 심리적 특성에서 말미암은 것이다.

그는 북문고개 밖의 외부 공간으로 향하는 꿈을 접고 가부장적 공간으로 되돌아왔지만 그것이 전통적 가부장제에 대한 내적 승인을 뜻하는 것은 아니다. 그는 가부장제 질서의 수호자라기보다 주변인[9]으로 남는다. 혈연 계승과 선영봉사라는 가부장제의 주된 소임[10]에 무관심하다는 것이 이를 증명한다. 잃어버린 모성의 대체 공간인 사랑채를 고수함으로써 가족 간의 소통은 이루어지지 않고 소극적이고 자폐적인 위안을 얻을 뿐이다. 딸들이 보이는 가족 간의 갈등을 중재하거나 해결을 모색하지 않는 것은 소통이 차단된 심리적 퇴행 때문이다.

그의 사랑채 칩거는 사회적 변화에 적절히 대응하지 못하는 원인이 되기도 한다. 변화하는 경제 환경에 능동적으로 대처하지 못하는 김약국은 멸망의 길을 걷게 된다. 대지주인 김약국이 순식간에 몰락하게 된 것은 외적인 경제 여건의 변화와 긴밀하게 연관된다. 농업 대신 어업이라는 생산구조로 전환하여 일본인 자본과 경쟁해야 한다는 점과 파행적인 일제강점기의 경제구

9) 소통을 거부하는 김약국의 태도는 같은 세대의 중구 영감과 좋은 대조를 보여준다. 자신의 작업 공간을 중시하는 중구 영감의 공방은 배타적인 공간으로 기능하지 않는다. 그에게 작업 공간은 생활의 방편인 동시에 장인으로서 자긍심을 되새기게 해주는 공간이다. 또한 아내와 원만한 관계를 유지하여 김약국의 처인 한실댁의 부러움을 사는 등 가부장으로서 김약국과 대조적인 유형을 보여주는 인물이다.

10) '전통' 가족은 유교적 종법 사상이 강화되면서 가족의 의미도 중심적 직계가족을 포함하는 부계친족을 의미하는 것으로 확대 변화되었으며 혈통계승의 의무가 가장 큰 역할로 규범화되었다. 김혜경, 앞의 책, 287쪽.

조 변화는 수동적인 그의 몰락을 재촉한다.

남성의 부재나 결여의 양상은 후대에도 동일하게 나타난다. 네 딸과 혼인 또는 연인으로 매개되는 남성들은 대부분 부재하거나 사회적 위상을 상실하고 자신의 주체성을 실현하지 못하는 인물로 그려진다. 혼인 관계를 중심으로 살펴볼 때 대부분의 남성 인물은 가장으로서의 역할을 수행하지 못한다. 따라서 가족 관계는 파행적이거나 외형만이 유지되는 것으로 나타난다. 큰딸 용숙은 일찍 남편을 잃고 아편중독자인 용란의 남편은 건실한 사회인으로서의 삶을 영위하지 못하며 애인인 한돌은 하인의 신분으로 도피생활을 영위한다. 용빈은 홍섭과 약혼 관계였으나 우유부단한 홍섭으로 인해 결혼에 이르지 못한다. 용옥은 남편 기두와 형식적인 부부 사이를 유지하고 있을 뿐이다. 김약국 딸들과 대응되는 남성 인물이 부재하거나 결여의 남성상을 가지고 있는 것은 사회적인 현상과 일치하는 부분으로서 일제강점기에 나타난 부성의 부재를 반영하는 것으로 볼 수 있다. 이들은 김약국과 같이 변화하는 현실에 대응하지 못하며 가족과 적절한 소통의 관계를 형성하지 못한 채 흔들리는 인물상을 보여준다.

변화하는 사회에서 갈등하며 자아정체성을 구축하지 못하는 대표적인 인물로 서기두를 들 수 있다. 기두는 봉건체제의 남성적 가치관과 근대적인 자유연애 감정 사이에서 혼란스러워하는 인물이다.

오늘 시집간 용란을 그는 생각하고 있었다. 한돌이와 사건이 벌어졌을 때도 그는 그렇게 생각하였다. 사실 그는 김약국이 용란과 혼

> 인할 마음이 없느냐고 물었을 때까지 용란을 염두에 둔 일은 없었다. 서로의 처지가 다르기 때문이다. 그러나 김약국으로부터 그 말을 들었을 때 그는 황홀하였다. (…중략…) 아무래도 울적하여 견딜 수가 없다. 사나이 오기에 자기 입으로 그래도 좋으니까 용란이를 날 주시오 할 수는 없었다.

용란은 그에게 낭만적 사랑의 대상이다. 용란에 대한 집착은 그에게 뿌리 깊은 것이어서 용옥과 결혼한 후에도 용란에 대한 집착을 버리지 못한다. 낭만적 사랑의 대상인 용란이 불행한 결혼생활을 영위할 때 그는 괴로움을 느끼며 용란이 미쳐버리자 연민어린 시선으로 그녀를 대한다. 낭만적 사랑을 현실화시키지 못한 채 방황하는 그의 발목을 잡고 있는 것은 봉건적 결혼 관념이다. 그는 '사나이 오기'와 '서로의 처지'라는 위계적 사회질서와 인습에 사로잡혀 자신의 욕망을 억압하며 봉건적 가족제도라는 현실과 일시 타협한다. 그 타협의 결과는 용옥과의 결혼이다. 용옥은 봉건적 가족제도 하에서 '현모양처'의 자질을 갖춘 인물이다. 용옥과의 결혼에서 그가 현실적인 행복을 얻지 못하는 것은 용란을 향한 낭만적 사랑의 감정을 억압한 데서 기인한다. '지 짝을 만나야 하나부다'라는 기두의 탄식에서 엿보이는 자유로운 연애에 대한 선망은 봉건적 결혼의 관습과는 공존하기 어려운 것이다. 그의 자유연애 감정에 대한 감상과 전통적 인습에 따른 현실과의 타협은 봉건제 붕괴기의 혼돈스러운 가치관을 드러내주는 것이다. 위계적 인습과 내적 선망 사이의 균열에 적절히 대처하지 못하며 가족 간의 소통 부재를 야기한 서기두로 말미암아 가족의 붕괴는 가속화된다.

부성의 역할이 미약하고 가족 내의 소통이 부재함으로써 흔들리는 위계적 공간은 전통적인 의미의 '집'이 해체되고 새로운 의미망으로 분화되는 변모의 과정을 겪게 된다. 가부장제의 몰락이라는 사회적 요인과 더불어 가족의 소통 부재는 가족과 여성의 관계를 다원적인 양상으로 변화시키며 여성은 다양화된 집의 의미 형성에 있어서 주도적인 역할을 담당하게 된다.

2) 여성의 정체성과 집의 내재적 분화

(1) 배금주의와 시장과 가정의 혼재

맏딸인 용숙은 이재에 밝고 욕심이 많은 인물로서 물질적 탐욕에 기반한 '집'의 공간성을 형성한다. 그녀의 욕망은 두 가지로 요약할 수 있다. 하나는 본능적인 욕망이며 이로 인해 불륜을 의심받고 영아 살해 의혹을 받게 된다. 또 다른 하나는 재물에 대한 욕망이라고 할 수 있다.

불륜을 의심받은 용숙은 할머니인 숙정과 대조적인 행동을 보인다. 할머니인 숙정은 자신의 정절을 의심받자 자결로써 결백을 주장한다. 그러나 자신의 결백을 입증하는 동시에 '비상먹은 자손은 지리지 않는다'는 저주의 씨앗을 뿌림으로써 김약국 집안에 정신적 공포를 심어준다. 숙정의 행동은 가부장제 질서하에서 여성이 택할 수 있는 순응인 동시에 저항으로 이해할 수 있다. 정절을 의심받는 여성은 자결로써 자신의 결백을 입증했고 이는 열녀

문 등의 보상행위로 칭송되었다. 이러한 집안의 자손은 입사 출세에 일정한 보상을 받았다.[11] 반면 숙정의 자살은 자신의 결백은 입증하되 가부장제의 질서를 부정하는 이중적인 형태로 표출된다. 그녀는 오명을 벗기 위해 비상 복용을 자살의 수단으로 택함으로써 자신의 죽음과 더불어 '비상먹은 자손은 지리지 않는다'는 공포를 후대에 유포한다. 이러한 미신은 혈연의 계승을 중시하는 가부장제의 전통을 흔드는 심리적인 장애 요소로 작용한다.[12]

용숙은 죽음을 통한 정절의 입증이라는 가부장제의 속박을 조롱한다. 뿐만 아니라 자신의 할머니처럼 죽음을 통해 공포를 유포하지 않는다. 그녀는 자신의 행위를 정당화하려는 시도를 보이는데 이는 본능에 대한 그녀의 욕망이 사회적 제도에 의하여 제한받자 재물에 대한 탐욕을 통해 자신의 욕망을 충족시키는 것으로 나타난다. 그녀는 부의 축적이라는 개별화된 행동을 통해 자신의 허물을 덮고 물질을 통해 사회적 위신을 재정립하는 기회로 삼는다. 그녀는 돈을 통해 자신의 존재를 입증하고 부의 축적을 통해 정절의 훼손이라는 가부장제에 입각한 비난에 대응한다.

용숙은 지난 날에 대한 당한 가지가지 모멸에 대한 반발로 혹은

---

11) 조혜정, 앞의 책, 76쪽.

12) 소설 초반에 숙정의 자살로 형성된 미신에 대한 두려움과 그 며느리인 한실댁이 지닌 딸들에 대한 기대가 대립되면서 소설적 흥미가 고조된다. 두 사람의 대조적인 행동 유형은 모성성의 대립적인 측면을 드러낸다.

	자손에 대한 태도	죽음의 유형
숙정 (1대)	자손의 멸망에 관한 암묵적인 저주	음독 자살
한실댁 (2대)	자식의 번성에 대한 기대	사위에 의한 타살

보복심으로 그러는지는 몰라도 더욱 화려하게 몸치장 살림 치장을 하고 내보란 듯 활보할 뿐 아니라, 자기에게 부탁이 있어 찾아오는 사람이면 필요 이상의 존경을 강요하는 태도로 나갔다. 그렇다고 하여 무조건 존경만 하면 돈이 나가는 것은 아니었다. 그는 여축없이 세심하게 머리를 써서 돈을 깔았다.

"뭐니뭐니 해도 큰소리 치는 것이 돈이더라."

그 말은 용숙에게 절대적인 인생철학이었다.

용숙의 이와 같은 행동은 배금주의 속성을 여실하게 드러낸다. 용숙의 언행은 여성의 경제활동이 금기시되었던 종래의 사회 풍조에 대항하는 것이다. 이와 같은 언행이 가능했던 것은 와해되어 가는 위계적인 사회질서를 파고든 시장 경제의 영향력이 개인의 사회적 위상에 변화를 불러 왔기 때문이다. 시장 경제의 도입과 맞물려 여성의 다각적인 사회활동을 뒷받침하게 된 것이지만 용숙의 경우는 배금주의의 속성을 지님으로 인하여 가족이나 주변 인물로부터 부정적인 평가를 받는다.

용숙은 전통적인 가족의 윤리를 포기하면서 가정 내에 시장과 자본의 원리를 끌어들인다. 그녀에게 가정은 외부와 구분되거나 보호되어야 할 공간이 아니라 자본의 시장과 연계된 공간이다. 가정이 지닌 공간의 고유성은 퇴색하고 시장의 원리가 지배하는 세속적인 공간으로 변모한다. 가정과 시장의 공간적 혼재를 통해 부를 취득하는 것은 용숙이 오래 전부터 원하는 바였으나 가정의 전통적인 역할을 강조하는 어머니와 서기두의 만류로 이루어지지 않는다.

'별소리를 다합니더. 토영 갑부 정국주의 마누라도 안하는 장사가 없입니더. 우사스럴 것이 뭐 있입니꺼. 누가 장바닥에 나앉아서 파능교? 집에서 장사꾼들이 와가지고 가지고 갈긴데 어떻십니꺼.'

매점매석을 통해 이윤을 추구하려는 용숙의 탐욕은 이를 만류하는 한실댁과의 대화에서 드러난다. 그녀는 '안하는 장사가 없'는 친일파 갑부 정국주의 일가를 모방하며 자신도 그들처럼 되고자 하는 강한 욕구를 드러낸다. 그녀가 원하는 재물은 성실한 노동의 결과물이기보다는 매점매석을 통하여 '손끝에 물 한 방울 튀기지 않고 돈을 버는' 것으로써 왜곡된 자본주의의 형태를 드러낸다.

그녀가 고리대금업을 통해 탐욕스럽게 물질적 욕망을 드러낸 것은 불륜 관계가 드러나고 한실댁을 비롯한 친정 식구들과의 관계가 단절된 이후이다. 즉 용숙이 본격적으로 시장의 세속성을 가정의 고유성에 이식하기 시작한 것은 영아 살해사건 이후라고 할 수 있다. 이 사건을 고비로 그녀는 전통적인 가정의 가치 체계를 이탈하였으며 친정 일가와도 멀어지는 등 가정 고유의 범주를 벗어난다. 가정의 고유 영역을 이탈한 그녀는 주변의 제재를 벗어나 자유롭게 속물적인 시장성을 끌어들인다.

용숙은 물질의 힘을 빌어 불륜으로 인해 손상된 자신의 사회적 위상을 재건하며 사회에서 '큰소리치는' 도구로 활용한다는 점에서 물질 숭배의 천박한 속성[13]을 드러낸다. 이 점에서 천박

13) 물질만능주의사상은 용숙뿐 아니라 신분적 열등감을 지닌 정국주 또한 동일하게 드러낸다. 그는 근대 자본가의 형성이 친일과 밀접한 관계가 있음을 보여줌으로써 한국근대사의 파행적 자본주의의 일면을 보여준다.

한 물질 숭배를 보여주는 정국주와 용숙은 동류의 관계에 놓인다고 할 수 있다. 정국주의 물질 숭배는 친일과 맞물림으로써 역사의식의 결여를 드러낸 것이며 신분에 따른 열등감을 감추려는 속성을 지닌다. 용숙의 물질에 대한 탐욕은 불륜에 대한 사회적 지탄에 대한 방어의 성격을 지닌다. 시장과 가정이 혼재된[14] 공간적 의미를 형성한 용숙의 '집'은 사회적인 측면에서나 심리적인 측면에서나 보상적인 측면이 강하다. 이는 전통적 사회질서와 이반되는 자신의 애정행각에 대한 뚜렷한 자각이 부재한 상황에서, 물질의 소유를 통해 자신의 사회적 입지를 드러내고자 하는 허영심이 취약한 자아의식을 대체한 것이라고 볼 수 있다.

(2) 이성적 자아와 사회적 공간의 획득

둘째 딸인 용빈은 전통적인 여성에게 부과되는 삶의 방식을 벗어난 인물이다. 소설의 2부 도입부에서 용빈이 방학을 맞아 귀향하는 부분은 당대 대다수 여성의 인습적 삶과는 구별되는 공간의 이동을 통해 용빈의 개별화된 삶의 특성을 보여준다. 그녀는 전통적 위계 공간인 '집'을 벗어나 타지에서 유학하며 여성에게 강요되는 인습적인 삶의 행로를 거부함으로써 전통적인 집의 영역을 벗어나 자신의 정체성을 확립한다. 그녀가 '혼인하고 공부하면 안 되겠나'라는 김약국의 요청을 거부하는 것은 '공부'

---

14) 여성이 가정과 시장의 혼재된 형태로 가정 경제를 이끌어나가는 것은 한국의 근현대시기에 드문 일은 아니다. 그러나 이 경우 생계를 위한 절박한 상황이라는 점에서 왜곡된 자본가의 형태를 보이는 용숙의 경우와 구별된다.

와 '혼인' 중 그녀가 인식하는 삶의 우선순위를 명확히 보여주는 대목이다. '공부'에 대한 의지를 드러냄으로써 자신의 삶에 대한 판단과 결정권을 유지한다.

> 용빈은 김약국 집에 있어서 아들 격이다. 김약국도 마누라에게는 의논하지 않으면서 집안 일에 관하여 용빈의 의견을 물었고 또한 그 의견을 존중하였다. (…중략…)
>
> "용빈이 같은 아이는 대국 땅에 혼자 갈다놔도 탈이 없을 아이긴 하지만……"

가장으로서 무기력한 면모를 보이는 김약국의 책무는 일정 부분 '아들 격'인 용빈에게 전가된다. 그녀는 가족의 위기 상황에서 이성적 판단에 근거하여 사태를 객관적으로 바라보는 균형감을 보이며 어린 나이에 부모를 잃은 막내 동생의 교육을 책임진다. 사촌오빠 정윤의 양육 제의를 거절한 그녀의 행동은 가족 구성원으로서 자신의 책임을 자각한 결과이다. 그녀는 자신의 정체성을 바탕으로 파탄을 비껴가지만 가족의 몰락을 목도해야 하는 고통을 겪는다. 그녀는 부성의 부재를 인식하고 부성의 자리를 대체하며 가족의 불행을 추슬러야 하는 인물로 기능한다.

그녀는 고등교육을 받은 정윤 형제와 동등한 입장에서 대화를 나누고 그들은 그녀의 의견을 경청한다. 용빈은 가정에 속박된 봉건적 관습의 벽을 깨고 남성의 영역에 동등한 자격으로 참여하고 있다. 용빈이 다른 딸과 달리 균형 잡힌 시각을 견지할 수 있었던 것은 교육[15]에 힘입은 것이며 이를 통하여 수동적인 여성의 지위에서 벗어나 사회적 지위를 확보한다. 그녀의 삶은 전통적 여성의 공간과는 현저하게 다른 공간에서 이루어지며 전대의 수동성에서 벗어나 자신의 정체성을 바탕으로 사회적 위상을 획득한다는 점에서 '집'으로부터의 상승적 탈주라고 볼 수 있다. 김약국이 용빈을 아들 취급한다는 점과 용빈이 '만세 운동'에 참여하는 점 등은 그녀가 전통적 여성의 입장에서 벗어나 남성과 대등한 사회적 위상을 확보하고 있음을 보여준 것이다. 여성이 교육을 통하여 사회의식에 눈뜨게 되며 독립운동에 참여하는 것은 전대에 비하여 보다 적극적인 여성 역할을 보여주는 근대의 사회적 현상[16]을 반영한 것이다.

용빈의 집으로부터의 탈주는 두 가지 면으로 정리할 수 있다. 하나는 소통이 부재하는 종래의 집을 벗어나 남성과 동등한 사회적 위상을 획득한다는 점이다. 또 하나는 사회역사적인 측면과 대응할 수 있는 집의 가능성을 드러낸다는 점이다. 교육을 통하여 균형 있는 주체성을 형성한 용빈은 가정의 울타리를 벗어나 정당한 사회인으로서 외부 세계와 만나는 지식인의 모습을 보여준다. 사회역사적 질곡인 식민지 현실을 마주한 용빈은 만세 운동에 가담함으로써 적극적인 사회대응력을 형성한다. 이는 용빈이 봉건적 가족체제의 질곡과 더불어 식민지라는 사회적 장

---

15) 김혜경, 앞의 책, 274~275쪽 참조.

16) 여성과 남성이 동등하다는 여성의 자각과 이에 따른 사회 참여는 항일독립운동에서 확인할 수 있다. '남녀의 분별은 있으나 권리는 남자와 조금도 등분 없는 것'이고 '우리여자의 힘을 세상에 전파하여 남녀동권을 찾'아야 한다는 여성의 주체적 자각이 국채보상운동 등에서 드러나고 있다. 김경일, 『여성의 근대, 근대의 여성』, 푸른역사, 2004, 40~41쪽 참조.

벽과 맞서야 함을 의미한다. 여기에서 나아가 독립운동에 투신한 강극과의 만남은 용빈이 사회역사적 현실과 보다 치열하게 대응하는 삶의 길을 예고하는 장치라고 할 수 있다. 따라서 그녀가 확고한 자아의식을 기반으로 구축하게 되는 집은 개인의 주거공간이자 사회역사적 자아로서의 자각이 뒷받침되는 공간으로 구축될 수 있는 가능성을 드러내고 있다.

용빈의 행로는 종래의 한정된 공간을 벗어나 여성의 활동성에 대한 사회적 동의와 기대를 획득하기에 이른다. 용빈은 자아정체성을 바탕으로 소통 부재의 가정을 벗어나 지식인이자 독립운동가인 남성과 사회적으로 소통이 가능한 존재가 된다는 점에서 작가는 새로운 '집'의 가능태를 드러내고 있다. 이성적 자아정체성을 바탕으로 사회적 위상을 확보한 용빈은 역사적 현실에 적극적으로 대응하는 여성상을 드러냄으로써 개인의 주체성과 역사의식이 공존하는 '집'의 공간성을 형성할 수 있는 가능성을 보여준다.

(3) 본능적 탈주와 하강적 파멸

용빈과 용란은 여성의 전통적인 공간과는 분리된 삶의 공간을 보여준다는 점에서 유사하다. 그녀들은 여성의 주된 활동 공간이던 봉건적 가정의 영역을 벗어난 탈주의 양식을 공통적으로 보여준다. 그러나 이들의 탈주의 방향은 상반된 방향으로 나타나, 용빈이 교육의 힘을 통해 봉건적 인습의 공간을 벗어난다면 용란은 일탈적인 방법으로 위계적 공간인 '집'과 '시집'을 벗어난다. 그녀가 '밤마다 담을 넘고 뒷산으로 가는' 행동은 종래의 도덕관이나 가치관이 지배하는 '집'을 벗어나는 탈주의 행동이다. 그녀가 용빈의 만류에도 불구하고 '뒷문'을 열고 나가는 장면은 종래의 여성에게 금기시되었던 공간의 규율을 깨고 감행하는 탈주를 요약적으로 보여준다. '담'과 '문'을 넘는 그녀의 공간적 탈주는 가부장제적인 공간의 규범을 벗어나는 것이며 자신의 본능을 자유롭게 실현하는 방법이다. 그것은 돌아온 한돌과의 재회하고 '방'을 얻어 '집'을 나가는 부분에서도 확인된다. 돌아온 한돌과 함께 얻어나간 '방'은 집으로부터의 탈주한 일탈적 공간이다. '남편이 있는 몸'이라는 현실의 제한은 오히려 남편과의 애정 없는 결혼이라는 장벽을 뛰어넘으려는 탈주의 욕망을 절실한 것으로 만든다. 용란에게 아편중독자인 남편은 탈주하여 넘어가야 하는 보이지 않는 담일 뿐이다.

용란은 가부장제의 질서 아래에 놓인 여성의 제한된 영역을 과감히 벗어난다. 자신이 바라는 대상을 자발적으로 택할 뿐 아니라 상대 남성과 신분을 뛰어넘는 사랑을 전개한다. 과거에는 용납되지 않았던 이러한 욕망의 추구는 일탈적인 행동으로 규정되고 가족 구성원이나 사회로부터 심각한 제재를 받게 되는 요인이 된다. 신분의 차이를 뛰어넘는 사랑은 봉건적 신분제도에 대한 도전이며 탈주의 의미를 지닌다. 용란의 애정행각은 봉건적 위계질서를 뛰어넘으려는 금기에의 도전[17]이라고 할 만하다.

17) 신분적 차이를 뛰어넘는 남녀의 결합이라는 유형은 이후『토지』에서 보다 진전된 양상으로 나타난다. 별당아씨와 종으로 일하던 귀천 그리고 서희와 그녀를 돌보던 하인 길상의 결혼이 그 대표적인 예이다.

용빈이 이성적 자아를 바탕으로 하여 자신의 주체적 공간을 확충해가는 반면 용란은 본능과 애욕을 통해 일탈적인 방법으로 봉건적 질서에서 이탈한다. 따라서 이성적인 용빈과 본능을 추종하는 용란의 갈등은 필연적이다. 교육을 통하여 봉건적 여성의 한계를 넘어선 용빈은 용란의 애정행각을 확인하고 고통스러워하지만 그녀를 미워하거나 모멸스러워하지 않는다.

그 여자는 사랑을 느끼기보다 본능에 움직였어요. 거기 대하여 모욕을 느끼기보다 신선한…… 표현할 수 없군요. 바보처럼 천진한 그의 인간성에서 그렇게 느끼는지 모르겠어요. (…중략…)

그러나 그건 우리의 생각일 뿐이며 우리가 보는 사실일 뿐예요. 그 여자는 몰라요. 자연 속에서 어떤 생물이 자라나듯 그 여자는 다만 존재해있을 뿐입니다.

위와 같은 표현에서 암시되듯 용빈은 용란의 애정행각에 대해 관습적 규율에서 벗어나 일방적인 매도를 지양하고 한결 개방적인 태도를 보여준다. 용빈의 이러한 이해는 여성을 둘러싼 사회적 인습에 체계적으로 맞선 것은 아니지만 개인의 욕구와 특성을 인정한다는 점에서 한실댁을 비롯하여 봉건적 윤리의식을 신봉하는 다른 사람들과 차별성을 보인 것이다. 종래의 가치관에서 한걸음 나아간 용빈의 이해에도 불구하고 용란은 자신이 감행한 탈주에 대하여 스스로를 방어하거나 변론할 능력을 갖추지 못하였으므로 규율을 깨뜨린 죄인 취급을 받게 되며 그녀의 탈주는 정당성을 획득하지 못한다. 이는 하인과의 결합이라는 점에서 『토지』의 서희와 동일한 양상을 보이면서도 대조를 이루는 부분이다. 『토지』의 서희는 자신의 행위를 결정하고 실천할 판단력을 갖추고 있었기에 길상과의 결혼을 둘러 싼 주변의 반대를 극복하고 정당성을 획득할 수 있었다. 반면 용란은 애욕에 이끌려 한돌을 택했을 뿐이며 자신의 행위를 정당화시킬 수 있는 자각을 갖추지 못하였다. 그녀가 연학과의 결혼에 대하여 자신의 의사를 명백히 표출하지 못하고 수동적으로 혼사에 이끌리고 만다는 것은 용란의 한계를 보여주는 부분이며 그녀의 탈주가 몰락으로 이어지는 원인이 된다. 따라서 용란의 주체적 자각에서 연유하지 못한 탈주는 자신뿐 아니라 주변 인물을 파국으로 이끄는 계기가 된다.

용란은 미약한 자아의식으로 인해 자신의 사랑에 대한 정당성을 입증하지 못하지만 봉건적인 결혼 형태에 순종할 수도 없는 인물이다. 그녀는 인습적 공간에서 벗어나고자 하지만 정당한 통로를 찾지 못함으로써 자신만의 영역을 구축해가지 못한다. 나아갈 길이 봉쇄된 상태에서 사회와 가정의 억압을 벗어나려는 용란의 탈주는 파멸로 귀착된다. 그녀가 미치고 만 것은 자신의 욕구를 적절히 실현하고자 하는 합리적 대응이 부재했던 한계에서 기인한다. 용란의 광기는 탈주의 욕구만이 비등하고 출구가 없었던 삶에 내재된 파괴적인 측면을 보여주는 것이라고 할 수 있다. 그녀의 광기는 봉건적 질서에서 탈주하려는 몸부림의 또 다른 측면이며 자신의 욕망이 허용되지 않는 닫힌 사회에 대한 반항이라고 할 수 있다.[18] 그녀는 광기라는 자아붕괴를 통해 자

18) 식민지하의 여성 소설에서, 현실의 억압과 고통으로 인하여 억눌린 여성들이 보여주는 광기는 여성의 억압을 가시화하는 기제이거나 자유로움과 본능, 솔

신을 둘러싼 기존 규율에서 벗어나는 동시에 억압적 공간으로부터 이탈한다. 광녀가 된 후에도 상대를 '한돌'로 간주하며 억압된 '집'과 '시집'의 공간으로부터 탈출할 수 있는 '배표'를 갈망한다는 점에서 그녀가 추구했던 탈출 욕구를 감지할 수 있다.

인습의 억압 속에서 자유로운 본능의 발현을 갈망하던 용란의 삶은 탈주의 욕구와 현실 사이에서 적절한 해결책을 찾지 못한 채 막다른 지점에 이르러 광기로 마감될 수밖에 없었다. 용란의 광기는 자유로운 본능의 실현과 사회적 억압 사이에서의 좌절과 파탄이 불러온 것이며 주체적 판단력을 지니지 못한 개인의 몰락이라고 할 수 있다.

(4) 순응적 자아와 신앙공간의 접합

넷째 딸 용옥은 전통적인 여성상을 내면화하고 있는 인물이다. 어머니인 한실댁에 의하면 그녀는 '딸 중에서 제일 인물이 떨어지지만 손끝이 야물고, 말이 적고 심정이 고와서 없는 살림이라도 알뜰히 꾸며나갈 것이니 걱정 없다'는 말로 요약된다. 그녀는 전통적이고 희생적인 여성상을 보임으로써 자신의 의지를 관철하기보다 가부장에 의해서 좌우되는 삶을 영위한다. 용빈이 전통적인 가치규범을 벗어나 자신의 정체성을 확립할 수 있었던 것과 달리 용옥은 새로운 가치규범을 마련하지 못한 채 가부장제의 질서에 순응한다. 외부 현실과 직접 대면하여 자신의 대응

직함을 드러내는 기제로 나타난다. 김미현, 『한국여성소설과 페미니즘』, 신구문화사, 1996, 228~246쪽 참조.

력을 키워갈 수 있던 용빈과 달리 사회적 접촉이 차단된 용옥은 전통적인 역할에 충실하며 종래의 공간을 고수하고자 한다. 그러나 용옥이 기대고 있는 가부장적인 체제는 허물어져가는 질서로서 그녀를 보호해 줄 만한 울타리가 되지 못한다. 남편인 기두는 가정에 소홀하고 아내에게 애정을 주지 않음으로 해서 그녀는 황폐한 삶을 영위한다.

용옥을 지탱하는 또 다른 정신적 측면은 기독교라고 할 수 있다. 소통이 부재하는 남편과 친정의 몰락으로 의지처가 없는 용옥은 자신의 삶이 흔들릴수록 종교에 의지한다.[19] 그녀가 깊이 귀의하고 있는 기독교는 남편과 적절한 소통이 부재하는 상황에서 또 다른 정신적 가부장을 향한 탐색의 길이라고 할 수 있다. 이는 초기 기독교가 가부장제에 대한 정신적 대안으로 여겨진 것과 맥락을 같이 한다.[20] 따라서 용옥의 삶을 지탱하는 공간은 봉건적 가족제도에 바탕을 둔 '집'과 정신적 구원의 공간인 '예배당'이 접합된 형태로 나타난다. 용옥이 결혼 이후에도 '예배당'에 나가는 것은 봉건적 집안의 질서와 자연스럽게 어울리는 것은 아니다. 큰언니인 용숙의 '아따 너거 시압씨는 개명했는갑

---

19) 용빈과 용옥은 동일한 기독교인이지만 이들이 종교에 대한 입장은 현저한 차이를 보인다. 용빈에게 기독교는 교육의 장으로 기능하며 이성적인 자아를 구축하는 데 기여하는 반면 용옥의 경우는 자신의 취약성을 보충하는 정신적 보완책으로서 기능한다.

20) 기독교의 '하나님 아버지'는 가부장적인 이미지를 내포하고 있으며 이 '아버지'의 은유에 대한 남성과 여성이 차이를 보인다. 남성이 신에 대한 복종과 헌신을 결단하는 데 비하여 여성은 이러한 결단과 더불어 남성에 대한 남성에 대한 헌신과 복종을 연관시키며 위계적 구조의 상층 부분의 존재에 대한 복종의 영성을 더욱 강화하게 된다고 본다. 최만자, 『여성의 삶, 그리고 신학』, 대한기독교서회, 2004, 271쪽.

다. 그래 큰며느리가 예배당에 나가믄 선영은 누가 모시노?'라는 발언은 선영봉사를 우선으로 하는 전통적 가족윤리와 예배당이 상징하는 종교규율이 배치되고 있음을 드러낸다. 그녀가 가족을 위해 헌신하는 동시에 기독교에 귀의하여 '예배당'에 나가는 것은 상호 배치되는 두 공간을 접합한 것이라고 볼 수 있다. 용옥의 경우, '가정'과 '예배당'이라는 이질적인 두 공간이 접합됨으로써 상호보완적으로 기능한다. 용옥은 가정의 불행을 '예배당'의 공간에서 상쇄함으로써 현실을 견디어 갈 내면의 힘을 얻는다. 남편의 외면으로 고통 받는 용옥이 예배당으로 들어가 기도하는 장면은 신앙공간과의 접합을 통해 가정의 불행을 다스리는 방식을 단적으로 드러낸다.

가족 간의 소통 부재 속에서도 인내하던 용옥의 삶은 가부장적 위계질서의 허위와 마주하면서 파탄에 이르게 된다. 시아버지의 겁탈 시도는 가부장의 파렴치함과 비도덕성이 극한에 도달한 경우라고 할 수 있다. 서 영감은 가부장적인 태도에 있어서 김약국과 대조를 이루는 인물이다. 김약국이 자신에게 부여된 책무에 무관심하며 가족과 관련된 일련의 사건에 방관자적인 태도를 취한다면 서 영감은 적극적인 방법으로 가족의 생계와 위상 확보를 위해 노력한다. 그는 김약국의 어장에 관여함으로써 가족의 생계를 책임지고 용옥과의 혼사에 적극 개입함으로써 김약국과 사돈을 맺게 된다. 외면상 가부장적인 책무에 충실한 인물처럼 보이지만 이기적이며 통제되지 못한 불순한 욕망을 내재하고 있음으로 해서 결국 '집'의 공간이 와해되기에 이르는 모순된 인물이다. 며느리가 가정 내의 약자임을 악용하여 그는 자신의 과오를 덮으려 하는데 이 과정에서 가부장적 윤리를 교묘하게 악용한다. 아들인 기두가 아버지인 자신을 용서하지 않겠지만 '너 역시 데꼬 살지 않을' 것이라는 위협을 가한다. 봉건적 윤리에 충실한 여성에게 남편으로부터 버림받는다는 사실의 상기는 치명적 위협으로 작용한다. 그럼에도 남편을 찾아가는 것은 봉건적 윤리에 기대는 그녀로서는 마지막 구원의 수단이기 때문이다. 그러나 서기두는 이미 여러 차례 용옥을 심리적인 혼란에 빠뜨렸으며 가장의 역할을 충실히 수행하지 않는다. 평소 용옥과의 결혼에 회의하며 아내를 차갑게 대하지만 자신의 무관심에도 불구하고 그녀는 가정을 지킬 것이라는 기대를 부여함으로써 그녀를 이중의 고뇌 속으로 몰아넣는다. 즉 자신은 외간 여자와 관계하면서도 '하늘이 무너져 보이소. 그 사람이 바람날 사람인가'라는 기두의 말은 그녀와의 애정에 기초한 결혼생활에 대한 신뢰라기보다 그녀가 가정에 헌신하였으며 미래에도 그럴 것이라는 이기적인 판단에 기초한 것이다. 설령 기두와 조우한다 하여도 그녀가 자신의 삶을 보호받고 정상적인 가정을 재건할 수 있는 가능성은 희박하다. 서기두는 연락도 없이 고향으로 돌아감으로써 그녀와 엇갈리게 되는데 이 엇갈림은 두 사람의 가족적 연관이 매우 느슨하다는 것을 요약적으로 보여준다. 이 취약한 연관관계는 그녀에게 치명적인 것이어서 죽음에 이르는 간접적인 원인이 된다.

상호보완적이었던 공간의 접합은 가정의 축이 무너지자 파열되고 이것은 결국 그녀의 죽음으로 귀결된다. 용옥과 아이의 죽음은 용옥이 순응했던 가족제도의 허약성을 드러내는 동시에 순종적 여성에게 가해진 가정 내의 억압과 폭력을 표출한 것이다.

그녀의 시신이 인양되는 장면에서 그녀가 지상에서 지키고자 했던 가치들의 파탄이 함축적으로 드러난다. 죽음 이후 그녀의 육신에서 분리된 '아이'와 '십자가'는 용옥이 애써 지키고자 했던 가정과 신앙이라는 두 측면을 함축한다. 아이를 안아 떨어지지 않는 손은 죽음의 순간까지 지속된 자녀와 가정에 대한 애정을 드러내는 동시에 그러한 노력을 외면한 가정의 황폐함을 암시한다. 그녀의 몸에서 떨어져 나온 십자가는 신앙적 공간을 통해 고통을 인내하던 삶의 신산함을 드러낸다. 용옥은 죽음을 통해 그녀를 옥죄던 가족이라는 거친 속박에서 풀려나게 된 것이다.

용옥은 봉건적 가치 체계에 순응하는 인물이며 가정의 고유 영역과 종교적 공간을 접합시킴으로써 전통적인 여성의 입장에서 근대와의 접점을 모색한 인물이다. 가부장제에 순응하는 동시에 종교 원리에 귀의했던 그녀가 내면화시킨 '집'과 신앙공간의 접합적 의미망과 그것의 파열은 근대 혼란기의 현실상을 압축적으로 드러낸다.

3. 집 너머의 또 다른 집을 찾아서

『김약국의 딸들』은 가정의 위계적 공간이 붕괴되어 가면서 변화된 정체성이 요구되는 시기에 나타난 다양한 삶의 양상을 보여준다. 소설의 인물들이 보여주는 삶의 다양한 굴곡은 한국근대사회의 와동이라는 사회적 조건과 개인 내면의 정체성이 합치되는 과정에서 형성된 것이라고 할 수 있다.

본문의 분석에서 드러나듯 전통적 위계질서를 벗어난 개인이 자신의 정체성과 삶의 행로를 선택하는 모습은 전통적이며 관습적인 집의 의미를 해체하고 새롭게 구축해가는 과정과 상응한다. 이 과정에서 '집'의 위계적 질서를 지탱하는 가부장의 부재 혹은 결핍은 집의 의미 분화를 촉발하게 된다. 여성 주인공과 혼인 또는 연인의 관계로 대응되는 남성은 부재하거나 혹은 사회적인 정체성을 확립하지 못함으로써 가정 내에서도 소통 부재의 양상을 보여준다. 반면 소설에 등장하는 여성은 전통사회의 제한된 공간에서 벗어나 각기 분화된 '집'의 공간을 형성한다. 이러한 공간 분화에 있어서 여성의 자아의식은 중요한 요소이다. 여성 주인공들은 주체적 자아의 형성을 통해 사회적 대응 공간을 형성하기도 하지만 개인적 자각의 미숙으로 인한 집의 몰락 혹은 해체, 이질적 공간과의 접합과 파열이라는 다층적인 양상을 보여준다.

이와 같은 공간 분화를 그림으로 나타내면 다음과 같다.

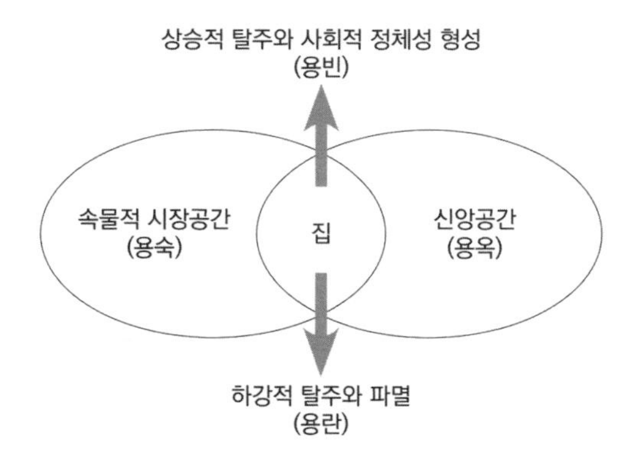

위에서 살펴볼 수 있는 바와 같이, 여성 주인공의 공간적 의미 분화는 한이나 운명에 기인한 것이라기보다 변모하는 사회적 가치관과 개인의 정체성에 바탕을 둔 것임을 알 수 있다. 용숙의 집은 배금주의에 기반한 속물적 시장공간으로 전환되며, 용란의 경우 봉건적 공간으로부터의 탈주는 허약한 자아정체성으로 인하여 하강적 파멸로 귀결된다. 전통적 위계질서에 근거한 집의 공간성을 유지하는 용옥은 신앙공간과의 접합을 통해 가정 내부의 결여를 대체하고자 한다. 반면 주체적 자아의식을 지닌 용빈은 소통 부재의 집을 벗어나 사회적 영역에 진입하여 새로운 집의 가능성을 모색한다.

『김약국의 딸들』은 전통적인 위계질서를 강조하는 가부장제가 쇠퇴하고 여성의 사회적 역할이 증대하였던 한국근대사회를 바탕으로 하여 여성의 자각과 정체성의 형성을 그린 작품이다. 근대의 변화와 전통적 질서의 해체에 따라 전통적인 가치관을 탈피하여 능동적인 자아상을 수립하였는가의 문제는 집의 의미 분화와 긴밀하게 연관된다. 『김약국의 딸들』은 사회적 요인과 결부된 자아정체성의 형성을 통해 전통적 의미의 집의 해체와 분화를 그려내는 동시에 변화하는 사회와 가족 그리고 개인의 위상 변화에 관한 의미 깊은 성찰을 보여준 것이다.

시의 공간과 실존적 상상력

—조병화 시에 대하여

1. 시와 삶이 만나는 자리

이 글은 1949년 시집 『버리고 싶은 遺産』을 상재한 이래 지속적인 작품 활동을 보여 온 조병화 시인의 시세계를 50년대에 발표된 작품을 중심으로 살펴보려는 목적으로 씌어진다.

조병화 시는 일상적인 삶의 무상성과 유랑감에 근거한 시세계를 보여주고 있으며 이 점에서 그의 시는 삶의 궤적을 응시하고 반추하는 관찰자의 목소리가 담겨 있다. 조병화 시가 출발을 보인 50년대는 분단과 전란의 암운이 드리웠던 황폐한 시대였으며 당대의 많은 시 또한 시대의 압도적인 중량에서 벗어나기 어려웠다. 독특하게도 조병화 시는 사회역사적 자장에 이끌리기보다 개인의 삶에서 발원하는 개성적인 목소리를 들려준다. 그의 시가 기대는 상상력의 원천은 당대의 사회역사적인 것이기보다는 보편적인 일상사이다. 폭넓은 독자에게 접근할 수 있다는 조병화 시의 특징은 이와 같은 시인의 시적 관심과 맥을 같이한다. 그는 전후의 황폐감에 구속되지 않음으로써 비교적 유연한 시적 운신을 보인다. 조병화의 시적 관심은 시인의 표현에 따르자면 '자기 위안'과 '자기 구원'[1]에서 출발하는 것이며 이것의 추구와 확산이 조병화 시의 전개과정의 기본축이라고 볼 수 있다. 위안과 구원의 방식은 추상화된 인식의 공간을 맴돌기보다 구체적인 삶을 지각하는 가운데서 찾아진다. 그러한 시인의 모색 과정을 집약적으로 보여주는 것은 변모하는 시의 공간이며 시적 공간의 변전은 시의식의 변화와 동궤에 놓인다. 그는 부박한 일상사 속에서 자신의 존재적 입지를 자각하려는 끊임없는 움직임을 시에 담았으며 이것은 자의식이 형성하는 제한된 공간을 벗어나려는 노력으로 파악된다. 지속적인 변화를 보여주는 시적 공간에는 자아를 응시하는 시인의 자성적인 시선과 자아와 타인을 매개하는 관계 방식이 자리하고 있다. 변모하는 조병화 시의 공간은 그가 내적인 회의나 방황에 머무르지 않고 끊임없는 자기 갱신의 노력을 기울인다는 사실을 보여주는 증거로 제시될 수 있다.

그의 시는 일상 삶을 무대 공간으로 하여 변모하는 공간에 다양한 삶의 목소리를 담아낸다. 시의 무대인 공간이야말로 제작자인 시인이 시의 의도를 보다 효과적으로 드러낼 수 있는 하나의 장치이며 이러한 공간의 의미를 가늠함으로써 조병화 시가 전개하는 시적 공간의 변화와 그 의미를 밝히고자 한다.

---

1) 조병화, 「끝없이 끝없는 '말'을 찾아서」, 박인환 외, 『한국전후문제시집』, 신구문화사, 1963, 412쪽.

2. 표랑(標浪)의 공간: 바다

조병화 시의 공간적 변화를 이끌어 가는 추동력으로 기행이라는 요소를 지적할 수 있다. 전체적으로 보아 기행은 그의 시에 삶의 다양한 모습과 의미가 배어들게 하는 역동적인 요소로 기능한다. 초기시의 경우 기행은 시적 경험의 폭을 확산하는 계기로 작용하며 기행 자체가 무상성을 짙게 드리운 삶으로 비유되기도 한다. 기행이 지닌 의미를 주목한다면 조병화 시를 이해하기 위한 효과적인 논의의 장을 열 수 있다.

> 온종일 비가 내렸습니다.
> 연락선이 왔다 간다는 항구로
> 남행열차는 쉴새없이 달렸습니다.
> 삼등실 좁은 차창에
> 빗물이 흐르고 흐르고
> 水族館에 뜬 어린 詩같이
>
> 싹튼 보리밭이 보이고
> 포플라가 보이고
> 늙은 산맥이 보였습니다.
> 말소리도 잠들어 버린 찻간에
> 나는
> 중앙 아시아 어느 바다로 가는 것일 게니 하고
> 졸음없는 눈을 감아보았습니다.

—「옛 엽서」 전문

이 시의 화자는 묘사적 어조로 기행의 정경을 담아낸다. 빠른 필치로 가까이 있는 차창의 빗물과 보리밭, 멀리 보이는 산맥을 선명하고 간결한 이미지로 묘사하여 하나의 그림을 대하는 듯하다. 쉴 새 없이 달리는 기차와 흐르는 빗물의 운동적 이미지는 시행에 속도감을 부여하여 육지에서 항구로의 이동을 효과적으로 드러낸다. 이 시의 전반부가 차창 밖의 풍경이라면 9행부터 마지막 행까지는 차창 안의 풍경 묘사이다. 차창 밖을 향한 화자의 시선은 비교적 작은 묘사 대상인 보리밭에서 포플러, 산맥으로 점차 확대되어 간다. 새로이 움트는 보리 싹과 육지의 맥을 형성하는 산맥을 늙은 것으로 묘사하여 대조적 이미지를 형성한다. 풍경에 담겨진 어린것과 늙음의 대비는 움직이는 공간인 차창에서 탐지한 풍경으로서 시간의 변화 상태를 감지할 수 있다. 이러한 차창의 풍경은 다채로운 변화를 보여주는 것이지만 화자와는 아무런 상관관계를 맺지 못하는 즉물적인 풍경에 그치고 만다. 외부 세계와 아무 연관성 없이 남행열차라는 제한된 공간에 몸을 싣고 여행하는 고독한 화자의 심경이 유추되도록 시행을 배치한 것이다. '말소리도 잠들어 버린 찻간'에 이르러 시의 공간은 열차 내부로 이동되면서 운동감은 현저하게 감소하고 8행까지의 운동감과는 대조적으로 적막감이 조성된다. 풍경을 그려 가던 시선이 차창의 다양한 물상에서 눈 돌려 자신의 내면의식을 드러내는 심경 묘사로 전환하면서 화자는 열차가 도착할 종착지를 가늠한다. '삼등실의 좁은 차창'에 몸담은 화자가 도착할 곳은 일차적으로는 바다이다. 종착지인 '중앙 아시아의 어느 바다'는 화자가 가고자 하는 바람을 지니고 있지만 지리적으로 존재하지 않는 바다이다. 현실적으로 가 닿을 수 없는 공간이라는 점에서 바다를 향해 여행하지만 어떠한 바다에도 닿을 수 없다는 결론이 도출된다. 모순된 공간성으로 미루어 볼 때 그의 기행은 다분히 정향을 지니지 못하고 떠도는 부유성을 내재하고 있다는 판단이 가능하다. 중앙아시아 어느 바다라는 종착지에 내재된 모순성을 인지하고 있는 화자의 어조는 다분히 체념적이다. 체념적 태도는 여행이 지니는 의미를 부정적 양상으로 귀결시킨다. 종착지가 분명하지 않은 여행이란 떠돌이 행각에 불과하며 여행이 지니는 가치는 감소될 수밖에 없다.

기행은 불만족스러운 현재의 장소를 떠나 자아의 정체성을 확인하려는 의도와 긴밀하게 연관되어 있다. 그러한 출발이 반드시 만족스러운 결과를 보장하는 것은 아니다. 이 시에서 드러나듯이 기행은 적극적인 현실 타개 의도를 반영한다기보다 수동적인 측면이 강하다. 일상의 무거움을 떠나 소망스러운 공간을 지향하려는 그의 여정은 화자의 탐색 의지보다는 내적인 번민이나 회의로 채워지고 있다. 화자의 체념적인 태도는 도착할 공간의 모순성을 인지하고 있음에도 적극적인 의지 표명이 결여된 채 졸음 없는 눈을 감다라고 묘사된 화자의 모습에서 확인된다. 그러한 자세는 현실의 부정성을 인식하고 있음에도 자신의 삶에 대하여 적극적인 개선의 행동을 취하지 않음으로써 현실의 어려움을 단지 번민으로 수용하고 마는 데서 나온다.

이 곱은 냉수같은 바람이 분다
오랜 인내

때묻은 사색

연애의 생리를 청산하고

바다로

하늘로

홀가분한 단념과 웃음을 배우러 가자

—「입춘」 전문

현실은 차디찬 바람이 화자를 압도하는 냉담한 공간이다. 오랜 인내와 사색으로 해결되지 않는 현실의 완강함에 부딪쳐 화자는 자신의 집착을 버리고자 한다. 마음마저 곱게 만드는 차가운 현실에 관한 화자의 반응은 단념과 웃음이다. 단념과 웃음으로 현실에 대응하려는 화자의 의지는 표면적 술어와는 달리 홀가분하게 느껴지지 않는다. 홀가분하고자 하는 의지가 오히려 무겁게 읽혀지는 것은 단념과 웃음이 필요한 현실의 고통스러움이 화자의 언술 뒤에 깔려 있기 때문이다. 체념적으로 대응하려는 화자의 수동적인 자세가 두드러진 이 시에서 바다나 하늘은 현실의 괴로움을 기탁하는 공간으로 기능한다.

잊어버리자고

바다 기슭을 걸어 보던 날이

하루

이틀

사흘

—「추억」 부분

이 시에서 나타나는 바다 또한 동일한 의미망에서 파악될 수 있다. 현실은 망각되어야 할 추억으로 가득 차 있으며 망각을 통해 번뇌의 질곡으로부터 벗어나고자 하는 의지가 그를 바다라는 공간으로 내몬다. 바다 기슭은 육지와 바다가 인접한 경계공간으로서 안정된 공간에 속하지 못하고 이방인처럼 떠도는 화자의 정서를 대변하는 공간이다. 망각을 향해 떠도는 발길이 정처 없는 궤적을 그려내는 바다 기슭은 표랑의 공간이기도 하다.

'바다 수만리 길은 / 압축한 청춘이 가고 싶어하는 길'(「귀향」)에서 화자는 현실의 불안정에서 탈피하고자 하는 막연하고 낭만적인 동경을 표현한다. 청년기의 회의와 번민이 해소될 가능성을 지닌 공간으로 바다가 선택된 것은 화자 내면의 어두운 공간과 대비되는 광활함을 지니고 있기 때문이다. 공간의 광활함은 적극적인 행로의 모색이 결여되어 있거나 뚜렷한 목표점을 지니고 있지 못하다면 오히려 떠남 자체를 표랑으로 이끌고 갈 가능성을 내포한 것이다.

> 장거리 대리석 기둥에 기대어
> 오지 않는 것만 기다리고 섰다.
> 낯없는 사람들끼리 모여들다
> 낯없는 방향으로 헤져 간 뒤엔
> 대리석 기둥과 내가 도로 남는다.
>
> —「역」 부분

「역」은 결여된 현실에서 출발하여 일상에서 탈출을 꿈꾸는 화자의 심경을 드러낸다. 그는 소망스러운 삶의 공간이 쉽게 얻어질 수 없다는 점을 인식하고 있다. 현실은 도저히 용인할 수 없는 결여의 공간이다. 현실의 결여를 인식하는 지점에서 소망스런 대상을 향한 기다림이 생겨났다면 이 기다림이 충족되기란 불가능하다는 체념적 인식이 바탕이 되어 '오지 않는 것만 기다리는 나'라는 자기규정이 성립된다. 의미 있는 것을 찾기 위해 정거장에 이르렀지만 정작 그가 향할 곳은 분명치 않다. 그가 그리워하며 기다리는 것이란 '오지 않는 것'이기 때문이다. 충족되지 못한 현실에 대한 불만과 그러한 결여감에 대하여 수동적으로 반응하는 체념이 어두운 내면의식을 형성하고 있다.

> 바다의 이별과 이국의 소식이
> 진한 커피와 마도로스 파이프에 전해질 무렵
> 등불도 저물어
> 안개 자욱한 북쪽 해협 어느 지점에
> 우리는 삼등 선객이 분명한 것이다.
>
> —「다방 海峽」 부분

어느 곳에서도 안착하지 못한 선객으로서 시적 화자의 심경이 드러난 시이다. 저물어 버린 등불과 자욱한 안개는 삼등 선객에 불과한 화자의 행로를 불투명한 것으로 만든다. 도달해야 할 최종적인 지점이 분명하지 않다는 점은 공간을 채운 안개의 불투명성과 더불어 표랑이 주는 모호함을 부각시키는 데 기여한다. 흐릿함 속에서 분명히 인지되고 있는 것은 '우리는 삼등 선객'이라는 자각이다. 삶이 영위되는 공간은 밝고 환한 공간이기보다 '등불도 저물고 안개 자욱한 장소'이며 전진 방향을 알 길 없이 단지 물결 위에서 부유하는 것이 화자가 담아내는 삶의 모습인 것이다.

이와 같은 부유성이 반드시 부정적인 의미만을 지니는 것은 아니다. 내적인 번민이 표랑으로 표현되는 것은 어느 곳에도 안착을 용인하지 않는 현실의 어려움을 드러내는 소극적인 대항 태도로 이해될 수 있기 때문이다. 조병화 시가 드러내는 기행의 본질은 현실 극복의 통로를 열려는 진취성과 접맥될 때 그 의미를 지닐 수 있을 것이다. 조병화 초기시에서 드러나는 표랑성은 소모적인 방황에 머무는 것이 아니라 광활한 세계 가운데 자신의 입지를 마련하려는 노력의 일부분으로 이해되어야 할 것이다. 아직 모호한 내면의 방황을 보이는 그의 시는 현실의 구체적 공간과 만나면서 주체적 자아의 위상을 확인하기 위한 공간을 모색하기 시작한다. 그와 같은 시적 노력은 현실 생활의 공간을 점검하는 데서 구체성을 띠게 되며 바람직한 공간으로 나아가려는 적극적 자세로 전개된다. 바다라는 공간에 담긴 부유성을 극복하려는 화자는 표랑의 삶으로 인하여 위축된 주체의 의지를 회복할 수 있는 공간을 꿈꾼다.

3. 일상적 삶의 공간: 패각

전진 방향을 알 수 없는 부유 속에서 자신의 입지를 확인하고자 할 때 우선적인 검증의 대상으로 놓이게 되는 것은 현실적인 유대 관계를 형성하고 있는 일상적 삶의 공간이다. 구체적인 생활공간을 시적 인식의 대상으로 이끌어 들이는 것은 표랑이 주는 소모적이고 수동적인 자세를 벗어나 스스로의 입지를 확인하려는 적극적인 행위의 발로로 인식될 수 있다.

가족 관계 그리고 사제 관계로 짜여진 이 공간을 시인은 '패각'으로 은유한다. 이 구체적인 생활공간이 패각이라는 비유항에 이르는 과정에는 표랑으로 인한 육체적·정신적 쇠잔함을 회복할 수 있다는 기대감이 놓여 있다. 화자는 타인과 구별되는 '나의 생리에 맞는'(「소라」) 공간을 꿈꾸어 왔으며 그러한 바람이 패각이라는 공간의 비유를 가능케 한다. 생물로서의 소라가 삶을 영위하는 공간이 패각이라는 점에서 볼 때 소진된 생기의 회복을 꿈꾸는 화자의 삶의 토대를 이루는 가정과 교실의 공간을 패각으로 비유한 것은 적절하다. 패각은 머무름의 공간이라는 점에서 바다라는 유동의 공간과 대비된다. 바다의 광활함과 유동성이 강조될수록 패각이라는 공간이 형성하는 내적 정온감은 강조된다. 바다가 광활함과 그로 인한 부유성이 노정된 공간이라면 패각은 은둔과 보호, 휴식의 공간[2]으로서의 의미를 지닌다.

하얀 패각 속에서 수업을 한다.
산머루처럼 익어가던
생도들의 까만 눈알이
전쟁에 혼 떼어

---

2) 가스통 바슐라르, 곽광수 역, 『공간의 시학』, 민음사, 1990, 277쪽.

파란 해협의 漁卵처럼 맑다.

고사리같은 하얀 목들은
바다를 향하여 날로 길어진다.

하얀 패각 속에서
어란처럼 맑은 눈들이 끼여

아내와 싸우고 나온 기억을 잊어버린다.

수평에 뜬
병원선을 바라본다.

비 내리는 날이면
나의 임해교실은
홀리데이—.
버밀리언 표지 아래 누워
발진티푸스에 걸린 바다를 내려다본다.

생도들이 이해하지 못하는 시를 쓴다.

아시아 작은 반도
남단으로 밀려와
하얀 패각 속에서 수업을 한다.

—「임해교실」 전문

이 시는 선명한 시각적 이미지를 중심으로 짜여져 있다. 1연의 하얀 패각, 2연의 하얀 목, 3연의 하얀 패각, 4연의 병원선의 색, 마지막 연의 하얀 색이 각각 1·3연의 파란 해협의 어란, 5연에서 수평의 바다와 대조를 이루어 강렬한 인상을 준다. 주목할 것은 바다의 시각적 심상이 시의 전반부와 후반부에 변화를 보이고 있는 점이다. 해협의 색채가 7연에 이르러 발진티푸스에 걸린 병든 바다로 묘사되는 것은 발진이라는 병적인 열기와 색감을 자아낸다. 버밀리언(주홍색) 표지로 인해 더욱 명확하게 드러나는 붉은 색채로의 변화는 이 시의 내재된 화자의 심리를 살펴볼 수 있는 흥미 있는 이미지 전개이다.

이 시는 바다라는 광활함 가운데서 패각이라는 보다 협소한 공간을 설정함으로써 표랑의 공간인 바다와 대비되는 밀집된 공간을 보여준다. 패각은 표랑을 잠재우고 자신을 보호하며 머무를 수 있는 공간이라는 점에서 평온함을 전달한다. 그 밀집된 공간을 채우는 것은 생도들의 맑은 눈이다. 그러한 공간적 특성은 화자가 지닌 고통을 잊게 해주는 위안의 힘을 담고 있다. 이러한 위안의 관계는 표면상 평화로운 것이나 그 이면은 불안정하기 이를 데 없는 것이다. 7연에 나타나는 바다의 시각적 이미지의 변화는 화자의 심리적 변동을 암시한다. "생도들이 이해하지 못하는 시를 쓴다"는 표현에는 생도들과 화자 간의 심리적 거리감이 담겨 있다. 조병화 시인은 '시'란 "우리들이 같이 살아가는 데 필요한 말"[3]이라는 견해를 표명한 바 있다. 나와 타인을 매개해

3) 조병화, 앞의 글, 박인환 외, 앞의 책, 413쪽.

주는 실존적 언어라는 의미를 시에 부여한다면 '이해하지 못하는 시'를 쓴다는 표현에는 타인에게 자신의 진정한 의사 전달이 불가능하다는 고립감이 담겨져 있다고 볼 수 있다. 이러한 고립감은 패각에 기대는 화자의 심리적 유대를 상당히 약화시키게 된다. 패각의 공간은 표랑의 무방향성으로부터 벗어나 있으나 긴밀한 심리적 유대감을 형성할 수 없다는 한계를 지닌다. 이러한 불안정성 때문에 패각은 안정된 공간으로 기능하기 어렵게 된다. 바다를 표랑해 온 화자에게 정주할 만한 거처로서 인식되지 못한다. 화자를 둘러싼 거대한 외부 세계인 바다는 '발진티푸스에 걸린' 것으로 표현되듯 건강하지 못하다. 화자는 외부 세계를 병든 상태로 진단하지만 치료의 뜻을 담긴 병원선을 동시에 설정함으로써 치유의 가능성을 배제하지 않는다. 화자가 몸담은 패각을 둘러싼 거대한 외부 세계가 병들었으며 자신이 거처하는 삶의 공간마저도 완전한 일치감으로 충족되지 못할 때 패각이라는 공간의 불완전성은 확연하게 드러나는 것이며 또 다른 공간을 위한 탐색의 조짐이 나타나지 않을 수 없게 된다.

삶의 기초적 토대를 형성하는 공간으로서 패각은 '시가 될 수 없는 / 하얀 패각의 침실'(「거미가 사는 과수원」)로 나타나거나 '주변이 없는 아버지'가 우울한 얼굴로 돌아와야 하는 '화폐로 되어버린 나의 침실'(「당나귀」)이라는 자조어린 공간으로 설명된다. 패각의 침실에는 가족 관계에서 기대될 수 있는 평화와 질서는 대신 일상의 권태가 배어 있다. 경제적 가치로 자신의 위상이 측정되는 공간에서 화자가 할 수 있는 일이란 고작 '가슴을 앓는 동물처럼' '주점에 앉아 있거나'(「당나귀」), '아침을 읽는 시를 쓰는'(「거미가 사는 과수원」) 일뿐이다. 일상적 삶의 공간을 은유한 패각이 철없는 남편과 무능한 아버지가 기거하는 자기 비하의 공간에 머물고 마는 것이다. 이러한 시적 언술은 패각이 안주와 공감의 장소로서 의미를 지니기 어렵다는 것을 드러낸다.

4. 분열과 소외의 공간: 도시의 거리

'하얀 패각'이 공감과 안식의 공간으로서 일정한 한계를 지니게 됨에 따라 화자는 보다 적극적으로 의미 있는 공간을 확보하려는 노력을 보이게 된다. 패각에는 타인과 교감을 이루지 못하는 소외감이 내재되어 있으며 자조적 태도로 인해 대상과의 거리감은 더욱 확연히 드러나기 때문이다.

패각의 공간에서 기대할 수 있는 공감의 가능성을 상실한 화자는 '나'와 대화를 나눌 상대를 찾아 도시의 거리로 나오게 된다. 거리의 훤소(喧騷) 속에서 화자의 고독감은 증대한다. 화자는 도시의 거리를 헤매이며 진정한 공감이 가능한 상대로서 '벗'을 찾지만 용이하지 않다.

> 남포동 거리로 밀리는
> 어둠에 익은 얼굴에 끼여
> 나는 멋을 찾고
>
> 벗은 나를 찾아

인간의 부채를 걸머진 채 또하루 인생이 저문다

—「남포동」 부분

혹시나 그대를 만날까 하고

그대 머리카락 스치던 거리로 가노라

나는 또다시 실망하노라

텅빈 공간에 그대와 같은 명사는 잃고

우거진 군상 속에 나만이 이단처럼 걸어가노라

—「회로」 부분

인용된 시는 인간 모두는 각기 하나의 섬처럼 어쩔 수 없는 거리를 두고 분리되어 존재할 수밖에 없다는 인식을 보여준다. 의미 있는 존재로서의 너를 찾는 행위가 지속될수록 도리어 고독한 개체로서의 자신을 확인하게 될 뿐이다. 너를 향한 목소리가 강렬할수록 화자의 외로움은 증대된다. 그대를 만나려는 기대감이 깨어진 도시의 거리는 무수한 사람들로 채워져 있으나 오히려 비어 있는 공간처럼 인식된다. '당신을 부르는 소리'는 당신에게 도달하지 못하고 나의 '가슴 벽에 부딪쳐 되돌아오는'(「나의 가슴은」) 허무한 반향에 그칠 분이다.

너와 나의 회화엔

사랑의 문답이 없다.

—「너와 나는」 부분

'너'와 '내'가 분리되어 있으며 고단한 삶을 영위하는 것은 '나'와 '너'의 대화가 이루어지지 않기 때문이다. '너'와 '문답'이 불가능한 화자의 목소리는 고독한 울림으로 멈출 수밖에 없다. 이 경우 화자의 목소리를 단순한 독백이 아니라 방백(傍白)의 형식을 취한 것으로 파악한다면 좀 더 명확한 시적 의미 해독이 가능하다. 방백(aside)은 화자와 도저한 거리를 두고 있는 청자에게는 들릴 수 없으나[4] 독자에게 화자의 정서를 전달하는 수단이라는 점에서 일정한 효과를 거둔 것으로 이해할 수 있다. 독백과 달리 분명한 청자가 설정되어 있으나 일방적인 의사 표현에 불과하다. 이러한 방백의 형식은 대상인 청자가 뚜렷이 존재하나 청자에게는 들리지 않는다는 점에서 시의 공간을 분할시켜 거리감을 극명하게 드러내며 소외감을 고조시킨다. 따라서 화자가 표출하고자 하는 외로움이 청취 공간의 단절에 기대어 보다 효과적으로 드러나게 되는 것이다.

> 등불이 있는 곳엔 사람이 있을 텐데
> 사람이 있는 곳에
> 사람을 호올로 떨어져 있어야 하나 보다.
>
> 길어갈수록 시원치 않은 편지를 쓰고 있나 보다.
>
> —「거리를 두고」 부분

---

4) 방백은 무대에 나온 다른 등장인물은 듣지 않는다는 간객의 가정하에 이루어진다. 오학영, 『희곡론』, 고려원, 1979, 59~60쪽 참조. 이를 시에 적용시킬 경우 시의 상황을 하나의 연극 무대로 보고, 독자는 관객에, 방백을 행하는 등장인물은 시적 화자에, 듣지 못하는 다른 등장인물은 청자에 대응시켜 볼 수 있다.

등불이 밝은 곳에 사람이 있을 것이라는 기대감에도 불구하고 화자가 확인하는 것은 '호올로'라는 고독감뿐이다. 화자와 '그대'는 의미 있는 대화를 형성하지 못하고 각각 고립되어 있으며 대화는 불가능하다. 등불을 밝혀 스스로를 현시하는 너는 존재하나 나는 네가 있는 밝은 공간에 이르지 못하다. 이렇듯 교류조차 불가능한 상황에서 화자가 보여주는 발성법은 방백의 형식이라고 이해할 수 있다.

분열된 공간에서 이루어지는 대화의 일방성이 방백이라 말할 수 있을 때 방백이 지니는 공간의 분열을 극복하고 대상과의 상호 교감을 가능하게 하기 위한 모색으로 찾아진 것이 '편지'를 쓰는 행위이다. '편지'는 분열된 화자와 청자를 동일한 시·공간에 매개하지 못한다는 점에서 부분적으로 방백과 유사한 발언 형식을 지닌다고 할 수 있다. 편지는 고독한 화자의 심경이 내적인 폐쇄로 귀결되지 않고 외부로 표출되어 고독과 소외라는 내적 봉쇄의 길에서 스스로를 적극적으로 구원해내려는 행위를 함축하고 있다. 방백이 고독하게 단절된 화자의 목소리로 울려 나와 공간의 분열과 그에 따른 공허감을 짙게 드러내고 사라지는 이회성의 발언인데 비해 편지의 형식은 화자의 발언이 미래의 어느 시점에 청자에게 전달되리란 가능성을 전제하고 있다는 점에서 차별성을 지닌다. 편지란 미래의 시간 속으로 던져지는 화자의 발언이다. 따라서 화자와 청자의 진정한 교감은 미래라는 시간성 위에서 약속받게 되는 것이다. 편지의 형식은 도저한 거리를 두고 있는 공간의 분할을 뛰어넘는 하나의 극복의 의미를 담고 있다. 현재의 제한된 시간을 넘어서 공간을 달리하는 미래의 청자에게 전달이 되리란 희망을 가정하고 있기 때문이다. 분열된 공간을 단절성이 시간성이라는 의미를 획득하면서 청자와 화자, 즉 나와 그대의 진정한 대화는 언젠가 도래할 미래의 시간 위에 놓여진다.

사랑이라는 것은 이와도 같이
외로운 시절의 편지라고 생각하며
차창에 기대어
추풍령 마루를 넘으면

거기 낙엽지는 계절이
늙은 사맥에 경사지고

인생과 같이 외로운 풍경은
언젠가는 나도 돌아가야 할
그날의 적막과도 같이
긴 차창에 연속하였습니다.

(…중략…)
사랑이라는 것은 이와도 같이
외로운 시절의 편지라고 생각에 잠겨갔습니다.

—「차창」 부분

이 시에서 드러나는 차창의 풍경은 곧 삶의 풍경이다. 추풍령

고개를 넘어야 하는 오르막길의 힘겨움이 삶의 고단함을, 겨울로 향하는 나뭇잎의 조락은 하나의 생명체가 누릴 수 있는 한정된 시간을 상징적으로 보여준다. 이러한 정황은 언젠가는 돌아가야 한다는 생명의 유한성에 대한 자각을 일으킨다. 유한한 존재인 화자는 교감을 나눌 수 있는 대상조차 존재하지 않는 적막한 공간에 놓여 있다. 나의 적막함을 뚫고 나와 그대를 이어 주는 형태가 사랑이라면 그것은 오직 편지의 형식으로만 전달이 가능하다. 현재의 그대와 나는 분리되어 있기 때문이다. 이 시의 전반에 걸친 외로운 독백이 한갓 허무감의 토로에 그치지 않는 것은 '편지'가 지닌 특성에서 연유된다. 현재는 들어줄 이 없는 독백이지만 그대에게 읽히는 미래의 순간 나의 언술은 그대에게 전달될 수 있다. 나의 적막감을 해소하는 길은 미래라는 시간의 축 위에서 가능하다. 지루하고 고단한 삶이 의미를 얻는 순간은 외로운 시절의 '나'의 편지가 그대에게 도달할 미래의 시간이며 그 시간에 그대와 나의 대화는 완성된다.

5. 미래로 열린 공간: 의자

나와 그대가 격리를 넘어서는 전달의 형식이 미래로 이어지기 위해서는 현재 정황에 대한 자각이 필요하다. 타인과의 유대가 불가능한 공간에서 격리된 화자가 의미 있는 미래로 나아가기 위한 발판은 결여 상태인 오늘로 설정되지 않을 수 없다. 미래를 향한 추동력이 되는 것은 유한한 현재를 인정하는 자세이다.

나의 소유는 외줄기 가는 생명
달달 서류에 닳아 빠진 젊은 조각

때가 오면
그 날이 오면
모조리 보내야 할 그것이 아니겠습니까.

—「물 떼와 같이 밀리는」 부분

화자는 '나의 소유는 외줄기 가는 생명'뿐이며 그 가녀린 생명도 '때가 오면 모조리 보내야 할' 것이라는 점을 자각하고 있다. 스스로가 유한한 생명을 지닌 존재라는 자각이야말로 역설적으로 현재 시간의 성실성을 보장하는 조건이 될 수 있다. 성실성은 현재를 넘어서 미래를 향한 존재의 전환을 마련하기 위한 바탕이 된다. 자신의 유한성을 뛰어넘는 의식의 전환은 자신의 것에 집착하지 않는 여유로움에서 비롯된다. '그 날이 오면 보내야 할 것'이라는 비움에의 인식은 존재의 유한함에 절망하기보다 미래적인 시간의식을 내면화할 수 있는 바탕이 된다. 현재의 소외와 단절을 뛰어넘는 미래 지향성은 시 「의자」에서 분명하게 드러난다.

지금 어드메쯤
아침을 몰고 오는 분이 계시옵니다
그분을 위하여
묵은 이 의자를 비워드리지요

지금 어드메쯤
아침을 몰고 오는 어린 분이 계시옵니다
그분을 위하여
묵은 이 의자를 비워 드리겠어요

먼 옛날 어느 분이
내게 물려주듯이

지금 어드메쯤
아침을 몰고 오는 어린 분이 계시옵니다
그분을 위하여
묵은 이 의자를 비워드리겠습니다.

—「椅子·7」 전문

‘편지’가 나와 그대를 매개하는 형식으로 미래적인 효용성을 지닌다면 의자는 편지의 매개적 양식에서 한 걸음 나아가 미래적인 대상을 지향하고 수용하기 위한 공간으로 기능한다. 「椅子·7」에서는 현실의 제한된 공간을 뚫고 나가려는 적극적인 의도가 담긴 공간으로서 의자가 지닌 성격이 부각되고 있다. 이 시에 등장하는 ‘의자’는 화자의 유한한 생명성이 집약되어 있는 공간이다. 머무름의 공간이라는 점에서 지극히 정태성과 유한성을 지니는 의자의 공간적 성격을 미래로 이끌어 올리는 것은 의자를 움직이는 화자의 의지 때문이다. 화자의 의지는 시간적인 연속성에 바탕을 두고 있다. 기존의 연구에서 지적되었듯이 이 시에서 드러나는 시간 개념은 시간성이 갖는 지속성을 하나의 공간에 교차[5]시킨 것이다. 화자에게 있어 '지금 어드메쯤 오는 그 분은' 이제껏 타인과의 의사소통 불가능이라는 고립된 공간의 어둠을 일소시키는 존재이다. '아침을 몰고 오는 분'에 대한 확신은 나와 타인이 유대감을 형성하기 어려웠던 분열된 공간을 극복하게 한다. 내가 지닌 숙명적 공간의 유한성을 뛰어넘어 미래로 도약한다.

이 시가 명료한 주제를 전달하는 것은 반복의 효과와 화자의 어조에 기인한다. 1연의 '지금 어드메쯤 아침을 몰고 오는 분이 계시옵니다'라는 표현에서는 알지 못하는 이와 도래할 시간이 하나의 추측의 차원에 머물고 말지만 2연에서 다시 한 번 반복됨으로써 반드시 올 것이라는 필연성이 부여되기 시작한다. 의자를 물려주어야 할 미래의 시간에 대한 인식은 3연에서 먼 옛날에도 내게 물려주었다는 역사성을 얻으면서 미래에 관한 막연한 추측에서 벗어나 확고한 의지로 표명된다. '아침을 몰고 오는 분을' 위하여 '의자를 비워드리'는 행위는 예전에도 그러하였으며 미래에도 그러할 것이라는 점에서 미래적 시간에 완성될 역사성으로 부각된다. 4연에 이르러서는 3연에서 마련된 인식의 전환을 바탕으로 '지금 어드메쯤 아침을 몰고 오는 어린 분'에 대한 기대감으로 고양된다. 이러한 시간성을 바탕으로 '외줄기가는 생명이' 의탁하였던 의자라는 공간은 운명적이고 시간적 폐쇄성을 넘어 미래로의 도약이라는 의미망을 획득하게 된다.

---

5) 박이도, 「시간, 그 우상화의 형상」, 『한국대표시평설』, 문학세계사, 1983, 381쪽.

의자는 영원히 열린 공간이 되는 셈이다. 이러한 의미의 폭은 50년대의 부유성과 분열을 거친 후 생성된 시의식의 완숙과 미래적 개방성이라 보아도 좋을 것이다.

6. 시적 공간의 변전을 통한 서정적 변모의 의미

이 글은 공간의 변화 양상을 추적하면서 조병화의 시를 이해하는 하나의 틀을 마련하고자 하였다.

조병화 시는 전진 방향을 알 수 없는 바다라는 표랑의 공간을 거쳐, 패각이라는 안식의 공간을 꿈꾼다. 패각은 표랑으로 인해 소진한 생명력의 회복과 자신의 입지를 확인하려는 화자의 기원이 담긴 공간으로 이해된다. 패각으로 비유된 일상 삶의 공간이 지니는 한계가 드러나고 자기 비하의 감정이 노출되면서 조병화 시의 공간은 의미 있는 대상을 통해 자신의 정체성을 확인하려는 적극적인 시도가 표출된다. 도시의 거리를 무대로 하는 시에서, 거리는 너와 내가 화해로운 만남이 불가능하다는 점에서 단절된 공간으로 드러난다. '너와 내'가 분열된 공간에서 화자의 목소리는 방백의 형태로 드러나게 되어 소외의 정서를 고조시킨다. 의미 있는 대상과 단절된 소외감을 극복하려는 의도에서 편지 형식이 도출된다. 타인과의 유대감 부재, 유한한 개인이 점유한 제한된 공간은 미래적인 시간성을 획득함으로써 개방적인 공간을 지향하게 된다. 미래로 열린 공간의 가능성을 집약적으로 드러내는 것은 의자이다. '의자'에 이르러 현재의 소외와 단절을 뛰어넘는 도약과 미래적 시간으로 열린 공간이 가능하게 된다.

조병화의 시가 출발에서 보여주었던 어두운 표랑은 50년대라는 불확실한 시대성과도 무관하지 않다고 여겨진다. 지향점을 마련하지 못한 자의 불안감은 시로 표출된 자아의식이자 시대를 바라보는 시인의 눈이었을 것이다. 바다라는 무한의 공간을 향한 낭만적 동경 뒤에는 망각하고픈 현실의 고단함이 짙게 배어 있기 때문이다.

조병화의 시는 일상적 삶을 소재로 한 시세계를 보임으로써 보편적이고 구체적인 서정을 획득할 수 있었다. 개인의 삶의 범주에서 파학해낸 고독과 소외의식은 폐쇄된 내면의식에 함몰되지 않음으로써 보편성으로 확대되어 갈 수 있었으며 공간의 변전을 통해 극복의 길을 열려는 자세를 견지해 나가는 것이 가능했다. 결핍의 현실을 드러내는 정직성은 그의 시를 이끌고 가는 하나의 추동력이었다. 조병화 시는 결여된 현실에 대한 정직한 응시를 거쳐 현재의 폐쇄성, 생명의 유한성을 넘어서려는 적극적은 탐색을 보여준다.

'의자'라는 공간이 상징하는 개방성은 표랑과 타인과의 분열을 거쳐 모색된 도약의 자리라는 점에서 조병화 시가 획득한 하나의 절정에 해당한다. 이는 내적 번민과 고독, 타인과의 단절이라는 폐쇄성을 거쳐 획득된 극복의 자리이며 끊임없는 자기 갱신을 담는 생성의 자리라는 점에서 한국현대시사의 한 장에 기록될 수 있을 것이다.

노래하라, 풍화의 저녁에

—김명인의 『물 건너는 사람』

1. 시간의 두려움과 쓸쓸함을 거쳐

시간에 기대어 사는 자에게 삶의 시간이 어떠한 해결책도 되어 주지 못한다는 사실을 깨닫는 것은 음울하다. 시인에게 있어 시간은 나무가 나이테를 얻어 삶의 둘레를 넓혀가듯 그렇게 삶의 두께를 보장하는 것이 아니다. 과거는 빈곤과 허기에 대한 기억으로 충만하고 추억을 지고 가는 시인의 어깨는 옹색하다. 추억은 시간의 길이만큼의 의미로 충만한 것이 아니었다. 추억의 풍경은 빈곤하고 너덜거리는 길을 걷는 그의 무릎은 회한의 서러움으로 힘겹다. 김명인 시인에게 빈곤의 추억은 개인의 차원에서 빚어진 것이기도 하지만 시대적 정황과 등가로 여겨질 만한 것이었다. 추억 속의 무기력한 아버지는 지나간 시간의 무기력하고 빈곤했던 사회를 말한다. 그는 추억의 누추한 진창길을 벗어나 미래가 열어 주는 길을 찾아 나섰지만 그 길조차 용이한 것은 아니었다. 동경과 모험이 서린 듯 보였던 길은 쉽게 일상의 길로 대체되었고 시간의 흐름이라는 거대한 굴레에 갇힌 삶은 탈출과 쇄신의 꿈을 삭아 내리는 먼지로 만들었다. 시인이 서 있는 자리는 바로 이 지점이다. 시집 『물 건너는 사람』에서 시인은 일모의 희미한 광선을 등에 지고 있으며 여전히 삭막하고 막연하기 이를 데 없는 땅 한끝에 서 있다. 그는 이제 남은 저녁의 잔광을 바라보며 걸어가는, 쉴 곳이 마땅치 않은 자이다. 그러나 그는 걸어온 허방의 길만큼을 노래로 바꾸어 부를 줄 아는 자이다. 그가 들려주는 처연하고 허무하고 쓸쓸한 노래에 귀 기울일 일이다. 그리고 생의 막막한 시간이 남긴 자취의 한 끝을 더듬어 볼 일이다.

2. 우리는 세월에 빌붙은 거지

시인은 먼 시간의 길을 걸어왔다. 첫 번째 시집 『동두천』에서 시인은 '변두리 길목 흙먼지 뿌연' 공간에서 '시계를 고치면서' '흘러가버릴 시간을 되살려'(「逆流」) 놓으려는 막막한 바람을 안개 자욱한 길 가운데 펼쳐 놓았다. '풍화시킨 쉰 살의'(「소금바다로 가다」) 세월 동안 시간은 동경만큼의 몫을 절망으로 돌려놓았다. 시간의 먼지 속에 상처는 앙금처럼 가라앉아 있고 어두운 젊은 날의 한구석에서 고장 난 시계를 고치며 몸부림치던 세상은 여전히 고장 난 채이다. 교각을 치고 흐르는 물소리처럼 부대끼며 그는 '추억에 부딪쳐'(「逆流」) 멍든 현재를 되짚어본다.

> 내가 있고 없다는 것은
> 시간의 두려움과 쓸쓸함을 거쳐 마냥 가는 길
> 적막한 길들이 부려놓은 슬픔 더미들이
> 강 이쪽으로 모래 언덕을 이루며 쌓여 있다. 살아온
> 죄가 많아서 이마에 닿는
> 바람이 칼끝 같은 십일월의 강변에
> 십 년 전에도 나는 이렇게 서 있었다.
>
> —「航跡」 부분

시인은 바람 찬 세월의 강가에 서 있다. 세월의 물살은 그의 오래 묵은 상처를 씻어 주지 못하였고 세월의 강이 부려 놓은 상처의 더미들은 여전히 무겁다. 시간은 흘러도 미처 흘려보내지 못한 상처의 자국은 선명하다. 십 년 전이라는 물리적 시간의 경과에도 불구하고 시인은 '아직도 상처를 욱신거리게'(「航跡」) 하는 통증을 가라앉히지 못하였고 살아온 만큼의 슬픔만이 쌓여 간다. 세상의 모든 시계는 십 년을 흘려보냈지만 그의 시계는 홀로 상처 위에 멈추어져 있다. 삶의 시간이란 그렇듯 지혜롭게 체험의 무게로 퇴적되어 원만하고 둥근 포용력으로 굳어지는 것이 아니라는 것을 시인은 찬바람 속에서 감지한다. 그는 여전히 상처로 괴로워하고 정신적 허기로 고통스러워한다. 시인은 세월이 누적시켜 온 상처를 기억하는 자이며 끊임없는 삶의 허기로 고통스러워하는 자이다.

눈이 오려는지, 사람들은 죄다

가지들이 휘는 곳으로 귀를 달고

메마른 세상에서 오는

죽음의 버석거림을 듣고 있다, 문득 살아온 날의 상처로

새삼스러이 넓혀지는 것이 저 빈터의 경계라면

아무리 가까이 다가가도

가을은 허전한 空腹일 뿐, 어떻게 채워야 할 줄 모르고

이제 새끼 치지 않은 짐승들만 어슬렁거리며

해거름 속을 돌아다니게 한다, 우리는

세월에 빌붙은 거지, 늙은

가을이 거두다 놓아버린 거지

—「가을걷이」 부분

시간은 그에게 가르쳐 준 것이 많다. 시인은 좀처럼 망각하지 않는 자이기에 자신이 어느 빈곤의 자리로부터 왔는지를 알고 있다. 오래 묵은 상처의 기억을 쉽사리 떨쳐내지 못하면서 무수히 반복되어 온 가을의 이름 아래에서 삶은 세월의 주름살을 안고 이제 덧없이 늙어 버렸다. 해시계의 시침이 한 바퀴를 돌아올 때마다 쌓여 가는 것은 삶의 충만한 의미가 아니라 점점 넓어질 뿐인 공허의 반경이다. 삶은 결국 무수한 상처의 흔적들로 넓혀 온 텅 빈 공간일 뿐이다. 그 세월의 텅 빈 속내를 발견하고 시인은 흠칫 놀란다.

세상은 이미 초록을 버렸는데 시인은 아직 낡아 가는 초록의 고통을 버리지 못하였다. 잎사귀를 거두고 열매로 익어 가는 원

숙의 계절에 그는 '애증의 빚 벗지 못해 / 무성한 초록 귀때기마다 펴어린 / 잎새들'(「가을에」)의 낡아 가는 바람 소리로 고통스러워하는 자이다. 수확할 것 없이 '너덜토록 풍화시킨 쉰 살'(「소금바다로 가다」)은 서럽다.

걷을 것이 없는 삶의 가을은 공복으로 쓰리다. 일상의 가을이 풍요라는 이름으로 말해진다면 통념 그대로의 가을은 풍요하고 사람들은 더 이상 배고파 할 일이 없을 것이다. 시인은 풍요와 원숙이라는 통념 가운데 홀로 배고픈 자이며 그것은 그가 진정 시인됨의 뜻이다.

시인은 시간 흐름 속에 허무하게 마모되어 갈 뿐인 육신의 시간을 읽으며 삭아 가는 세월이 종내 만들어 갈 삶의 한 언저리를 응시한다. 그 공간은 유적이라는 이름으로 시인 앞에 보여진다. '유적'은 무자비한 시간 아래 삭아 가는 추억이 육신과 사물의 몸을 증거로 하여 현재의 햇살 아래 드러난 곳이다.

> 어느 유적의 부장품이라도 발굴된 유물을 보는 것은
> 쓸쓸하다, 죽은 사람을 생각하면 저렇게 깨어진
> 사기그릇이며 녹슨 젓가락
> 한 짝도 예사롭지가 않다, 어떤 빛깔로도 형용되지 않는
> 폐허의 시간을 뒤집어쓴 채 아버지는
> 내 기억의 遺址에서 천년이다 어쩌면 몇천 년
> 그렇게 묻혀 풍화를 견디실 줄 알았는데, 아아, 햇빛 아래
> 드러나니 저 곰삭지 못한 것의 부끄러운 출토
> (…중략…)

그렇다, 여기 어딘가 잊혀질 길 위에 나도 遺構로 남아
몇 사람의 기억 속 쓸쓸한 기와조각으로나
채이고 회억의
이끼를 얹겠지만, 저 차일 아래 펼쳐 빛바랜
부장품들마냥 내 삶의 비탈에 스며들었던 슬픔조차 온전히
제 모습을 간직하는 것은
아닐 것이다, 아버지에게는 일생을. 내팽개치게 한 필연의
벼랑은 무엇이었을까

—「유적을 위하여」 부분

유적이라는 이름으로 출토된 과거는 암울한 잿빛의 먼지로 내려앉은 채 시인의 눈에 고여 든다. 그곳에서 녹슨 유물은 시간이 풍화시킨 삶의 흔적이며 마모되고 소멸된 기억의 빛깔을 띠고 있다. 퇴색한 유적은 죽음으로도 종료되지 않는 풍화의 시간을 가혹하게 상기시킨다. 시인에게 유적은 잊혀졌던 삶의 모습을 음울하게 되살려 주는 동시에 현재의 나 또한 시간의 풍화를 거듭한 뒤 돌아갈 곳을 명시해 준다. 조각난 기억 속으로 걸어 들어갈 존재의 숙명을 깨닫는 시인은 유적의 아버지와 '잊혀질 길 위에' 선 자신이 다르지 않음을 인지한다. 시간 앞에 사그라져 종내 유적으로 화할 미래의 자신을 떠올리는 것은 그 때문이다. 장차 유적으로 내려앉을 미래를 예감하는 것은 고통스럽다. 이러한 미래의 응시는 시인으로 하여금 고통스러운 추억의 진창을 새롭게 단장하게 만든다. 무기력했던 아버지의 삶은 지난 시절 유년의 고통스러운 허기와 곧장 연결되는 것이지만 유적으로 나

타난 아버지의 형상이 미래의 자신이 돌아갈 자리라는 점에서 암묵적인 화해가 조성된다. 그가 걷는 길도 종내는 유적이라는 이름으로 남게 될 어떤 것이기 때문이다. 유적이라는 공간을 매개로 하여 잊혀져 가는 추억의 아버지와 장차 잊혀지게 될 미래의 유적인 나와의 진정한 소통이 이루어진다. 이것은 시간의 풍화 앞에 선 인간의 운명적인 조건을 수긍한 뒤에야 얻어진 것이다. 추억의 아버지는 사사로운 개인의 추억의 자리를 떠나 인간 실존의 모습을 확인하는 통로가 된다. 유적은 과거의 한시적인 영역으로부터 벗어나 오늘에서 미래로 이어지는 삶의 허무한 깊이를 응시하는 계기를 주는 것이다.

3. 남은 길 걷는다는 것, 이처럼 힘겹고

과거에서 미래에 이르는 풍화의 깊이를 감득한 시인은 풍화의 거센 바람이 몰아치는 막막하고 거대한 공간과 마주한다. 사막은 거대한 풍화의 빈 터이자 거둘 것이 없어 공복인 삶의 가을이 만들어낸 이미지이다. 사막은 삶의 풍부한 가능성이 제거된 곳이다. 황량함만이 가득한 사막은 생명의 새로운 가능성보다는 퇴락과 소멸이 남겨진 곳이며 생명의 윤기를 흐리는 건조한 바람이 몰아치는 곳이다. '공기 속에 주검이 있'는 공간, '흐린 부유물'(「슬픈 遊泳」)로 가득한, '독이'의 세상이라는 표현을 통해 삶의 공간은 거대한 사막의 이미지로 집약되어 나타난다. 시인에게 삶은 '바람소리'로 쌓아 가는 '허전한 砂丘'(「뿌리에 대하여」)일 뿐이다.

반갤런의 물로 목을 축이고
낙타는 제 몸을 추슬러 울고 떠날 채비를 하지만
이 낯선 길들의 여기저기에 떨어뜨린
두고 가는 발자국이 있을까
혹은 천막처럼 펄럭거려도
내 길은 늘 구겨진 허방

—「유타시편·2」 부분

사막은 정신의 갈증을 다스릴 한줌의 물기조차 여의치 않은 삶의 정황에 대한 비유이다. 지리적 공간인 사막은 삶의 속성을 증거하는 비유의 자리로 옮겨 앉아 삶의 가능성이 지리하게 마멸되어 가는 막막하고 허무한 정서적 편린을 드러낸다. 이 덧없는 공간에서 달리는 자동차의 속도는 낙타의 발걸음으로 환치되어 시인의 힘겨운 행보를 구체화시킨다. 자주 등장하는 낙타는 사막이라는 공간에 내포된 부수적인 이미지가 아니다. 낙타의 심상에는 사막의 지리함을 감내하며 걷는 자의 묵묵함이라는 시적 의도가 감추어져 있다. 시인은 자동차의 움직임을 '늙은 낙타'의 '푸푸 거리'(「유타시편·2」)는 숨결과 걸음걸이로 바꾸어 씀으로써 차의 속력을 무화시키고 마는 생의 막막함과 힘겨움을 효과적으로 전달한다. '해시계'(「천산북로·2」)가 지배하는 거대한 시간의 길 위에서는 그 어떤 속력으로도 시간이 만드는 풍화를 벗어나기 어렵다. 가능한 것은 성실하고 강건한 인내의 발자국으로 그 풍화의 삭막함을 견디는 것뿐이다. 낙타의 걸음새가 가지는 강인함과 묵묵함은 단순한 이미지의 구사를 넘어서서 삶의 지난한 행보를 상징적으로 드러내는 데에 기여한다. '자꾸만 주저앉으려'(「유타시편·4」) 하는 낙타의 걸음새를 택함으로써 그 발자국 하나하나에는 사막과 같은 세계에서 도피하지 않으려는 의지를 각인하게 된다. 허무한 시간의 모래바람이 불어와 결국 사라질 운명에 놓인 것일지라도 시인의 걸음새는 낙타의 그것처럼 시간의 모래 알갱이를 한발 한발 딛고 걸어가고 있다.

> 우리들은 모두 어디서 온 것일까
> 길은 고단한 나그네에게
> 잠자릴 마련하는 것으로 일찍 저물고
> 아직 잠들지 못하는 사람은 저 萬里長天의 어둠
> 마음밭에 펼치는 별빛을 표적삼아
> 다시 먼 길을 가야 한다.
>
> —「大湖 지날 때」 부분

삶의 공간이 사막으로 인식되는 것과 마찬가지로 그가 머문 곳은 안식의 터전이 아닌 다시금 떠나야 할 길이며 그는 정주할 곳 없는 길 위의 나그네이다. 김명인 시에서 등장하는 이방의 여행지는 단순한 견문의 장소가 아니라 삶의 황량함과 유랑성을 일깨우는 장소이다. 그 땅에서는 삶 전체가 깃들일 곳 없는 이방의 낯섦으로 인식되며 그 누구도 나그네의 삶임을 면치 못한다. 그의 앞에 놓인 것은 만리장천의 막막한 어둠을 헤치고 가야 하는 '고단한 행려'(「물 속의 빈 집·2」)뿐이다.

'풍화하는 모래 틈'에서 '드난살'(「천산북로·1」)듯 삶의 행보를 옮기는 시인은 '쓰디쓴 추억'에 등을 떠밀리고 '어지러운 물무늬'(「슬픈 遊泳」)로 앞길은 혼곤(昏困)하다.

> 남은 길마저 걷는다는 것 이처럼 힘겹고
> 눈앞 저 강 두고도 다다르지 못해
> 이 목마름 위에 출렁이는 것 도리江일까, 버석거리는 물결
> 온통 저무는 갈꽃 시간일까
>
> —「도리江」 부분

> 하지만, 여강은 여산 남쪽 끝에서 북으로 흐르니
> 날개 짧은 새들도 거기까지는 날아가리라
> 뿌리 없는 소문은 뜬구름같이 부풀고 졸아들었지만
> 아무도 여강 마음속에서 지우지 못했다
> 갈꽃 이우는 둔덕 이켠에서 방죽 저켠까지
> 비 자욱이 누가 가지를 꺾으면서 다가가면
> 가시 뻗은 시간의 사나움만이 얽힌 채 완강하게
> 길을 가리는 저쪽
> 안개 걷히고 여강 물소리 다시 돋는다
> 거기서 나무들은 가지 수대로 물살에 쏠리면서 신음하리라
>
> —「여강」 부분

사막 너머 강에 대한 그리움 배인 언어는 사막의 갈증이나 지리함과 동전의 앞뒤를 이룬다. 강의 아름다운 이미지는 사막의 갈증이 만들어 낸 것이다. 사막이 주는 환멸이 클수록 강의 물소

리에 대한 동경 또한 강렬해진다. 그러므로 풍문의 강이 자아내는 설레이는 아름다움은 기실 사막의 황량함에서 연원한 것이다. 강의 버석거리는 물결이라는 표현에 강과 사막의 이미지가 겹쳐 있듯이 시인의 내면에서 출렁이는 강의 물결과 사막의 모래 물결은 원래 한 몸이다.

강은 '저 강과 내통하기 위하여 얼마나 걸었는가'(「도리江」)라는 탄식 속에서 존재한다. 강의 존재는 도달하지 못한 채 이미 저물어 가는 시간과 뻘밭과 구렁에 휩싸여 있다. 강을 둘러싼 뻘밭과 구렁은 불모의 땅인 사막을 건너 안식의 강가로 다가가려는 자들을 가로막은 장애물이다. 강은 사막의 갈증을 해소할 이상의 땅이면서 동시에 도달하기 어려운 환상의 공간이다. 사막과는 대척에 있는 강의 존재로 인해 척박한 삶은 동경을 머금게 되지만 그것은 순간적인 빛으로 명멸하고 만다. 강의 이미지는 사막의 척박함을 부각시키는 동시에 그 강에 도달하기 위해 건너야 할 무수한 뻘밭과 수렁을 떠올리게 한다. 아직 도달하기 위해 건너야 할 무수한 뻘밭과 수렁을 떠올리게 한다. 아직 도달하지 못한 강이 저 너머에 있다는 사실은 시인에게 얼마 남지 않은 저녁의 광선과 아직 수많은 뻘밭으로 상징되는 실존의 유한성을 환기시킨다. 시인은 도달할 수 없는 강의 이미지에 기대어 사막의 척박함을, 길을 가리는 안개와 뻘밭, 그리고 그 공간을 견디며 나아가는 묵묵하고 고된 행보를 말하고 싶어 한다.

> 이제 네 길마저 지워져 있을 때
> 묻고 싶다, 네가 너의 길이라면

이곳이 길이라면 저켠은 이미 어두워
더는 보이지 않고
어스름 속 희미한 잔광만이 낡은 신호등처럼
마저 가야 할 우리 남은 시간을 가리킨다.
서두르자, 이 한없는 生面不知에도
낙타는 자꾸만 주저 앉으려 하고

—「유타시편·4」 부분

강에 다가가려는 자들은 일모의 사막에서 저물어 가는 삶의 시간을 바라보면서, 고통스러운 장애물을 떠올리며 길을 가야 한다. 그의 발 앞에 놓인 것은 뚜렷한 길의 자취가 아니라 지워진 자취, 속내를 시리게 저며 오는 추억의 자취이며 '길을 뚫는다는 것은' '언제나 처음인 저 낯선'(「화엄에 오르다」) 감각으로 다가오는 막막함이다. 그 쓸쓸한 길에는 '하릴없이 흘러'가 버린 시간에 대한 회한과 '내 길을 늘 구겨진 허방'(「유타시편·2」)이었다는 자책이 포석처럼 깔려 있다. 그는 회한과 자책에 발 딛고 가는 자이다.

이러한 정황은 인간의 실존적 유한성을 상징적으로 드러낸 것이어서 시에 깔린 어조는 암울한 동시에 비장하다. 그는 주저앉으려는 낙타를 재촉하며 이 황량한 사막의 길을 벗어나고자 애쓴다. 낙타를 재촉하는 그는 이미 삶의 바닥에 어려 있는 허무함을 보아 버린 자이다. 그는 어쩔 수 없는 존재의 허무 앞에서 몸을 떨면서도 이 세상을 안간힘을 다해 걸어 나가려 한다. 그것은 삶의 사막에서 가능한 최선의 방법이기도 하다. 사막 밖의 세상은 풍문의 세상일 뿐이며 도달할 수 없는 강이 저 너머에 존재한다는 사실을 시인은 얼마나 뼈아프게 느끼고 있는 것일까.

우리는 전인미답의 길을 밟고 가는 것은 아니다.
다만 대양의 미로를 잠시 잊었을 뿐, 물냄새로
제 길을 거슬러 고단하게 가고 있는
연어들의 떼
그러니 마음을 연결하고 이끄는 것은 눈에
보이는 길이 아니다.

—「유타시편·5」 부분

사막은 앞선 자들의 길을 지우며 또한 떠나온 발자국마저 가뭇없이 사라지게 한다. 사막은 모든 흔적을 지우는 길이며 정해진 지도가 없는 공간이다. 그러므로 사막의 길은 길인 동시에 길이 아니다. 각자가 그리는 궤적에 따라 저마다의 지도를 갖게 되는 공간이다. 그가 가는 길은 '어느 지도 위에도 없'는(「여강」) 길이다. 대양의 길 없는 길을 가는 연어 떼처럼 사막을 관통하는 시인의 길은 길 없는 길이며 마음만이 그려낼 수 있는 길이다. 시인은 '마음이 없으면 길이 없'으며 '길이 없어도 마음이 간다면 그 가는 곳'(「마음의 서부」)이 길이라는 믿음을 지닌다. 지상의 길이 가뭇없이 사라지는 흔적만으로 존재하는 가운데 마음이 만든 길이 유일한 길이라는 인식은 그가 삭막한 삶의 사막에서 행로를 잃지 않고 견디는 숨겨진 나침반으로 기능한다. 연어들이 각자의 길을 가지고 있듯 시인은 자신의 길을 가늠하며 걷고 있다. 모천(母川)의 물 냄새가 연어를 이끌 듯이 시인의 생을 이끄는 냄새는 온몸을 적시는 성실하고 묵묵한 땀의 냄새이다.

짜디짠 땀방울로 온 몸 적시며
저물도록 발틀 딛고 올라도 늘 자기 굴헝에 떨어지므로
꺼지지 않으려고 水車를 돌리는 사람, 저 무료한 노동
진종일 빈 허벅만 퍼올린 듯 소금 보이지 않네
하나, 구워진 소금 어느새 썩는 살마다 저며와 뿌옇게
흐린 눈으로 소금바다 바라보게 하네
그 눈물 다시 쓰린 소금으로 뭉치려고
드넓은 바다로 돌아서게 하네

—「소금 바다로 가다」 부분

삶의 황량함을 견디는 힘은 밖에서 얻어지는 것이 아니라 그의 내부에서 찾아지는 것이다. 그는 스스로 온몸을 적시는 노동을 통해 세상을 살아간다. 소금 굽는 사람의 노동이야말로 시인의 처연한 인고의 행보와 일치한다. 시인은 노동을 눈물겹게 바라보는 이유는 삶에 대한 함축적 이미지가 어려 있기 때문이다. 굴헝에 떨어지지 않으려 쉬지 않고 수차를 돌리는 노동이야말로 삶의 바퀴를 굴리는 무료하고도 줄기찬 걸음새와 은유적으로 일치한다. 매양 돌려도 수차의 바퀴는 하염없이 밑바닥을 향하듯 삶 속에 감추어진 허무한 굴헝이 그를 끌어내린다. 쉬지 않고 수차를 돌리는 힘만이 그를 지탱한다. 끊임없는 움직임을 통해 구워낸 소금은 노동이 이루어낸 바다의 소금이기도 하지만 허무를 딛고 올라서려는 의식의 긴장이 빚어낸 결과물이기도 하다. 이렇게 본다면 소금은 하나의 물질의 자리를 떠나 정신의 소금, 허무를 막는 방부(防腐)의 소금이라는 의미로 옮겨 앉는다. 시인이 구하는 소금이란 땀의 소금이며 또한 누추한 삶을 성실히 살아낸 동력이 만들어낸 응결체로서의 소금이기도 하다. 수차를 돌리는 쉼 없는 노력이 아니었던들, 삶의 바퀴를 놓치지 않으려는 긴장된 노동이 아니었던들 질펀한 세상의 수렁에서 삶의 소금을 볼 수 있을 것인가.

4. 노래하라, 세간의 저녁에

삶의 공허를 꿰뚫어 보는 김명인의 시의 언어는 어쩔 수 없는 허무로 채색되어 있다. 삭막한 삶의 갈증을 달래 줄 강은 풍문의 물소리만을 들려주며 고단한 나그네의 행려인 시인에게 시간은 일모의 잔광을 남겨 줄 뿐이다. 그의 시는 삶에 서린 좌절에 대한 진실한 일기이며 허무에 대한 정직한 보고서이다. 삶의 이켠의 절망과 저켠의 희망 사이의 간극을 함부로 채색하지 않으려는 그의 시는 고통스러운 동시에 고고하다.

그가 그려내는 삶은 고통스럽고 허무한 아름다움을 가지고 있다. 고통과 허무란 거대한 풍화의 시공간에 놓여진 삶의 정황에서 말미암으며, 아름다움이란 삶의 허무를 감싸는 성실하고 고단한 행보에서 비롯된다. 그 허무를 감싸 안는 이미지의 아름다운 구축이야말로 김명인 시의 반짝임이 아니던가.

자신의 실존을 한계 짓는 일모의 잔광 속에서 는 '노래하라'라고 스스로에게 명령하며 그 노래는 '세간의 저녁종'(「여강」) 사이로 처연하게 퍼져 간다. 허무한 삶의 정직한 기록에서, 그가 힘겹게 드러내는 삶의 누추함으로부터 그의 시는 우화의 날개를 얻고 삶은 허무를 딛고 건너갈 수차(水車)의 힘을 얻는다. 그는 '오랜 穴居를 헤치고' '깨어나는' 매미의 울음소리에서 자신의 노래를 듣는다. '저 세월 온몸으로 기지 않고서는 건너지 못한다는 것을'(「매미」) 깨닫는 시인은 허무의 나락을 바라보면서 우는 매미를 자신의 몸으로 바꾼 자이며 존재의 저녁에 울리는 노래를 부르는 자이다.

오랜 혈거를 헤치고 들리는 매미울음은 세월과 맞바꾼 울음이며, 시인이 삭막한 삶의 사막에서 부르는 노래는 '온몸으로 기어'온 역정과 바꾼 시이다. 그는 이후의 시집 『푸른 강아지와 놀다』에서 그의 노래가 한갓 노래의 한계를 벗어나 스스로를 깨우는 채찍임을 밝힌다.

> 애벌레는 여러 번 제 몸을 쳐서 여기까지
> 끌고 온 것이다, 슬픔조차 벗어버리려는
> 환생에의 꿈은 몸 바꾸는 고통이었던 셈
> 가슴을 저며내는 영혼의 노래가 없다면야 스무 날
> 깨어 우는 전신의 아픔을 어찌 견디랴
> 노래가 채찍이 아니라면
>
> —「羽化」 부분

그의 고된 행로는 몸을 바꾸는 고통으로 우화를 이룩한 매미에 비견된다. 그 우화는 몸을 찢어내는 고통을 수반하는 것이며 덧없이 소멸해 갈 운명을 우는 것이기에 비장하고 그만큼 아름답다. '제 몸을 쳐서' '슬픔조차 벗어버리려는' 과정 없이 매미의 노래가 있을 수 없듯이 허무의 사막을 건너는 묵묵함이 아니라면, 허무의 굴헝에 떨어지지 않으려는 쉼 없는 노동의 발견이 아니라면, 허무의 굴헝에 떨어지지 않으려는 쉼 없는 노동의 발견이 아니라면, 그의 시는 유약한 자기 위안에 그치고 말았을 것이다. 시인의 땀 배인 노래가 아니라면 풍화하는 삶의 길목에 주저앉으려는 심성의 나약함을 어떤 채찍으로 견인(堅忍)해 갈 것인가. 그가 들려주는 영혼의 노래가 아니라면 우리는 이 나날의 허무를 어찌 감당할 것인가.

일상 혹은 그 너머에서 자라는 식물의 문장들

—송수권 시에 대하여

1. 꽃과 시

1975년 등단한 송수권 시인은 남도방언을 주축으로 한 전통적이고 토속적인 시세계를 통해 독특한 서정을 보여주고 있다. 전통적 서정시의 어법을 보이는 것으로 평가되는 송수권의 시는 단순한 전통 서정의 계승이 아니며, '전통과 현실, 한과 힘, 여유와 역사의식이 어우러진'[1] 것으로 평가받듯이, 복합적이고 이질적인 울림을 드러낸다. 이러한 특징은 송수권 시의 저력이자 전통 서정시의 진화라고 평가할 수 있다. 여기에서 나아가 전통 서정에 근거하면서도 다층적인 상상력을 보여주는 송수권의 시를 정교하게 검토할 필요성이 제기된다.

---

1) 김준오, 「곡선의 상법과 전통시」, 『문학사상』 1994년 1월호, 126쪽.

송수권 시에서 감각적 구체성과 상상력의 원천이 되는 것은 식물의 영역이라고 볼 수 있다. 송수권 시는 전통적으로 친숙한 시의 소재였던 식물을 현실 삶의 복판으로 끌어들여 다층적이고 역동적인 상상력을 전개한다. 송수권 시에 드러나는 식물은 음풍영월의 감상이나 은둔의 소재라기보다 생명력의 소모와 갈등이 빈번한 현실을 제어하고 평정하려는 의식의 원천을 제공한다. 송수권 시에 드러나는 식물은 척박한 현실을 극복하고 생명력의 강인함을 보여준다. 이러한 식물을 상상력의 바탕으로 삼음으로써 송수권 시는 현실에 대한 감각적 구체성을 표출하고 주체의 자각을 이끌어낸다. 따라서 식물적 상상력은 삶의 굴곡을 감내하고 위무하며 상상력의 역동성을 통해 현실의 한계를 넘어서려는 성향을 지닌다. 시에 드러나는 인내와 성찰의 정서는, 부동의 자세를 지님으로써 주변의 환경을 변화시키기보다 내적인 적응을 통해 생존을 도모하는 식물의 특징과 맞닿아 있다. 이러한 식물의 특성은 변화나 갈등보다 내성의 깊이를 강조하는 송수권 시의 특징으로 구체화된다. 이 글은 송수권 시의 사유에 적지 않은 영향을 끼치고 있는 식물이 시의 상상력으로 수용되어 전개되는 양상을 규명하고 이러한 식물적 상상력이 송수권 시의 다층적이고 역동적인 개성을 형성하는 바탕이라는 점을 고찰하고자 한다.

2. 식물적 상상력의 의미 층위

1) 식물성의 힘과 내적 자각

송수권 시에서 상상력의 중심이 되는 식물은 주변에서 흔히 볼 수 있는 소박하고 친근한 나무나 야생화가 대부분이다. 식물은 타자에게 위해를 가하지 않고 환경에 적응하며 강인한 생명력을 현시한다. 주변의 식물이 지닌 생명력과 교감함으로써 시적 자아는 일상의 삶에 갇힌 자신을 벗어나 새로운 통찰을 얻게 된다. 그것은 계절과 환경에 따라 적응하며 변화하는 식물의 본성[2]에서 비롯된 것이라고 할 수 있다.

> 온몸에 자잘한 흰 꽃 달기로는
> 사오월 우리 들에 핀 욕심 많은
> 조팝나무 가지의 꽃들만한 것이 있을라고
> 조팝나무 가지들 속에 귀를 모아 본다.
> 조팝나무 가지 꽃들 속에는 네다섯 살짜리 아이들
> 떠드는 소리가 들린다
> 자치기를 하는지 사방치기를 하는지
> 온통 즐거움의 소리들이다 (…중략…)

---

2) 환경에 적응하는 유연성과 척박함을 견디는 내구성 덕분에 식물들은 오래도록 장수를 누리는 한편, 이 식물들과 동시대에 태어난 동물들은 모두 소멸했다. 크기에서도 식물은 동물에게 가해진 제약을 모두 뛰어넘는다. 자크 브로스, 양영란 역, 『식물의 역사와 신화』, 갈라파고스, 2005, 89쪽.

조팝나무 가지 꽃들 속엔 어린 아이들 웃음소리가

한종일 떠날 줄 모른다.

—「조팝나무가지 위의 흰 꽃들」 부분

식물의 생명력은 삶의 원천적인 힘을 성찰하는 계기를 마련한다. 그리 크지 않은 조팝나무에서 시적 화자는 지치지 않는 생명력을 발견한다. 생명력은 크고 장대한 것보다 작은 힘들이 모여서 이루어진다는 것을 깨닫는다. 산과 들에서 어렵지 않게 발견할 수 있는 자잘한 흰 꽃들은 생명의 활기를 일깨운다. 평범하고 작은 꽃에 '귀를 모아' 소리를 듣는 행위에는 생명에 대한 경외감이 어려 있다. 식물에 귀 기울이는 것은 식물의 생명력이 내비치는 작은 기미도 놓치지 않으려는 태도에서 연유한 것이다.

이 시에서 조팝나무의 생명성은 '아이들'의 발랄한 생명력과 다르지 않으며 조팝나무 꽃의 소박한 아름다움은 아이들의 천진함과 등가의 것이다. 꽃을 통해 생명력을 입증하는 조팝나무와 놀이하는 어린이들은 생명력의 확산적 움직임을 보여준다는 점에서 동일하다. 조팝나무는 꽃의 개화를 통해 생명성을 확산시키며, 어린아이들은 놀이를 통해 왕성한 생명력을 표현하기 때문이다. 생명의 활기는 조팝나무의 꽃이 주는 시각적 경험이 청각적 감각으로 전이되는 부분에서도 찾을 수 있다. 작은 꽃들이 모인 조팝나무는 자잘하다는 점에서 어린아이들의 재잘거림으로 비유된다. 이 청각적 심상은 다시 놀이 행동으로 연계되고 운동을 통해 전신의 감각으로 확대된다. 아이들의 웃음소리는 생명력이 발산되는 경쾌함을 담고 있다. 봄날 산야에서 흔히 볼 수 있는 조팝나무 꽃은 야산 언덕을 오르내리며 노는 아이들의 모습에 비유되어 생명의 활기를 함축적으로 보여준다. 시적 화자는 식물인 조팝나무의 꽃과 어린아이를 동일시함으로써 소리가 없는 꽃과 운동성이 큰 어린아이를 연계시켜 생명력이 한껏 고양되는 효과를 드러낸다. 주변에서 흔히 보는 식물이 지닌 생명력을 새롭게 인식함으로써 소모적인 일상 삶과 구분되는 내면의 활기를 회복하게 된다. 식물과 교감함으로써 식물이 펼쳐놓은 생명력의 향연에 동화되는 것이다.

시 「초록의 감옥」에서 식물의 초록빛은 폐쇄된 자아를 개방시켜 자아의 갱신을 모색하는 직접적인 토대가 된다.

초록은 두렵다
어린 날 녹색 칠판보다도
그런데 자꾸만 저요, 저요, 자 자요, 손 흔들고
사방 천지에서 처들어온다
이 봄은 나에게 무엇을 실토하라는 봄이다
물이 너무 맑아 또 하나의 나를 들여다보고

—「초록의 감옥」 부분

이 시는 '초록'이 자신을 성찰하고 변화를 유발하는 대상임을 드러낸다. 그 연원은 어린 시절의 '녹색 칠판'에서 비롯된다. '녹색 칠판'은 성장의 터전이자 배양지이고 자신의 배움을 확인하거나 시험해보는 매개로서의 의미를 지닌다. 이러한 배양의 공간으로서 녹색 칠판은 어린 시절 추억의 구성물이며 배움에 대한 호기심과 무지에 대한 두려움이 혼재되어 있는 대상이다. '저요'하며 흔드는 손은 어린 시절 추억의 풍경인 동시에 봄날에 점차 늘어가는 수목의 초록빛이 현시하는 생명력을 신체화한 은유라고 할 수 있다.

'손을 흔들'며 다가오는 초록은 내면을 각성시켜 외면화시키는 매개체로 작용한다. 초록은 식물 본래의 빛인 동시에 다른 대상을 각성케 하여 그 내면을 비추는 빛이기도 한 것이다. 겨우내 내면에서 침잠하던 생명력이 봄에 외부로 터져 나오듯이 자아 내부에 고여 있는 '무엇을' 밖으로 표출해야 한다는 사실을 시적 자아는 초록을 통해 깨닫는다. 식물의 생명성은 그에게 '또 하나의 나'를 들여다보라고 촉구한다. 자신을 들여다보는 과정이 수반하는 괴로움으로 인하여 초록은 두려움의 대상이다. '처들어온다'라는 시어에는 초록이 매개하는 성찰과 그에 대한 두려움이 담겨 있다. 초록이 추억의 빛깔이자 생명력의 현시이며 반성의 촉구라는 다층적인 의미로 사용되면서 식물이 지닌 초록의 의미는 보다 확장된다. 어린 시절 호기심과 두려움이 혼재된 '초록'은 성인이 된 이후 반성과 주체의 자각을 촉구하는 초록으로 확대된다. 「초록의 감옥」에서 초록으로 대표되는 식물성이 자신의 존재를 되돌아보는 계기를 제공하였다면 「접시꽃」은 식물의 특성과 내적 염원이 합치되어 삶의 방향을 적시하는 식물적 상상력을 보여준다.

> 증조모, 할머니, 어머니 또 나의 내자까지
> 이 하얀 접시꽃 핀 장독대가 아니었으면

한 생 어찌 곧은 소리 낼 수 있었을까
동구 밖 솔대 위에 한 마리 새를 올려놓고
새벽 하늘 밑 박우물을 퍼내어
대대로 그 물 떠다 치성드린 자리
오늘은 쓰러져 가는 옛집에 와
다들 한자리 모여 층층으로 포개어져
흰 사발 같은 접시꽃들 눈부시다

—「접시꽃」 부분

시적 자아가 '한 생'을 '곧은 소리'를 내며 지낼 수 있었던 원천은 '접시꽃 핀 장독대'이다. 혼탁한 세상에서 생을 올곧게 지탱할 수 있는 근원이 '접시꽃 핀 장독대'로 설정된 것은 그 공간이 드러내는 상승적 특성 때문이다. 접시꽃은 곧은 식물의 성장을 보여주며 향일적인 특성을 지닌다는 점에서 상승지향성을 표출한다. 이 시에서 또 다른 상승성을 보여주는 것은 여성들이 대대로 드려온 '치성'이다. '증조모, 할머니, 어머니 또 나의 내자까지' '대대로' 이어지는 치성은 혼돈스러운 세상에서 무탈하게 살아가기 위한 소원을 담고 하늘을 향한다는 점에서 상향적 특성을 지닌다고 볼 수 있다. '치성'의 간절함은 하늘을 향한 '동구 밖 솟대'의 심상과 조응하여 상승의 의미를 부각시킨다. 치성의 장소가 '하얀 접시꽃 핀 장독대'라는 점에서 꽃의 상승적 성향과 긴밀하게 연관된다. '대대로 그 물 떠다 치성'을 드리던 오랜 세월의 흔적은 누적적인 모습을 보인다는 점에서 '층층으로 포개'어진 접시꽃의 외형과 유사하다. 대대로 지속되어 온 모성의 인고와 정성은 식물의 시간성과 결합되면서 명료한 표현을 얻게 된다.

꽃과 치성이 지닌 상향적 특성은 '쓰러져가는 옛집'과 대조를 이룬다. 쓰러져가는 옛집은 허물어져가는 공간으로서 하강적 심상을 보인다. 식물의 생장을 통한 수직적 상승과 옛집의 하강적 쇠락은 분명한 대비를 이룬다. '쓰러져가는 옛집'과 같이 인공적인 구조물은 쇠퇴하고 하강적인 종말은 맞이하지만 식물은 생명의 충일한 상태를 보여주며 면면히 이어지는 연속성을 보인다. 옛집이 과거의 산물이며 이제는 퇴락한 모습을 보여준다면 꽃은 과거에 뿌리를 두고 현재에 피고 있으며 미래에도 생명을 이어갈 것이다.

'옛집에 와 다들 한자리에 모여' 있는 것은 꽃만이 아니라 증조모에서 현재에 이르는 여성의 자취이기도 하다. 꽃의 지속적 생명력은 여성의 강인한 생명력과 동일한 것이다. 여성이 생명을 잉태하고 양육하여 미래로 이어지는 계기를 마련하는 것처럼 꽃 또한 씨앗을 통해 식물의 영속적 삶을 가능케 하기 때문이다. 또한 꽃은 여성적 심상과 연계되어 삶의 부드러움을 일깨워준다. 접시꽃은 부드러움과 강인함이 조화를 이룬 것이며 꽃의 상징성은 퇴락해가는 삶의 시간을 견디는 정신적 덕목을 이룬다. 치성의 간절함과 접시꽃의 상징은 서로 어우러져서 세상의 혼탁함과 구분되는 청아하고 고요한 삶의 지표를 형성한다.

여성적 인고와 노력이 식물성과 결합하여 정체성 확립에 기여하는 시적 모색은 「모시옷 한 벌」에서도 살필 수 있다.

어머니 장롱 속에 두고 가신 모시옷 한 벌
삼복 더위에 생각나는 모시옷 한 벌
내 작은 몸보다는 치수가 넉넉한 그 마음
거울 앞에 입고 서 보면
나는 의젓한 한국의 선비
시원한 매미울음소리까지 곁들이고 보면
난초잎처럼 쑥 빠져 나온 내 얼굴에서도
뚝뚝 모시물이 떨어지지만
그러나 내 목젖을 타고 흐르는 클클한 향수
열새 바디집을 딸각딸각 때리며
드나들던 북소리

—「모시옷 한 벌」 부분

「모시옷 한 벌」은 모시풀이 가공을 거쳐 유용한 의복으로 거듭나는 과정을 통해 획득된 주체의 자각을 표출하고 있다. '삼복 더위에 생각나는 옷'이라는 표현에서 알 수 있듯이 모시옷은 식물에서 연원한 옷의 유용성을 지닌다. 여름 의복으로서 모시의 식물적 가치와 특성은 '시원한 매미울음소리'라는 표현에서 보듯, 시각과 촉감뿐 아니라 청각적인 감각에까지 이르고 있다. 식물섬유로서의 모시는 한국적인 기후의 특성과 부합되어 신체의 더위를 식혀주는 실질적인 가치뿐 아니라 전통적 가치를 담은 정신적인 측면으로 확장된다. 시적 자아가 자신을 규정하는 '한국의 선비'라는 정신적 측면은 모시옷에 의하여 확인된다. 모시옷을 통한 정신적 고고함은 옷을 완성한 어머니의 손길을 빌어 가능해진다. 모시가 한 벌의 옷으로 완성되기까지의 과정에는 무수한 손길과 인고의 땀이 배어 있다. '가는 올의 모시옷 한 벌'에는 지루한 노동을 감내하는 정성이 담겨 있다. 모시옷은 모시라는 식물이 지니는 가치와 그것을 옷으로 변화시킨 모성의 인고가 집약된 것이다. 모시옷이 내재한 식물적 특성과 모성의 결합은 자아의 삶의 감각을 변화시키는 기제로 작용한다. 모시옷은 어머니에 대한 '클클한 향수'를 담고 있는 동시에 주체의 자각을 불러일으키는 성찰적 거울로 작용한다.

「모시옷 한 벌」과 「접시꽃」은 식물적 특성과 여성의 인내가 결합되어 삶의 정체성을 형성하는 중요한 매개체가 된다는 점에서 주체의 각성을 가능케 하는 식물적 상상력을 드러낸다.

2) 역사와 기억을 매개하는 식물적 상상력

대지에 뿌리내린 식물은 생명의 영속성과 변화하는 시간의 흐름을 일러준다. 과거의 토양 위에서 새롭게 피어나 과거와 현재 그리고 미래를 이어주는 식물에 힘입어 과거의 체험을 되새기며 망각된 기억을 되살려 감각적 구체성을 부여하도록 한다. 식물이 드러내는 특성에 의거하여 과거의 기억은 새롭게 지각되고 이는 역사적 시간에 대한 성찰적 상상력으로 이어진다.

추석에는 교외선을 타자
황토와 자갈과 그리고 말 오줌 내 엎질러져
이따금 하얀 질경꽃들이 피어 흔들리는 길

시든 나뭇잎 떨어지는 울음 같고
그늘진 골짜기와도 같은 그러한
적요함을 찾아서

추석에는 교외선을 타자
천년을 그렇게 살아온 나의 할아버지와
할머니의 뒷모습……
우리들의 흙 속에 바람 속에 묻혀있는
그윽한 숨결을 찾아서

—「추석성묘」 부분

이 시는 추석성묘를 위하여 교외선을 탄 것을 계기로 하여 삶의 근원적 모습을 찾고자 하는 시도를 드러낸다. '흙 속에 바람 속에 묻혀있는 그윽한 숨결'을 찾아가는 것은 흙이 식물의 터전으로서 생명의 오랜 원천이기 때문이다.[3] 흙에서 배태한 생명의 감각적 표지를 인식하는 것은 면면이 이어지는 생명의 숨결을 구체적으로 확인하는 일이다. 흙에 엎질러진 '말 오줌 내'는 후각적 감각이고 흔들리는 '하얀 질경꽃'은 시각적 심상을 보여주며 '시든 나뭇잎 떨어지는 울음'은 청각적 호소력을 지닌다. 이러한 감각적 인상을 차례로 서술하는 것은 시적 자아가 소박하고 여린 모습의 식물에서 오랜 세월을 이어온 강인한 생명력을 감지하기 때문이다. 거친 땅에서 이름 없는 야생화가 보여주는

3) 식물의 생명력은 동물의 생명력보다 훨씬 우월하며 목질 조직 식물 즉 나무의 수명은 동물의 수명을 훨씬 웃돈다. 위의 책, 81~82쪽 참조.

생존의 절박함은 척박한 삶의 조건을 감내하던 '할아버지와 할머니'의 절박함과 동일한 것이다. 여리지만 굳센 식물의 삶은 고단한 역사를 지녀온 '할아버지와 할머니'에서 오늘의 나에 이르는 생명의 강인함을 상징적으로 보여준다. '하얀 질경꽃'과 '시든 나뭇잎'은 척박한 삶의 시간을 견디며 '천년을 그렇게 살아온 나의 할아버지와 할머니의 뒷모습'과 다르지 않다. 시적 자아는 교외선의 풍경 속에서 소박한 '말 오줌 내'로 상징되는 고단한 일상과 '나뭇잎의 떨어지는 울음' 같은 슬픔을 내면화시켜 생명을 지키고 후대로 이어지는 조상의 삶을 반추한다. 강인한 생명력을 내재하여 오늘에 이르는 식물의 숨은 힘은 묵묵히 척박한 현실을 견디어 온 조상의 삶을 반추하고 기억하도록 한다.

봉당 밑에 깔리는 대숲 바람소리 속에는
대숲 바람소리만 고여 흐르는게 아니라요
대패랭이 끝에 까부는 오백년 한숨, 삿갓머리에 후득이는
밤 쏘낙 빗물소리……

머리에 흰 수건 쓰고 죽창을 깍던, 간 큰 아이들, 황토현을 넘어가던
징소리 꽹과리 소리들……

남도의 마을마다 질펀히 깔리는 대숲 바람소리 속에는
흰 연기 자욱한 모닥불 그을음 내, 몽당빗자루도 개터럭도 보리숭
년도 땡볕도
얼개빗도 쇠그릇도 문둥이 장타령도

타는 내음……

—「대숲바람소리」 부분

이 시에서 대바람 소리는 식물의 존재를 나타내는 소리이자 역사가 묻어 있는 소리이다. '봉당 밑에 깔리는 대숲 바람소리'는 일상 삶에서 친근하게 들을 수 있는 소리이다. 또한 대가 사계절 내내 푸르다는 점에서 청량성(淸凉性)[4]을 드러내며 청정한 자연을 상징[5]한다. 청정한 자연을 상징하는 대숲 바람소리는 비극적 기억과 결부되면서 의미의 변화를 가져오게 된다. 과거 기억 속에서 대바람 소리는 한숨 소리와 다르지 않으며 대숲의 빗방울소리는 눈물의 의미를 담는다. '황토현'과 '죽창'에서 알 수 있듯이 억눌린 민중들이 폭정에 항거하던 무기가 죽창이다. 무기로 변한 죽창에서 보듯 식물은 본연의 생명성 대신 파괴적이고 공격적인 도구로 이용된다. 대나무에서 죽창으로의 변화는 생장이라는 식물 본연의 자리를 이탈하여 생명의 소모를 유발한다.

3연의 '그을음 내', '타는 내음'은 태우는 행위에서 나온 것이며 이는 죽음과 소멸을 암시한다. 대나무가 지닌 식물의 생생한 성장력 대신 음울한 죽음의 연기만이 가득하다. 죽음의 연기는 비극적인 역사 속에서 희생당하지 않을 수 없었던 민중들의 어두운 기억을 상기시킨다. 대바람 소리의 청정함과 대조되는 그을음 냄새는 순정한 자연에 귀속된 삶과 비극적인 인간의 역사라는 대조적인 의미를 형성한다. 이러한 대립성은 청각적 심상

---

4) 이어령 편, 『대나무』, 종이나라, 2006, 13쪽.

5) 위의 책, 99쪽.

에서 명료하게 드러난다. 시의 앞뒤를 감싸는 '대숲 바람 소리'는 청아하고 순정한 자연의 소리인 데 반하여 '징소리 꽹과리 소리'는 갈등과 투쟁이 내재된 과거의 기억과 연관된다. 징소리와 꽹과리 소리는 투쟁과 전의를 고취하는 소리라는 점에서 '죽창'과 호응되고 있다. 징소리 꽹과리 소리로 인하여 고조된 정서는 다음 연에서 소멸과 파탄을 암시하는 '그을음 내'와 '타는 내음'으로 이어지면서 비극적인 정조가 고조된다. 대나무를 원재료로 하는 죽창은 힘의 도구라는 점에서 대나무의 식물적 특성이 변형될 수밖에 없었던 민중의 고통과 역사의 비극을 상기시킨다. 역사적 기억은 대나무라는 식물을 빌어 구체화되며 지속적으로 생명을 이어가는 대를 빌어 현재에도 생생하게 재현된다.

「도라지꽃」은 보다 구체적으로 역사의 소용돌이에 희생된 개인의 비극을 표출한다.

> 도라지 도라지
> 심심산천에 백도라지
> 풋보리밥 한술 된장국 말아먹고
> 지름댕기 팔랑팔랑
> 올해 네 나이 몇 살이더냐
>
> 도래샘도 띠앗집도 다 버리고
> 눈 오는 날 주재소 앞마당 전남 반으로
> 너는 열여섯 정신대 머릿수건을 쓰고
> 고목나무 뒤에 붙어 참매미처럼 희게 울더니

오키나와 테니안 라바울 사이판

그 어디쯤 흘러가

한 초롱 여름산 더윗술을 걸러주며

여적 그 섬 기슭 혼자 폈느냐

내 어려선 막내고모 같던 종꽃

—「도라지꽃」 부분

도라지꽃은 초롱꽃과에 속한 식물로서 우리나라 고유의 식물이며 예로부터 우리민족 생활에 깊이 뿌리박고 있다.[6] 우리 민족과 친근한 이 꽃에서 시적 자아는 근현대사의 슬픔을 되새긴다. 1연에서 팔랑거리는 '댕기'의 생기발랄함은 젊은 여성의 활기를 드러낸다. 도라지꽃이 상기시키는 생명력과 소박한 아름다움은 젊은 여성의 생명성과 조응된다. 그러나 이러한 생명성과 활기는 식민지배하의 힘없는 조국에서 희생된 젊음이라는 점에서 비극성을 짙게 하는 요인이 되고 있다. 2연은 일제강점기에 젊은 여성이 '정신대 머릿수건을 쓰고' 끌려가야 했던 과거를 상기시킨다. 팔랑거리는 '댕기'가 '정신대 머릿수건'으로 변화되었듯이 도라지꽃 핀 '심심산천'의 정겨움은 이국의 전쟁터로 변환한다. 3연은 고국을 떠나 전쟁터에서 험난한 삶을 영위할 수밖에 없었던 고난이 배어 있다. '그 어디쯤 흘러가' 홀로 핀 도라지꽃은 역사의 아픔을 간직한 채 고향으로 귀환하지 못하는 개인

6) 정영호, 『아름다운 식물 이야기』, 우리글, 2005, 155쪽.

의 운명을 함축적으로 보여준다. 마지막 연에서 도라지꽃이 '막내고모' 같다는 비유를 통해 역사의 희생자는 혈연으로 포용되며 그녀의 희생을 개인의 비극이 아닌 공동체의 비극으로 귀속시킨다.

연약한 꽃에 비유된 여인의 삶은 식민지배의 횡포 속에서 파괴되고 희생된 비극적 역사이지만 개인의 슬픔은 쉽게 망각된다. 시인은 과거의 비극적인 경험을 도라지꽃에 투영함으로써 역사적 기억을 복원하려는 의지를 드러낸다. 1연에서 '올해 네 나이가 몇 살이냐'며 묻는 시적 화자의 목소리는 지나간 시간에 관한 각성을 담고 있다. 나이에 대한 물음은 꽃에 비유된 여성의 나이를 상기시키는 것이기도 하며 도라지와 친근했던 우리 민족의 오랜 내력을 일깨우는 동시에 역사의 혼란 속에서 희생된 채 잊혀 간 고난의 시간을 묻는 것이기도 하다. 이 질문은 끊임없이 피고 지는 식물의 속성과 결부되어 망각된 과거의 시간을 일깨운다. 식물의 심상을 빌어 힘없는 여인의 희생과 파멸이라는 역사적 사실을 그려내는 시적 진술은 잔잔하지만 웅변적이다. 연약한 개인의 희생은 시간 속에서 소멸되어 가지만 변함없이 피고 지는 식물은 오랜 시간에 걸친 생존력을 보이며 망각의 역사를 뛰어넘어 자신의 운명을 감내하던 식민지 여성의 슬픔을 현재화하는 것이다.

3) 융합과 초월의 식물적 상상력

식물에 대한 관조를 통하여 정서적 반응을 유도하고 이것이 일상적 삶에 대한 성찰과 명상에 기여하는 것은 전통적 서정시에서 드물지 않게 보아온 것이라고 할 수 있다. 송수권 시는 이러한 전통적 상상력에서 한걸음 나아가 식물을 둘러싼 정적인 심상을 벗어나 전복적이고 역설적인 상상력을 보여준다. 시인이 보여주는 식물의 의미는 있는 그대로의 자연에서 오는 발견이나 관찰이 아니라 시인의 직관과 사유에 의하여 재창조된 것이다. 이러한 식물적 상상력은 현실의 한계를 극복하고 식물의 내포를 확장하게 된다.

절문 밖에는 언제나 별들이 싱그러운 포도밭을 이루고 있었다.
빗장을 풀어놓은 낡은 절간문 위에는 밤새도록 걸어온 달이
한 나그네처럼 기웃거리며 포도를 따고 있었다.
먹물처럼 떨어진 산봉우리들이 담비떼들 같이 떠들며 모여들고
따다 흘린 포도 몇 알이 주르륵
산창을 흘러가다 구슬 깨지는 소리를 내고 있었다.

—「정적」 전문

이 시에서 포도의 심상은 천상의 별, 달과 합치되어 신비스러움을 보여준다. 1행에서 별과 포도의 심상이 합치되면서 식물적인 생명력과 천상의 빛이 융합된 풍경을 보여준다. 2~3행에서는 익어가는 포도를 비추어주는 달이 포도를 따는 '나그네'로 묘사되어 움직임이 두드러지고 있다. 이러한 움직임의 강조는 밤의 정적과 대조된다. 4행은 떠들썩한 움직임을 통해 생명의 활기를 부각시킨다. 움직임이 없는 '산봉우리'들이 동물인 '담비떼'로

묘사되어 '떠들고 모여'드는 것으로 진술되고 있다. 거대한 산이 작고 재빠른 담비로 비유됨으로써 이질적인 속성을 융합한 활기를 형성하고 있다. '별들이 싱그러운 포도밭을 이루고' 그 포도를 '달이' '따고 있다'는 설정은 천상의 빛과 지상의 식물적 생명력이 어우러지는 상상력을 보여준다. 이 시는 식물과 동물, 지상과 천상을 구분하는 경계가 사라지고 융합이 이루어질 뿐 아니라 본연의 자리를 넘나드는 역동성을 보여준다. 포도의 생명력에 힘입어 '절문'과 천상, 지상의 공간적 분할은 허물어지며 '달'과 인간인 '나그네' 그리고 '산'과 동물이 서로의 영역을 넘나드는 다채로운 상상력의 전개를 보여준다.

포도에는 별빛과 달빛 그리고 성숙한 열매의 향기로움이 어우러져 있다. 여기에서 나아가 5~6행에서 보듯이, 지상에 떨어진 포도는 '구슬'의 소리를 지니고 있다. 구슬은 광물이면서 빛을 내고 맑은 소리를 지닌다. 광물이라는 점에서 출토되는 산과 밀접한 연관성을 지닌다. 또한 빛을 지닌다는 점에서 한밤중에 빛나는 별이나 달과 연관성이 깊다. 따라서 구슬은 산과 별빛, 달빛이 응축된 심상인 것이다. 구슬은 포도의 지칭인 동시에 이 시에서 전개된 빛의 심상을 집약하여 지상으로 확대시키는 역할을 한다. 포도는 식물의 범위를 넘어 영롱한 빛을 지닌 광물로서의 특성까지 아우른다. 즉 포도는 별빛이 이루어낸 포도 → 달빛과 조응하는 포도 → 구슬의 특성을 지닌 포도로 변화하면서 의미를 확장하는 것이다. 이러한 포도의 의미 변환은 궁극적으로 포도에 내재된 '싱그러운' 생명력에서 기인한다. 소리가 없는 식물의 특성을 넘어서서 '구슬 깨지는 소리'로 자신의 존재를 입증하고 활력의 근원이 되는 것이다. 포도는 풍요하고 성숙한 식물의 심상에 국한되는 것이 아니라 천상과 광물, 동물을 아우르며 확산적이고 융합적인 상상력의 중심이 되고 있다.

예닐곱 그루 성긴 매화 등걸이
참 서늘도 하다
서늘한 매화꽃 듬성듬성 피어
달빛 흩는데
그 그늘 속 무우전 푸른 전각 한 채도
잠들어 서늘하다

—「암향」 전문

이 시는 매화의 정취[7]에 기초한 관조의 태도에서 출발한다. '성긴 매화 등걸'로 구성된 시의 공간은 시어가 많이 배치되지 않은 시의 짜임과 조응하여 여백을 조성한다. 성글게 듬성듬성 핀 매화는 시야를 채우기보다 비우는 역할을 한다.[8] 듬성듬성 피어 있는 꽃은 달[9]과 조응하여 달빛을 더욱 확산시키는 효과

---

7) 조선 초의 문신 강희안은 ≪양화소록(養花小錄)≫에서 꽃과 나무의 등급을 나눈 〈화목구등품제〉에서 높고 뛰어난 풍치와 운치를 지닌 매화를 1등급으로 꼽은 바 있다. 강희안, 이병훈 역, 『양화소록』, 을유문화사, 2000, 155~156쪽 참조.

8) 매화의 품격과 아름다움을 소재로 한 시들은 풍성한 꽃의 자태보다는 성글고 드문드문 핀 매화꽃의 모습을 시에 담았다. 매화를 즐겨 다룬 퇴계 이황의 ≪매화시첩(梅花試帖)≫ 중에서 "梅花依依少著花 愛他疎瘦與橫斜(무성한 매화 가지에 드문드문 맺힌 꽃 / 여윈 가지 빗겨 오히려 아름답네)"라는 구절에 보듯이 성글게 핀 매화와 정신적 풍모를 연관 지었음을 알 수 있다.

9) 다른 꽃과 달리 매화는 저녁의 달과 조응하여 달과 어울릴 때 진경을 이루다고

를 보여준다. 이러한 빛의 응집과 확산은 고요 속에서 이루어진다. 고요함은 빛과 그림자가 이루는 시각적 심상이 두드러지도록 하며 시각적 심상에 깊이를 부여한다. 달빛은 매화를 매개로 하여 빛을 확산하고 그늘을 만든다. 빛은 매화를 중심으로 퍼져나가고 응축되는 것이다.

달빛을 받은 매화가 그늘을 만드는데 이 '그늘 속'에 있는 것이 건축물인 무우전이다. 전각이라는 큰 공간이 성글고 작은 매화 꽃그늘의 아래에 놓임으로써 크기와 공간적 위치에 대한 전복적인 상상력을 드러낸다. 이러한 공간의 역전은 작은 꽃이 지니는 의미가 건축물보다 크다는 상상력에 기인한 것이다. 일상적인 차원에서 보자면 꽃과 전각이 점유하는 공간의 크기는 현격한 차이를 지닌다. 꽃이 전각의 그늘에 포함되는 것이 일반적인 인식인데 이 시에서는 일상적인 관념을 전복시키고 꽃그늘 속에 전각이 들어가 있다. 매화는 전각을 뒤덮고 전각은 꽃의 그늘 속에서 고요함과 평안함을 드러내고 있다. 따라서 꽃그늘이 매우 넓고 깊다는 의미를 지닌다. 꽃그늘은 전각이 상징하는 인위적인 구축물을 두루 감싸는 드넓은 경지를 보여준다. 매화의 여리지만 강인한 생명력이 확산적으로 인식되면서 무우전의 차가운 공간을 압도[10]하는 것이다. 장구한 시간을 견디는 전각이

보았다. 옛 선비들은 매화나무를 사랑채 창 앞에 가꾸어 달빛이 비치는 그림자를 바라보며 매화가 지닌 덕을 감상했다. 이어령 편, 『매화』, 종이나라, 2005, 230쪽.

10) 이와 같은 역설적 시적 진술은 부드러운 것이 굳센 것을 이기고 약한 것이 강한 것을 이긴다는 노자의 『도덕경』 38장 유승강 약승강(柔勝剛 弱勝强)의 사유와 동일한 맥락으로 이해할 수 있다.

불과 며칠의 삶을 살다가 지고 마는 순간의 생명을 지니는 꽃의 그늘에 들어가 있다는 역설은 일반적인 관념을 부정하는 것이다. 작은 것이 큰 것을 덮고 연약한 것이 장대한 것을 압도하는 시적 진술은 식물의 상징적 의미를 강조한 것이다.

오늘은 할아버지 고향 가는 날
차마 성한 육신, 백발로도 가지 못하고
혼백으로 바람타고 가는 날
살아서는 산도 옮길듯한 한이
삭아서는 한줌의 재
물길따라 바람따라 고향가는 날
바람아 불어다오

추석달이 뜨면 갈거나
임진각 누마루에 올라 함부로
북녘 땅 여기저기
손가락을 들이미시던 할아버지
어느 날은 채송화며 봉숭아
꽃씨 주머니를 풍선 끝에 매달아
바람도 없는 날
우우우우……
입으로 불어 올리시던 할아버지

―「풍장」 부분

이 시는 식물의 씨앗을 빌어 비극의 해소 방식을 보여준다. 고향에 대한 그리움에도 불구하고 '백발로도 가지 못하'던 할아버지의 부자유스러움과 대조를 이루는 것은 '북녘 땅 여기저기' 바람을 타고 경계를 넘는 꽃씨의 자유로움이다. 북녘의 '고향'에 자신을 대신하여 가도록 '바람도 없는 날' 꽃씨를 '입으로 불어 올리시던 할아버지'의 모습은 현대사의 비극을 반영한다. 제한된 할아버지의 움직임에 비하여 식물은 분단의 경계를 넘나들 수 있다. '바람도 없는 날 / 우우우우…… / 입으로 불어 올리시던 할아버지'의 태도는 통한의 한숨에서 벗어나 자신의 숨결이 닿은 꽃씨가 고향에 도달하기를 바라는 염원에서 기인한다. 생명력이 잠재되어 있는 꽃씨가 분단의 경계를 넘도록 동력을 제공하는 것이다. 할아버지의 숨결이 담긴 바람은 경계를 벗어나 이동하는 식물의 특성[11]을 도와 분단의 비극을 상징적인 차원에서 극복할 수 있게 해준다. '북녘 땅 여기저기 손가락을 들이미시던 할아버지'의 모습이 분단의 비극에 갇힌 태도라면 입으로 바람을 불어 올리는 할아버지의 모습은 귀향의 소망을 이루려는 적극적인 행위를 보여준다. 꽃씨의 이동은 억눌린 삶의 고통을 식물을 통해 극복하고 식물의 생명력에 힘입어 분단의 경계를 허물고자 하는 상상력의 근거가 된다. 시 「풍장」은 식물의 씨앗이 내재한 생명력을 통해 역사의 고통을 다스리려는 사유를 보

---

11) 식물이 인간의 도움 없이 씨앗을 퍼뜨릴 수 있는 거리는 최대 2,400킬로미터나 된다고 한다. 식물은, 씨앗이 흩어져 퍼지는 방식이나 수학만으로는 설명할 수 없는 거리를 식물 스스로 가로지르거나 통과할 수 있다. 스티븐 해로드 뷰너, 박윤정 역, 『식물의 잃어버린 언어』, 나무심는사람, 2005, 248쪽 참조.

여준다.

식물을 매개로 하여 고통의 삶을 치유하고 육신의 한계를 초극하려는 사유는 「연비(燃臂)」에서도 살펴볼 수 있다.

> 목어가 울 때마다 물고기들의 싱싱한 비늘이 떨어지고
> 운판이 자지러질 때마다 날짐승들마저 숨죽이며 날았다.
> 어떤 침묵 하나가 이 세상을 여행 와서 더 큰 침묵 하나를
> 데리고 그림자처럼 떠난다.
> 문득 희나리의 불꽃 더미 속에서 조실 스님의 흰 팔뚝
> 하나가 불쑥 떠올라왔다. 그 흰 팔뚝에서 아롱진
> 연비 몇 방울이 생살로 타면서
> 얼음에 갇힌 꽃잎처럼 나의 감각을 흔들었다
> (…중략…)
> 아니다, 아니다 조실은 가지 않았다
> 어떤 믿음의 확신 하나가 이 세상에 다시 와서
> 나는 참으로 몹쓸 병을 꿈에서도 앓았다
> 눈보라치는 섣달 겨울 어느 날, 그의 방문을 열다가
> 평상시와 다름없이 윗목에 놓인 매화분의 둥그럭에서
> 빨간 꽃망울 몇 개가 벌고 있음을 보았다
> 뜨거운 연비 몇 방울이 바야흐로 겨울 하늘에서 녹아 흘러
> 꽃들은 피고 있었다.
>
> —「연비(燃臂)」 부분

이 시의 초반부에는 종교적 경건함과 생과 사의 허무함을 일

깨우는 무거운 침묵이 제시되고 있다. '물고기들의 싱싱한 비늘이 떨어지고' '날짐승들마저 숨죽이며 날'아다니는 위축된 움직임은 생명력의 하강을 드러내는 것이다. '얼음에 갇힌 꽃잎'이라는 인식이 보여주듯 생명의 온기를 앗아가는 차가운 공간은 궁극적으로 죽음의 상태로 이어진다. 죽음을 피해갈 수 없는 고통스러운 현실이 시의 자아를 압박하며 괴로움을 가중시킨다. 생명력의 소멸은 시적 자아에게 생명의 유한성에 대한 허무감을 불러일으킨다. 연비가 새겨진 '흰 팔뚝'은 한계를 지닌 육신의 고뇌와 그 고뇌를 초극하려는 노력을 상징한다. 초극의 노력을 보였던 육신이 '희나리의 불꽃 더미'에서 재로 변하는 것을 보면서 화자는 생의 유한성과 육체의 한계를 고통스럽게 확인하지 않을 수 없다. 1연의 '물고기', '날짐승', '생살', '흰 팔뚝'을 거쳐 2연의 '온 몸'에 이르는 일련의 동물적 육체성은 죽음이라는 한계를 마주하고 있다. 2연에서 '헛기침 끝에 온몸을 떨었다'라는 진술은 1연과 2연에서 수렴된 동물적인 육체의 한계를 절감하는 것으로 육체의 유한성과 무상감을 강조한 표현이다. 죽음의 허무함을 초극하려는 화자의 간절함은 '아니다', '가지 않았다'라는 안타까운 진술로 나타난다.

나약한 육체의 한계를 딛고 다시금 이어지는 생명의 존재를 확인하는 것은 개화하는 매화의 생명력에서 기인한다. 마지막 연에서 매화꽃의 개화는 이러한 고뇌의 끝에서 발견한 생명의 신비이며 상징적인 초극이라고 할 수 있다. 인간의 육체에서 비롯된 '연비 몇 방울'이 지닌 온기는 겨울 하늘의 냉기를 뚫고 차가운 대기 속에서 피어난 매화의 꽃잎으로 육화된다. 이 시에서 생살이 지니는 육체성과 동물적인 감각은 생의 유한성과 짝을 이루며 생의 무상함을 나타내는 비유의 항목이다. 반면에 꽃은 죽음을 둘러싼 허무감을 견디어낸 상징적인 의미를 담고 있다. 꽃은 단순한 식물이 아니라 생의 유한성을 극복한 초월적인 상징성을 드러낸다. 매화는 죽음의 허무함을 뚫고 솟아난 식물의 생명성을 현시한다. 연비가 음각의 형식이라면 매화꽃이 펼쳐지는 것은 양각의 형태라고 볼 수 있다. 겨울에 핀 매화꽃잎의 부드러움은 생명의 따뜻하고 강인한 힘을 함축하고 있다. 매화의 생명성은 종교적 수행의 경건함과 죽음의 허무를 극복하려는 간절함이 집약된 것이라는 점에서 그 의미[12]가 웅숭깊다. 매화의 부드러움은 수행의 엄혹함과 소멸할 수밖에 없는 인간의 유한성이라는 존재의 고뇌를 딛고 꽃을 통한 생명성의 승화를 보여준다.

3. 황폐한 땅에서 피어난 식물적 상상력

송수권 시에 나타난 식물적 상상력의 특징은 주체의 의식이

12) 이숭인(李崇仁)의 시에서, 생명력이 위축되는 냉기와 이와는 대비되는 소생하는 생명의 원동력으로서 「연비(燃臂)」와 유사한 매화의 상징이 드러난 것을 볼 수 있다. "곤음이 힘을 부리는 것 막기 어려워 / 만물이 뿌리로 숨어들어 찾기어렵네 / 어젯밤 남쪽 가지에 흰송이 하나 생겨났기에 / 향 사르며 단정히 앉아 천심을 보네 (坤陰用事政難禁 萬彙歸根未易尋 昨夜南枝生一白 焚香端坐見天心)"에서, 음의 세력이 전성하여 만물이 죽은 듯 뿌리로 숨어들었을 때 한줄기 양이 비로소 발동하여 만물을 소생케 하는 상징으로서 매화를 비유한 구절을 볼 수 있다. 이동환, 「퇴계는 왜 매화를 사랑했는가」, 이어령 편, 『매화』, 종이나라, 2005, 34쪽 참조.

식물을 통해 감각화되고 식물의 생태적 특성을 현실 삶의 덕목과 연관시키면서 다채로운 변주를 보여준다는 점이다. 식물적 특징을 덕목화한 사유는 현실 삶의 굴곡을 평정하고 감내하려는 의식의 소산이다. 식물을 바탕으로 한 감각적 표현은 식물적 상상력이 추상화되거나 박제화되는 함정을 벗어나도록 한다. 또한 송수권 시에서 드러나는 사유의 특징은 식물을 토대로 함으로써 유한한 생명의 한계를 벗어난 초월적이고 역설적인 사유의 자유로움을 표출한다는 점이다.

송수권 시에서 식물은 단순히 관조나 묘사의 대상이 아니며, 식물의 덕목을 내면화하고 성찰의 계기로 삼음으로써 시적 자아는 자각과 갱신을 도모한다. 또한 현실의 고난을 감내하며 새로운 생성의 토대를 내재한 여성적 특성을 식물과 결부시킴으로써 내적 자각과 자신의 정체성을 확고히 하는 바탕이 되기도 한다.

과거와 현재를 매개하며 면면히 이어지는 식물의 생존성은 지나간 삶의 자취를 되돌아보게 하는 자각의 원천이 된다. 공동체적 삶에 대한 비판과 반성은 비극적인 현대사와 관련되어 있으나 식물적 상상력을 거침으로써 대상과의 미적 거리를 유지하고 주관적 몰입을 경계할 수 있게 된다. 식물적 상상력은 역사적 사실을 비판적으로 형상화시키는 동시에 주관화된 감정에 몰입되지 않고 객관적인 시적 사유를 견지하는 바탕이 된다.

송수권 시의 식물적 상상력은 보다 다층화되어, 식물의 힘을 빌어 존재의 한계를 초극하고자 하는 시도를 보인다. 식물이 지닌 내포는 역설과 전복의 언어로 표현되어 정서적 충격과 인지의 파격을 불러오는 동시에 식물적 상상력을 심화시키고 확장시키는 역할을 한다.

송수권 시에 나타난 식물적 상상력의 전개 양상을 표로 정리하면 다음과 같다.

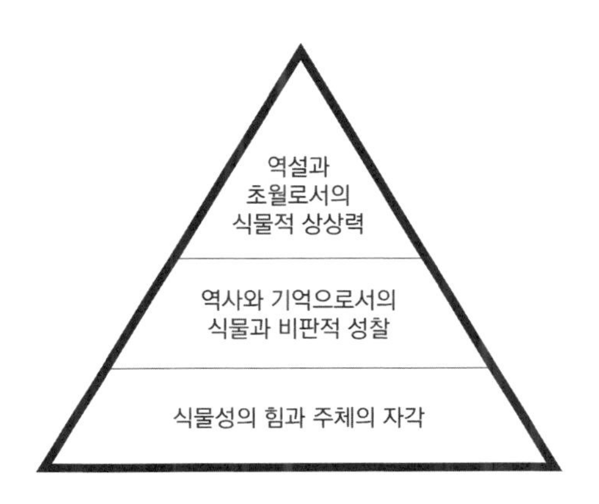

송수권 시가 드러내는 식물적 상상력은 개인의 주체적 자각과 인지를 기반으로 하여 공동체적 관심으로 확장되며 더 나아가 존재의 한계를 극복하려는 초월적인 인식으로 심화된다고 볼 수 있다. 개인적 자각에서 공동체적 기억과 초월적 인식에 이르는 송수권 시의 식물적 상상력은 식물적 특성이 주체적 인식과 접맥되면서 다양한 양상으로 재구성된 결과이다. 식물적 상상력은 내면의 자각과 쇄신이 개인의 차원에 머물지 않고 사회적 관심과 실존의 문제로 확장되며 이에 따라 식물의 내포는 창조적으로 재편되고 역사적 의미와 초월적 상징성을 획득하게 된다. 식물적 상상력은 전통적 서정시의 어법을 따르면서 다층적이고 복합적인 시정을 드러내는 송수권 시의 충실한 기반이라고 할 수 있다.

영혼을 빚어내는 그릇

—린다 수 박의 『사금파리 한 조각』

1. 결핍을 넘어 예술로

『사금파리 한 조각』은 아동·청소년 문학계의 권위 있는 상의 하나인 뉴베리(Newbery) 상을 2002년도에 수상함으로써 주목받는 소설이다. 많은 독자에게 사랑받은 이 소설은 짜임새 있는 주제와 치밀한 인물의 내면묘사, 상징적인 소재의 활용으로 뛰어난 문학적 가치를 지님에도 불구하고 비평의 시선에서 소외되어 왔다. 이는 청소년 문학의 중요성에도 불구하고 본격적으로 평가받지 못한 비평적 소외의 단면을 보여준다고 할 수 있다.

재미작가인 린다 수 박은 고려시대나 조선시대를 배경으로 하여 전통적인 미의식을 드러낸 작품을 집필하여 많은 독자층을 형성하고 있다. 린다 수 박의 작품에서 주인공은 역경을 극복하거나 문제를 해결하는 과정을 통해 자아정체성을 확인하고 이를 통해 아동기의 혼란과 미성숙을 극복하고 보다 성숙한 존재로 거듭나게 된다. 이러한 과정에서 주요한 계기를 제공하는 것은 한국적 전통에서 근원한 도자기나 널뛰기, 연(鳶)과 같은 소재들이다. 작가가 한국의 전통적 시공간에서 발굴한 소재를 통해 주인공이 자아정체성을 형성해가는 과정은 성찰적 깊이와 사실적 공감을 자아낸다. 한국적 소재와 미의식을 기반으로 한 린다 수 박의 작품은 미국 내에서 많은 독자를 확보하고 있으며 뉴베리상 수상을 계기로 더욱 확대되고 있어 한국문학의 외연의 확대라는 점에서 관심을 가지지 않을 수 없다. 또한 수많은 국내 청소년 독자에게 사랑받고 있는 린다 수 박의 작품 중 대표작이라고 할 수 있는 『사금파리 한 조각』의 연구는 중요성이 점증하고 있는 청소년 문학의 성과를 점검한다는 점에서 반드시 필요한 일이라고 할 수 있다. 이 글은 『사금파리 한 조각』의 내재 분석을 통하여 작품의 주제와 주인공 소년의 자아성취를 고찰하고 이 소설이 지닌 문학적 깊이를 분석하는 것을 연구의 목적으로 한다.

『사금파리 한 조각』은 고아소년이 지닌 결여의 극복과 자아실현의 과정을 도자기라는 상징적 매체를 통해 보여준다. 도자기를 중심으로 한 '그릇'은 소설의 주인공인 소년이 지니는 자아실현 동기의 단계에 따라 다양한 상징성을 지니며 그 의미를 달리하게 된다. 생존을 위한 그릇에서 도자기에 이르기까지의 과정은 주인공이 자신을 단련해 나가는 단계와 일치한다. 소년이 자신의 정체성을 찾아가고 자아의 실현을 이루어가는 과정에 배치된 상징 요소는 이 소설의 성찰적 깊이를 더해주는 요인이 된다.

이 글은 주인공 목이가 생존이 어려운 상황에서 예술적 동기를 지니고 이를 실현해 나가는 과정을 보다 면밀하게 분석하기 위하여 에이브러햄 매슬로(Abraham H. Maslow)의 자아실현의 욕구와 동기 이론을 참고하고자 한다. 매슬로는 인간이 생존에 필요한 욕구에서 보다 높은 창의성, 미적 추구, 자아실현을 향해 나아가려는 성향[1])을 지닌다고 본다. 이 글은 결핍에 의한 하위욕구에서 자아실현을 위한 상위 단계로 나아가는 과정을 살피고 주인공이 어려움에 대처하는 방식과 다른 인물들과 관계를 맺는 양상을 파악하여 주인공의 심리적 단계를 고찰할 것이다. 이를 위하여 소설 전반에 배치되어 소설의 통일감과 상징성을 높이고 있는 그릇을 둘러싼 의미 단계를 분석함으로써 주인공의 자아실

1) 매슬로에 의하면, 인간의 욕구는 강도에 따라 단계로 배열될 수 있는데, 생리적 욕구는 안전의 욕구보다 강하며 안전의 욕구는 사랑의 욕구보다, 사랑의 욕구는 존경의 욕구보다, 존경의 욕구는 자아실현의 욕구보다 강하다. 상위욕구로 올라갈수록 생존에 덜 필수적이며 하위욕구가 충족된 사람은 상위욕구를 지향한다. 상위욕구는 하위욕구의 충족을 바탕으로 하지만 하위욕구로부터 독립되기도 한다. 이러한 위계적 배열에 대한 자신의 견해를 통해 매슬로는 미적 추구와 같은 수준 높은 동기를 설명하는 심리적 기반을 구축했다. 매슬로는 배고픔, 갈증 등에 비롯된 하위욕구는 결핍(deficiency)에 의하여 활성화되며 이러한 결핍을 안정적으로 충족하면 성장욕구가 생기게 된다고 보았다. 절박한 하위욕구를 충족하면 다른 차원의 상위동기(metamotivation)가 출현하며 이를 통해 자아실현으로 나아갈 수 있다고 본다. 상위욕구 충족은 다른 욕구 충족보다 더 깊은 행복감, 평온함과 내적 삶의 풍요로움을 가져온다고 보았다. 매슬로는 사랑, 정의, 친절, 미적 추구 같은 요구가 배고픔이나 갈증처럼 보편적으로 나타나지 않는다고 하여 부수적이나 파생적인 것은 아니라고 본다. 이러한 상위동기들은 긴박성(urgency) 강도(intensity), 우선성(priority) 차원에서 덜 우세할 뿐이며 근본적으로 인간의 내적으로 자아실현의 본성이 잠재되어 있다고 보았다. 매슬로는 인간 행동의 어두운 측면을 우선적인 기본 욕구가 충족되지 못한 데서 오는 반작용이라고 보았다. 에이브러햄 매슬로, 오혜경 역, 『동기와 성격』, 21세기북스, 2009; 아브라함 H. 매슬로, 정태연·노현정 역, 『존재의 심리학』, 문예출판사, 2005.

현의 과정을 밝히고자 한다. 이를 통해 청소년 소설로서의 이 작품이 지향하는 성장의 가치와 자아정체성 형성의 과정이 보다 소상히 밝혀지고 이 소설의 문학적 의미가 도출되리라 본다.

2. '그릇'의 상징성, 자아 성장의 도정

1) 모성적 나눔의 그릇과 결핍 욕구의 충족

『사금파리 한 조각』의 주인공인 목이는 고아소년이다. 목이의 양육을 책임지는 인물은 '두루미 아저씨'이다. 어린 아기였던 목이를 양육해온 두루미 아저씨는 목이의 생존을 가능케 할 뿐더러 정서적 안정감을 주는 인물이다. 두루미 아저씨는 신체적인 부자유로 인하여 노동이 불가능함에 따라서 부양의 의무를 충분히 수행하기에는 제약을 지닌다. 이러한 신체적 한계와 내적인 특성으로 인하여 두루미 아저씨는 사회적인 면이 두드러진 부성적 역할보다는 가정 내에서 이루어지는 모성적 역할인 안위와 보호[2)]에 치중한다. 두루미 아저씨와 목이의 거처인 '다리 밑'과 겨울을 나는 '채소구덩이'는 우묵한 공간적 특징으로 말미암아 보호의 의미를 지닌다. 두루미 아저씨가 사회적 역할보다는 돗자리를 짜거나 음식을 만드는 데에 주력한다는 점에서 부성적 역할보다는 모성적 역할에 가깝다고 볼 수 있다.

2) 에리히 노이만, 박선화 역, 『위대한 어머니 여신』, 살림, 2009, 66~71쪽 참조.

"목이야, 많이 늦었구나."

두루미 아저씨가 외치면서 목이가 둑 아래로 미끄러져 내려올 때까지 등불을 밝혀주었다. (…중략…) 아무리 늦게 돌아와도 다리 밑에 이르는 순간이면 어김없이 목이를 맞아 주었던 것이다. 졸려서 목이 잠긴 기색조차 없었다. (…중략…)

설령 두루미 아저씨와 다리 밑보다 더 나은 집이 있다고 해도, 목이는 그런 집이 어떤 건지 알지도 못했고 필요하지도 않았다.

다리 밑이라는 누추한 공간보다 '더 나은 집'이 부럽지 않은 심리적 근거는 두루미 아저씨와 함께 있기 때문이다. 목이가 어린 아기 시절 두루미 아저씨의 다리를 붙잡고 절로 가지 않으려 했던 것은 두루미 아저씨가 제공하는 정서적 안정감 때문이다. 이는 목이가 송도에서 돌아와 두루미 아저씨의 죽음을 알게 된 후 추운 겨울을 혼자 지낼 걱정을 하는 부분에서도 드러난다. 혼자서 가야 하는 송도까지의 먼 거리도 두렵지 않았던 목이는 두루미 아저씨가 없다는 사실에서 모성의 대리자로서 기능했던 그의 부재를 실감하며 커다란 정서적 상실감을 느낀다.

모성을 대체하는 두루미 아저씨가 주는 정서적 안정감과 위로는 도공이 되고자 하는 소망이 원만하게 이루어지지 않고 목이가 좌절에 처하게 되었을 때 크나큰 역할을 한다. 목이와 두루미 아저씨의 대화는 이러한 목이의 갈등을 내적인 견딤의 힘으로 전환시키는 바탕을 마련한다.

두루미 아저씨가 금세 자기 얼굴에서 고민을 읽어냈다는 알아챘다. 아저씨는 말없이 때를 기다리고 있었다. (…중략…)

"목이야, 문을 닫아버린 바람이, 다른 문을 열어 주기도 하는 거야."

도공이 부자지간이라는 혈연관계에 바탕을 두고 세습된다는 사실에 목이가 괴로워하자 두루미 아저씨는 그러한 관습의 유래가 도공이라는 직업이 지닌 고달픔에서 비롯되었다는 사실을 지적한다. 그리고 목이가 다른 스승을 찾아 줄포를 떠나는 일이 쓸데없는 짓이라는 것을 인식하도록 한다.

두루미 아저씨는, 위니콧이 설명한 바와 같은, 어머니가 보여주는 아이의 욕망 되비추기 역할을 수행한다고 할 수 있다. 목이가 겪는 갈등을 묻고 되짚는 과정을 거침으로서 두루미 아저씨는 목이의 욕망과 목표를 되비치는 거울의 역할[3]을 수행한다. 두루미 아저씨와의 상호작용을 통하여 반성적인 공간을 형성한 목이는 자신의 소망은 물론 그러한 소망을 좌절시킨 사회제도에 대하여 성찰하게 된다. 두루미 아저씨와의 대화를 통해 목이는 자신이 지녔던 욕구가 좌절된 데에 따른 분노의 표출을 자제한다. 또한 아저씨의 충고는 목이의 욕망을 조절하고 결점을 보완하여 보다 원활한 사회적 역할을 해내는 데 기여한다. 좌절을 극복할 수 있도록 '다른 문'을 언급하는 두루미 아저씨와의 대화를

3) 자아 발달에 중요한 거울로 되비추기는 위니콧(D. W. Winnicot)의 이론으로 라캉의 거울과는 다르다. 그에 의하면, 아이에게 자신의 욕망과 욕구를 되비쳐 주는 거울의 역할을 하는 것은 어머니로서, 이러한 거울 비추기의 결과로 아이들은 내적 기대와 불안을 억제하는 경험을 한다. 거울 비추기가 잘될수록 자아 감각이 자발적이며 활기차고 자율적으로 발달할 수 있는 가능성이 더 커진다. 앤서니 엘리엇, 김정훈 역, 『자아란 무엇인가』, 삼인, 2007, 99~100쪽 참조.

통해 목이는 자신의 욕구와 환경의 불일치를 조절하고 이를 견디는 바탕을 얻게 된다.

두루미 아저씨는 목이에게 정서적 안정감을 줄 뿐 아니라 도덕적 규율도 가르친다.

> "노동은 사람을 품위있게 만들지만, 도둑질은 사람에게서 품위를 빼앗아 가는 거야."
>
> 두루미 아저씨는 종종 이렇게 말했다.

목이의 실질적인 양육자인 두루미 아저씨는 한쪽 다리가 성치 않음으로 인해 노동력을 상실한 상태이다. 따라서 이들이 하루의 양식을 구하는 것은 다른 사람들과 양식을 나누는 방식으로 이루어진다. 목이와 두루미는 가혹한 환경에서도 인간의 기본적인 존엄과 인격을 상실하지 않는 행동을 보여준다. 목이는 설령 굶주리게 되더라도 자신의 내적인 원칙과 도덕에 의거하여 행동하여 정당하게 자신의 배고픔을 해결하려는 태도를 보인다. 두루미 아저씨의 바가지에 담긴 음식은 풍족하지 않으나 정서적 교감을 드러내는 동시에 도덕적 규율의 근거가 된다. 두루미 아저씨는 빈곤한 환경에서도 도덕적 원칙을 강조함으로써 바가지에 담긴 음식이 내적 자부심의 원천이 되도록 훈육한다. 결핍의 환경에서 살아가는 고아소년 목이에게 '바가지'는 생존의 절대적 요소인 음식이 담기는 그릇인 동시에 정서적 교감과 도덕적 자부심의 바탕을 이룬다.

왕궁에서 먹는 잔칫날 저녁밥도 지금 자기 앞에 놓인 이 조촐한 음식보다 더 좋을 수 없다는 사실 말이다. 이것은 직접 일해서 번 음식이었다.

목이는 굶주림의 해결을 다른 사람에게 피해를 주지 않는다는 내적인 다짐을 통해 극복함으로써 자아정체성 형성의 중요한 근거를 마련하게 된다. 목이는 기본적인 욕구를 충족시키기 위하여 무리한 욕심을 부리지 않음으로써 자신을 제어한다. 이러한 목이의 노력은 내적 죄의식[4]을 바탕으로 한 것이며 이러한 내적 죄의식에 대한 성찰은 자신이 실현하고자 하는 이상적 자아에 도달하려는 노력과 맞물리는 것이다. 바가지는 성실한 노동의 기쁨과 도덕적 원칙이 내재됨으로써 자아의 존엄성과 연관된다. 바가지는 자신이 획득한 노동의 대가 이상을 바라지 않는다는 점에서 탐욕을 경계하는 목이의 심성을 보여주는 척도인 것이다.

목이는 민영감 부인이 제공한 음식을 두루미 아저씨와 나눔으로써 두루미 아저씨의 부족한 노동력으로 인한 생존의 어려움을 해소한다. 목이가 민영감 부인이 준 음식을 혼자 먹는 것에 부끄러움을 느끼고 두루미 아저씨와 나누어 먹는 모습을 통해 바가지는 생존의 도구를 넘어서 타인과의 화합을 드러낸다고 볼 수

4) 매슬로는 프로이드의 초자아 개념에서 유발된 죄의식과 내재적 죄의식을 구분한다. 내적 죄의식은 자기실현으로 가는 행로에서 이탈한 결과 생기는 것이며 이러한 내재적 죄의식은 회피해야 할 것이 아니라 자기의 잠재성을 실현하는 방향으로 성장하는데 필요한 내적 지침이라고 본다. 아브라함 H. 매슬로, 앞의 책, 2005, 368~369쪽.

있다. 어린 목이를 양육한 두루미 아저씨는 성장한 목이의 도움을 받게 된다. 목이는 일방적인 양육의 수혜자가 아니라 두루미 아저씨의 어려움을 이해하고 그를 도우려 애씀으로써 서로 도움을 주고받게 된다. 목이와 두루미 아저씨는 서로의 결핍을 이해함으로써 심리적 결속을 보인다.

생존의 도구인 바가지를 매개로 하여 목이에게 모성적 나눔을 드러내는 또 다른 존재는 민영감 부인이다.

> 하루 일을 마친 목이는 바가지를 꺼내러 가서 여느 때처럼 보자기를 풀고 밥과 반찬이 제대로 남아있는지 살폈다. 그런데 바가지가 가득 차 있었던 것이다. (…중략…)
>
> 그해 늦여름 내내 목이와 두루미 아저씨는 배불리 먹었다. 절반쯤 남긴 점심밥이 풍성한 저녁밥으로 바뀌지 않은 적이 한 번도 없었다.
>
> 그러는 대신 목이는 민영감 부인한테 답례할 길을 한참 동안 곰곰이 궁리했다. 자기가 할 수 있는 일이 거의 없다는 생각이 들자 부끄러움이 일었다.
>
> 그럼에도 목이에게는 행복한 시절이었다. 이런 고민쯤은 거의 무게를 느끼지 못할 정도였다. 찬란한 낮, 따뜻한 밤, 일할 거리, 먹을 거리가 다 채워진 시절이었던 것이다.

민영감 부인은 일하러 오는 목이에게 바가지에 담긴 식사를 제공한다. 목이는 점심을 남겨 저녁에 두루미 아저씨와 식사를 나누는데 이 사실을 알아 챈 부인이 목이가 절반 남긴 바가지를 가득 채워 준다. 가득 채워지는 '바가지'를 통해 목이와 두루미 아저씨가 끼니 걱정을 하지 않아도 좋도록 생존을 위한 자양분을 제공하는 것이다. 민영감 부인은 목이 모르게 절반 정도 남겨둔 바가지를 '풍성한 저녁밥'으로 채워 줌으로써 자애로운 나눔의 태도[5]를 드러낸다. 음식을 나눔으로써 생존에 필요한 자양분을 제공하며 보살피는 모성적 특징을 보여준 것이다. 음식뿐 아니라 민영감 부인은 목이에게 아들의 옷을 주어 추위를 막도록 함으로써 모성적 보살핌의 태도를 보인다. 목이가 노동의 대가로 받은 음식은 단순한 노동가치의 지불이라는 의미를 넘어서서 모성적 나눔의 의미를 지닌다. 목이의 바가지가 생존을 해결하는 도구라면 민영감 부인의 바가지는 자신의 모성성을 드러내는 도구인 셈이다.

부인의 눈동자는 밝고 부드러웠고, 자그마한 얼굴은 자잘한 주름으로 덮혀 있었다. 목이는 곧 눈길을 떨어뜨렸다. 버릇없어 보일까봐 걱정되었던 것이다.

'두루미 아저씨하고 눈이 비슷해.'

하고 속으로 중얼거리면서 어떤 점에서 비슷한 건지 곰곰이 생각했다.

목이가 부드러운 '부인의 눈동자'에서 두루미 아저씨의 모습을 읽어 내는 것은 부인과 두루미 아저씨가 모성적 역할을 담당

---

5) 음식을 서로 나누어 먹는 것은 사회적으로 물질적으로 단체의 생존을 보장한다. 또한 음식의 나눔은 사회관계의 민감한 지표이며 의식의 표현이기도 하다. 캐롤 M. 코니한, 김정희 역, 『음식과 몸의 인류학』, 갈무리, 2005, 42·186쪽 참조.

한다는 점에서 공통되기 때문이다. 목이는 민영감 부인에게 깊은 고마움을 느끼고 자신의 마음을 표시하려는 적극적인 행동을 보인다. 모성적 나눔을 통해 목이와 부인의 심리적 결속은 강화된다고 할 수 있다. 두루미 아저씨가 보여주던 모성적 안위와 정서적 친근함은 부인에게로 점차 이동하게 되고 두루미 아저씨가 죽은 이후 부인은 본격적으로 모성의 역할을 수행한다고 볼 수 있다.

생존을 위한 음식이 담기는 '바가지'를 통해 목이는 현재적 결핍과 욕구의 충족을 경험한다. 이는 매슬로의 이론 중 생존을 위한 기본 욕구 충족의 단계에 해당한다고 할 수 있다. 하위욕구의 단계에서 두루미 아저씨와 민영감 부인이 보여주는 모성적 나눔은 생존을 위한 기본 욕구의 충족이라는 의미를 지닌다. 이들과의 심리적 결속을 바탕으로 결핍 욕구를 충족한 목이는 보다 상위 단계인 자아존중과 미적 추구의 단계로 나아가게 된다.

2) 부성의 부재와 미적 추구로서의 그릇

두루미 아저씨가 제공하는 양육의 장소에서 얻은 정서적 안정을 바탕으로 목이는 주변사회에 대한 호기심과 탐구[6]를 드러낸다. 이는 기본 욕구의 충족을 바탕으로 사회적인 범주의 상위동기를 추구하는 것이다.

---

6) 호기심과 탐구는 안전보다 높은 수준의 욕구이며 기쁨과 안전에 대한 불안이 성장에 대한 불안과 안전에 대한 기쁨보다 클 때 앞으로 성장한다. 아브라함 H. 매슬로, 앞의 책, 2005, 148~149쪽과 174~175쪽 참조.

전근대사회는 교육과 사회적 역할의 부여가 부성[7]과 긴밀하게 연관된다는 점에서 사회적 영역에 진입한 목이는 부성의 부재와 그로 인한 자신의 한계를 절감하게 된다.

어릴 적 목이는 걸핏하면 이 이야기를 다시 해달라고 졸랐다. 아버지가 뭘 하는 사람이었는지, 어머니는 어떻게 생겼는지, 삼촌은 어디로 갔는지, 거듭해서 이야기를 듣다 보면 뭔가 새로운 게 밝혀지리라 여겼다.

'아버지가 뭘 하는 사람이었는지' 알고자 하는 목이의 질문은 혈족관계로 얻어지는 사회적 신분과 역할[8]에 대해 알고자 하는 것이다. 전근대사회에서 아버지의 역할이 삶을 보호해 줄 뿐 아니라 문화세계로 편입시켜 어른들의 사회로 통합[9]될 수 있도록 한다는 점을 고려할 때 목이가 아버지의 존재를 궁금해 하는 것은 부성의 존재와 사회적 위상[10]이 자녀의 신분에 커다란 영향을 끼치기 때문이다. 생존을 위한 기본 욕구의 충족에서 벗어나 사회적 자아존중의 단계를 추구하는 목이는 부성이 부재하는 상

---

7) 모성과 달리 부성은 생물학적 특징을 실현하거나 연장함으로써 구성되는 것이라기보다 사회적으로 받아들여지고 있는 형식을 덧입힌 것이라고 할 수 있다. 또한 자식의 일생으로 볼 때 아버지의 역할은 교육으로부터 비롯된다. 루이지 조야, 이은정 역, 『아버지란 무엇인가』, 르네상스, 2009, 44쪽.

8) (전근대 시대의) 젊은이들은 아버지의 집과 아버지의 혈통 그리고 아버지의 원칙 속에서 자신의 이미지를 발견할 수밖에 없었다. 위의 책, 298쪽.

9) 필리프 쥘리앵, 홍준기 역, 『노아의 외투』, 2000, 한길사, 58쪽.

10) 아들은 성장함에 따라 아버지와 자신을 동일시하면서 점진적으로 아버지의 직업과 아버지가 가족에게 적용하는 원칙들, 기준을 습득해 나갔고, 이를 통해 자신의 정체성을 형성했다. 루이지 조야, 앞의 책, 297쪽.

황에서 스스로 사회적 신분을 성취하고 자아실현을 이루어야 하는 과제를 안게 된다.

신분적 한계를 딛고 도자기에 대한 꿈을 지닌 목이는 민영감의 작업을 오랜 기간 엿본다. 교육과 사회적 역할을 열어줄 부성이 부재하는 목이는 도공이 되기 위한 적절한 진입 과정을 찾지 못한 채 민영감의 작업 과정을 엿볼 따름이다. 목이의 '엿보기'에는 자신이 추구하는 미적 대상인 도자기를 제작하는 도공에 대한 동경이 담겨 있다. 목이가 민영감의 작업을 엿보는 과정은 고아라는 신분을 벗어나 자신의 일을 찾아가려는 목이의 노력을 반영한다. '바가지'가 생존을 위한 그릇으로서의 의미를 지닌다면 민영감의 '도자기'는 독립적 자아를 이루기 위한 그릇이라는 상징적 의미를 내재한다. 도자기는 생존의 도구인 그릇과는 구별되며 사회적 연관 속에서 예술적 가치와 명예를 내재하는 그릇이기 때문이다.

> 이제 목이는, 불순물을 걸러내는 과정에서 첫 번째 작업과 세 번째 작업의 결과가 어떻게 다른지 느낄 수 있었다. (…중략…) 그런데 이 과정을 세 번 되풀이 하고 나서는 더 이상 별 차이를 느낄 수 없었다. 적어도 목이가 느끼기엔 그랬다. 민영감처럼 눈을 지그시 감고 숨을 죽인 채 손가락 사이로 진흙을 비비면서, 다섯 번째나 여섯 번째 작업을 거친 것이 서로 어떻게 다른지 알아내려고 목이는 안간힘을 썼다.
>
> '어르신을 대체 어떤 차이를 느끼는 걸까? 왜 나는 그걸 느끼지 못하는 걸까?' (…중략…)

이전 보다 가슴속에서 타오르는 희망의 불꽃이 한결 작아졌던 것이다. 하지만 그 밝기와 타오르는 힘은 여전했으며, 거의 매일같이 앞으로 자신이 만들 도자기를 상상하며 희망의 불꽃을 지켰다.

외면적으로 목이의 신분은 아무런 변화가 없는 듯 보이나 내적인 측면에서 목이는 차근차근 안전과 생존 위주의 하위욕구에서 도자기를 향한 미적 추구라는 상위욕구[11]를 지향하는 것이라고 볼 수 있다. 목이는 민영감을 이상적 기준으로 삼는 모방과 동일시를 통해 민영감과 같은 존재가 되고자 노력한다. 부성과의 동일시나 사회적 역할을 얻지 못한 목이에게 민영감은 부성적 영역에서 자신의 예술적 추구를 보여주는 인물이다.

목이의 열망과는 대조적으로 민영감은 목이에게 호의적이지 않으며 냉담한 태도를 보임으로써 목이가 지닌 의지를 실천하는데 있어서 장애로 작용한다. 이는 자아실현을 위한 상위욕구의 추구가 쉽사리 이루어지지 않는 것임을 드러내는 것이다. 고아라는 신분은 목이에게 결정적인 장애로 작용한다. 도공이 되는 것은 아버지에서 아들로 이어지는 관계에서나 가능하기 때문이다. 자신이 지닌 열망에도 불구하고 부성의 부재로 인하여 목이는 좌절을 겪는다.

집으로 돌아오는 길에 목이는 거의 숨을 쉴 수 없었다. 민영감의

---

11) 생존에 필요한 하위욕구가 충족되면 자아존중과 같은 상위욕구를 추구하게 된다. 상위욕구가 충족되면 하위욕구만 충족될 때보다 자아실현에 한층 근접하게 된다. 에이브러햄 매슬로, 앞의 책(2009), 156~159쪽 참조.

얘기가 거듭거듭 귓전을 울렸다.

'고아녀석…… 아버지한테서 아들로…… 내 아들이 아니란 말이다…….'

목이는 여태껏 생각해 본 적이 없던 사실 하나를 비로소 깨달았다. 다른 도공의 제자들은 모두 그들 스승과 사실상 부자지간이었던 것이다.

'그건 내 잘못이 아냐!'

목이는 그렇게 외치고 싶었다. 왔던 길을 도로 달려가서 민영감에게 소리치고 싶었다.

'어르신이 아들을 잃은 건 내 잘못이 아니고, 내가 고아인 것도 내 잘못이 아닙니다요! 왜 꼭 부자지간이어야 하냐고요? 도자기만 잘 만들면 되지, 누구네 아들이 만들었나 하는 게 그렇게 중요한 겁니까요?'

민영감은 혈연이 아니라는 이유로 목이에게 도자기 빚는 법을 가르쳐 주기를 거절한다. 고아라는 사실을 지적하는 민영감의 매몰찬 거절로 인하여 목이는 낙심하고 민영감 역시 후계자 없는 단절을 감수해야 한다. 도공인 민영감은 뛰어난 자질을 지니고 있지만 은둔과 고립을 고집함으로써 왕실에서 쓰이는 최고의 도자기를 제작할 수 있는 기회를 놓친다. 그는 고집스러우며 다른 동료들과도 소통하지 못한다. 그의 은둔과 고립은 아들을 잃었다는 사실로 인한 상실감 때문이다. 대를 이을 후손이 부재한다는 결핍으로 인하여 민영감은 왕실 도자기의 도공으로 선정되고자 하는 꿈을 지니고 있음에도 불구하고 이를 적극적으로 추진하지 못하는 한계를 지닌다. 아들에게 도공의 기능을 전수한다는 전통적인 관습에 갇힌 민영감은 혈연으로 한정된 좁은 의미의 부성에 사로잡혀 상실감을 극복하지 못하며 후계자도 얻지 못한다.

> 민영감의 도자기를 자기가 송도로 가져가겠다고 청한 것, 그것이 경솔한 짓이 아니었다고 믿는 마음만 전보다 더해 갔다. 예정대로 그 일을 떠맡을 생각이었다. (…중략…)
>
> '손으로 빚는 작업', 목이는 그것도 생각해 봤다. 도자기를 만드는 방법은 한 가지만이 아니었다. (…중략…) 며칠 만에 처음으로 씽긋 웃으면서 목이는 꽃잎을 도로 뭉개어 한 줌 진흙과 섞었다. 두루미 아저씨의 말대로, 문을 닫았던 바람에 또 다른 문 하나가 막 열렸던 것이다.

목이는 자신이 도공이 될 수 없다는 사실에 절망하지만 난관을 극복하려 애쓴다. 물레를 돌려 도자기를 빚는 방법을 전수받지 못하게 되자 손을 통해 빚는 광경은 도자기를 향한 희망을 포기하지 않는다는 의지를 보여주는 것이다. 자신을 둘러싼 결핍 상황에 얽매이지 않는 목이는 자아실현을 향하여 강한 동기를 지니고 노력한다. 도자기를 향한 열정을 포기하지 않는 목이는 감도관에게 가져갈 도자기 운반을 자처하고 이를 통해 목이와 민영감은 전환점을 가지게 된다. 도자기를 운반하는 일은 도자기에 대한 목이의 열망과 성취 욕구에서 기인한다. 목이가 지닌 내적 동기는 신분의 제약을 벗어날 수 있는 전환적 기회를 제공하며 민영감 역시 왕실 도자기를 제작하는 영예를 얻게 된다. 목이는 고통과 모험을 감수하고 도자기를 송도로 운반하여 왕실도자기로 선정될 수 있도록 함으로써 자신의 능력을 입증한다. 도자기를 향한 목이의 성취동기는 민영감의 아집으로 인한 난관에 해결책을 제시하는 것이라고 할 수 있다.

목이가 자신의 소망을 이루게 된 요인 중의 하나는 확장된 부성의 원리를 보여주는 감도관의 역할이라고 볼 수 있다. 유교적인 국가 개념에서 국가나 왕실은 확장된 가부장의 개념으로 간주되었다. 국가와 왕실이 지닌 질서와 규율을 집행하는 감도관은 확장된 부성의 원리를 구현한다고 볼 수 있다. 감도관은 목이의 성장 동기를 방해하는 폭력과 대척적인 자리에서 질서의 회복에 기여한다. 목이가 만난 강도는 기아와 폭력에 물든 사회의 어두운 면을 압축적으로 드러낸다. 감도관은 폭력에 고통받는 목이의 내적 동요를 제거하고 손상당한 도자기의 가치와 송도까지 온 목이의 노력을 인정함으로써 이성적 판단과 규율의 세계를 보여준다. 감도관은 예술적 가치를 보존하는데 기여하는 동시에 쉴 곳과 돌아갈 배편을 정해주어 목이가 다시 질서의 영역으로 회복해 들어갈 수 있도록 한다. 확장된 부성의 원리를 구현하는 감도관의 배려에 힘입어 목이는 부성의 부재를 극복하고 자아실현을 이룰 수 있는 기회를 얻게 된다. 민영감이 개인적 차원에서 부성의 존재를 보여준다면 감도관은 도자기의 존재 가치를 인정하고 훼손된 사회적 질서를 재구축함으로써 보다 넓은 의미에서 부성적 원리를 상징하는 인물이다.

바가지가 결핍을 충족시키려는 하위욕구를 상징하는 그릇이라면 도자기는 자아실현의 상위욕구를 상징하는 그릇이다. 미적 추구의 대상인 도자기 제작에 이르기 위하여서는 부성의 부재와 이의 극복이 중심 과제가 되는데 이는 목이가 지닌 자아실현을 위한 성취 동기와 감도관이 보여주는 확장된 부성원리에 의하여 극복의 길이 열린다.

3) 융합과 승화로서의 도자기와 자아실현 욕구

목이가 민영감의 냉대에도 불구하고 도자기 운반을 자청하는 것은 도자기에 대한 열망에서 기인한다. 목이에게 도자기는 도공으로서의 자아실현을 가능케 하는 매개체인 동시에 그자체로 완전한 아름다움을 지닌 미적 추구의 대상이다. 민영감의 도자기가 왕실도자기로 선정되는 것은 단지 민영감의 영예에 그치는 것이 아니라 도자기 제작에 열정을 지녀 온 자신에게도 보람된 일이다. 송도를 향하는 길은 자신의 능력을 입증하여 성과를 이룰 수 있는 계기를 제공하는 공간이지만 동시에 모험에 따른 위험이 도사린 공간이기도 하다. 매슬로는 성장이라는 상위욕구의 단계는 보상뿐 아니라 많은 내재적 고통을 수반하며 내적 용기가 필요한 과정으로 본다.[12] 송도를 향한 길은 성장을 향한 도정이지만 그 과정에서 강도라는 폭력적 장애물을 만난 목이는 고통을 겪는다. 강도들은 목이를 저항할 수 없는 무기력 상태로 만들어 놓음으로써 자아의 적극적 의지를 훼손하고 목이의 도전에 중요한 열쇠를 쥐고 있는 도자기를 파손함으로써 목이를 절

12) 아브라함 H. 매슬로, 앞의 책(2005), 384~385쪽.

망에 빠뜨린다.

굶주린 이들은 목이가 가진 것을 약탈함으로써 굶주림을 해결하려 하는데 이 점에서 성실한 노동의 대가에 자긍심을 느끼는 목이와 대척점에 선다. 도덕적 가치를 아랑곳하지 않는 굶주린 강도들이 목이의 신체를 압박하는 장면은 목이가 줄곧 견지해왔던 적극적 의지와 행위가 타인에 의해 폭력적으로 손상당함을 의미하는 것이다. 강도들에게 의하여 깨어진 것은 단지 도자기뿐 아니라 목이의 꿈과 미래이기도 하다.

이 소설에서 목이는 도자기가 깨어지는 경험을 두 번 겪는데 한번은 민영감의 작업을 엿보던 중 발생한다.

> 바닥에 떨어져 볼썽사나운 도자기 상자를 민영감이 손으로 가리켰다. "그만 돌아가거라. 너한테 망가뜨린 것을 물어내라고 해봤자 무슨 소용이 있겠느냐." 목이가 천천히 자리에서 일어났다. 부끄러움으로 가슴이 뜨겁게 달아올랐다. 사실 망가진 상자를 변상할 엄두가 안 났다. (…중략…)
>
> "어르신! 아니, 선생님! 제 탓이니 제가 일을 도와드리면 어떨까요? 제가 도와드리면 시간을 조금이라도 아낄 수 있을 텐데요……."

목이는 민영감의 도자기 작업 광경을 몰래 엿보다가 도자기 상자를 깨뜨리고 만다. 목이는 자신의 잘못을 만회하기 위해 민영감의 일을 도와주기로 한다. 목이는 자신의 행동에 책임을 느끼고 민영감이 입게 된 손실을 보상하려 하며 이는 도자기 제작에 보다 근접하게 되는 계기가 된다. 깨어짐은 그 자체로는 위기 상황이며 주인공은 일정한 시련과 고난을 겪게 되지만 또 다른 단계로 도약하는 계기를 제공한다. 목이는 남들이 업신여기는 고아의 처지이긴 하지만 절대로 도둑질을 하거나 남의 것을 탐하지 않았음을 입증하기 위해 노력함으로써 자아의 위상을 재정립한다.

송도로 가는 도중 강도들에 의하여 도자기가 깨어지는 상황은 이전보다 크나큰 절망을 불러일으킨다. 목이는 절망감에 사로잡혀 죽음을 떠올린다.

> 바로 그때 두루미 아저씨의 목소리가 또렷이 들려왔다. 목이는 놀란 얼굴로 돌아섰다.
>
> '죽음 속으로 뛰어드는 것이 진정한 용기를 보여 주는 유일한 길은 아냐.'
>
> 그곳엔 아무도 없었다. 목이는 부끄러움을 느끼며 절벽 끝에서 물러섰다. 아저씨의 얘기가 옳다고 생각했다. 민영감의 얼굴을 제대로 바라보기 위해선 훨씬 더 큰 용기가 필요할 게 분명했다.

산산조각이 난 도자기를 보며 절망에 사로잡힌 목이는 어디선가 들리는 두루미 아저씨의 목소리를 통해 자신이 해야 할 일을 보다 넓은 시각에서 판단하기 시작한다. 목이가 들은 두루미 아저씨의 목소리는 내면에서 울리는 심층적 자아의 목소리이다. 심층적 자아의 목소리를 인지한[13] 목이는 위기 상황에 처하여

13) 심층적 자기를 인정하고 수용하면서 세상의 본질을 용감하게 지각할 수 있게 된다. 위의 책, 290쪽.

적절한 판단을 내리지 못하는 혼동스러운 순간을 벗어나 자신의 역할을 자각하기 시작한다. 절벽에 발을 내디디며 죽음을 향하여 다가서는 자아는 위기 상황에서 도피하고자 하는 무기력하고 허약한 내면을 드러낸다. 반면 심층적 자아의 목소리는 용기와 책임을 일깨우며 이러한 목소리의 진실에 수긍하는 목이는 자신의 실패를 인정하고 실패에 따른 손실을 보충하기 위하여 전력을 다한다.

감도관에게 보여야 할 꽃병이 강도들에 의해 산산조각 나면서 도자기로서의 가치는 수명을 다하게 된다. 꽃병으로서 일종의 죽음이며 존재의 종말이라고 할 수 있다. 이러한 꽃병의 상징적인 죽음이 일어난 곳은 낙화암이다. 낙화암은 적병의 무력을 피해 궁녀들이 '수천송이 꽃잎'처럼 떨어져 내린 죽음의 장소이기도 하다. 궁녀의 죽음과 도자기의 죽음이 일어난 낙화암은 장소의 일치뿐 아니라 죽음의 의미에 있어서 상징적 공유를 보여준다. 궁녀와 꽃병 즉 도자기는 난폭한 외부의 폭력에 저항할 힘을 지니지 못한다는 점과 이 둘 모두 아름다움을 드러내는 존재라는 점에서 동일한 의미망을 지닌다. 아름다운 동시에 연약한 두 존재는 각각 전쟁과 강도라는 외부의 폭력에 의하여 생명력을 잃게 된다. 그러나 역설적으로 죽음은 이들의 가치를 영원히 빛나게 하는 계기가 된다. 궁녀들의 행동은 폭력에 굴복하기 보다는 '꽃이 떨어지는 것 같은' 아름다운 죽음을 택한 것으로 후대에 전승된다. 궁녀들의 죽음은 헛된 것이 아니며 '그 이후로 용기가 필요한 사람들 모두에게 힘이 되어' 주는 이야기로 '사람들의 기억 속에 살아남게' 되며 목이의 가슴속에 깊은 인상을 남긴다.

도자기 역시 산산조각이 났지만 '여전히 맑고 깨끗한 빛을 띠고' 있다. 도자기로서의 생명력을 다하였음에도 불구하고 사금파리 조각이 지닌 아름다운 광채는 감도관의 마음을 움직이며 이에 따라 왕실 도자기로 제작되어 다시금 완전한 아름다움을 보여주게 될 길을 연다. 존재의 종말이 존재의 의미를 영원히 되새기기도록 하는 역설은 '궁녀'와 '도자기'에 공통되는 것으로 이 둘은 죽음을 승화시킨 영원성의 획득이라는 공통된 의미를 지닌다.

궁녀들의 죽음과 도자기의 깨어짐은 죽음을 승화시킨 영원한 가치로 재생된다. 목이는 불완전하고 덧없는 삶과 대척점에 서는 영원성을 내재한 도자기의 제작을 꿈꾼다.

> 꽃병의 부드러운 곡선과 신비로운 푸른 빛, 그리고 이에 어우러지는 잔가지의 날카로움과 가벼운 꽃 속에서 뚜렷하게 드러나는 검은 빛……. 그것은 한 인간의 작품이자 자연의 작품이었다. 지상의 진흙과 하늘의 나뭇가지가 어우러진 작품이다. (…중략…)
>
> 완전한 아름다움을 이룬 매화 가지가 꽂힌 꽃병, 바로 그 꽃병을 만들고 싶은 열망이 되살아났다. 이전보다 한층 강렬한 바람이었다. 실제로 바람이 이루어질 가능성이 높아졌기 때문이었다.

이 작품은 도자기를 빚기까지의 길고 어려운 과정을 상세히 묘사한다. 가마에 들어갈 나무를 준비하는 과정과 도자기 흙을 고르는 섬세한 과정과 상감을 하는 과정을 보여준다. 이러한 도자기는 흙과 불 그리고 인간의 노력이 융합된 존재이다. 목이가 고단하게 나무를 하러 다니는 부분이 도자기를 굽기 위한 불을 준비하는 과정을 드러낸다면 흙은 도자기를 구성하는 중심 요소로서 섬세하고도 지난한 과정을 거쳐 도자기가 빚어짐을 보여준다. 물레를 돌려 도자기를 빚는 과정과 상감 작업을 거쳐 하나의 도자기로 완성되기까지의 도공이 기울이는 정성은 인간의 노력을 보여주는 한 축이라고 할 수 있다. 도자기는 천상의 빛과 지상의 흙과 불, 인간의 솜씨가 절묘하게 융합[14]된 예술적 가치의 생성이자 영원성을 담은 예술적 승화의 상징이다.[15] 인간과 불과 흙이 융합되어 탄생한 도자기는 죽음을 승화시킨 미적 가치를 지닌 존재이다. 도자기는 인간이 만들었지만 자연과 융합된 존재라는 점에서 자연과 인간을 초월한 영원성을 지닌다. 텍스트 내에서는 목이의 노력에 의하여 도자기가 존재의 허무함을 넘어서 영원한 가치를 지니는 것으로 묘사되며 텍스트 밖에서는 수 백년의 시간을 넘어선 오늘날까지도 변함없는 아름다움을 지닌 고려청자에 의하여 영원성이 구현되고 있다.[16]

---

14) 칼 구스타프 융에 의하면, 융합은 대극적인 요소의 합일로서 이들의 결합은 존재의 변환을 유발하게 된다. 칼 구스타프 융, 융저작 번역위원회 역, 『연금술에서 본 구원의 관념』, 솔, 2004, 15~21쪽 참조.

15) 노이만에 의하면, 변환의 상징이자 도구인 불의 사용과 함께 그릇 또한 변환을 거친다. 여기에서 도자기가 기원하며, 도자기는 그릇의 상징적 속성을 내재한 채 불을 통해 전환된 그릇이라고 볼 수 있다. 노이만, 앞의 책, 461·526쪽 참조.

16) 작가 후기에 의하면, 목이가 민영감의 후계자로 인정받으며 얻게 되는 새 이름인 '형필'은 고려청자 보존에 기여한 간송 전형필에 대한 경의를 담아서 작명한 것이라고 밝히고 있다. 따라서 소설 텍스트 내에서 형필이라는 이름은 도자기 제작을 열망하는 소년의 꿈을 함축한 것이며 텍스트 밖에서는 고려청자의 아름다움을 현재까지 감상할 수 있도록 기여한 간송 전형필의 존재와 겹치게 된다. 즉 형필이라는 존재는 청자를 제작하고 이것을 보존하는데 기여했다는 소설적 허구와 역사적 사실이 동시에 성립하게 된다. '형필'을 통해 청자의 제작과 보존이 이루어짐으로써 청자의 예술성이 오늘날까지 이를 수 있다는 점을 작가는 일깨우고 있다.

도자기에 대한 열망은 인간과 자연이 융합된 완전한 아름다움에 대한 추구와 통한다. 목이의 열망은 고아 신분의 한계를 딛고 죽음으로 한정된 존재의 속박을 승화시킨 예술에 대한 갈망과 맞닿아 있다. 도자기에 응축된 융합과 승화의 과정은 목이가 가혹한 환경을 딛고 자아실현을 이루기까지의 원동력이라고 할 수 있다.

3. 융합과 승화의 예술적 완성

『사금파리 한 조각』은 결핍의 충족을 상징하는 그릇에서 출발하여 융합과 승화를 통해 예술적 완전성을 상징하는 도자기를 열망함으로써 고아의 신분에서 벗어나 자아실현을 추구하는 한 소년의 성장을 그리고 있다.

이 소설에서 그릇은 목이의 현재적 결핍과 미래적 지향점을 분명하게 드러내는 상징적 의미를 담고 있다. '바가지'가 생존을 위한 그릇으로서 결핍을 충족하려는 하위욕구를 상징한다면 민 영감의 '도자기'는 자아실현을 이루기 위한 그릇이라는 상징적 의미를 내재한다. 생존의 절박함을 담고 있는 그릇인 바가지는 단순히 배고픔을 채우는 도구가 아니라 내적 자부심과 도덕적 원칙을 형성하는 매개체가 되기도 한다. 탐욕을 배제하고 성실한 노동의 가치를 담는 바가지를 통해 그릇이 지닌 의미는 보다 심화된다고 할 수 있다.

도자기는 생존의 도구와는 달리 상승된 미적 욕구를 반영한 그릇이며 인간과 흙과 불이 융합된 예술품이다. 또한 도자기는 죽음을 승화시킨 상징적 존재로 자리매김 된다. 길고 고단한 융합과 승화의 과정을 통해 완성된 도자기의 영원성은 『사금파리 한 조각』의 주인공이 지향하는 중심적 가치라고 할 수 있다.

이 소설에서 주인공이 상위욕구를 추구하는 과정에서 주변 인물과 형성하는 심리적 조화와 상호보완에 주목할 수 있다. 목이는 자신을 길러준 두루미 아저씨는 물론 민영감 부인과 모성적 나눔을 통해 안정된 심리적 기반 위에서 자아실현을 꿈꿀 수 있게 된다. 두루미 아저씨가 보여주는 여유로운 안정감과 도덕률 그리고 민영감 부인이 보여준 자애로움은 목이의 내면에 수용되어 목이가 어려움에 처할 때마다 이를 극복하는 바탕이 되어준다. 또한 민영감과 목이는 서로의 결여를 보완함으로써 각기 긍정적인 결과를 얻는다. 도자기라는 공통의 구심점을 통해 상호보완 관계를 이룸으로써 민영감은 왕실도공이라는 영예를 얻으며 목이는 고아 신분을 벗어나 가족을 얻게 되고 도공으로서의 자아실현을 이루게 된다.

『사금파리 한 조각』은 예술적 소재와 더불어 자아실현을 위해 노력하는 주인공의 내적 단계를 섬세하게 제시함으로써 청소년 문학의 깊이와 품격을 드러낸 작품이라고 평가할 수 있다. 주인공 목이는 도공이 되기 위하여 자신의 신분적 한계를 극복하고 모험적인 성취를 이루어냄으로써 자신이 지닌 내적 동기와 능력을 입증한다. 이 소설은 세습적인 신분제 사회에서 개인이 자신의 능력으로 거둘 수 있는 자아실현의 성취를 보여주며 이러한 성취는 단순히 세속적인 상승이 아닌 융합과 승화를 통한 예술적 영원성을 지향한다는 점에서 의미 깊다.

작가는 『사금파리 한 조각』을 통해 과거의 재현과 동시에 과거 넘어서기를 충실히 보여준다. 역사적 사실에 근거한 고려시대 도공의 삶과 도자기가 과거의 재현에 해당한다면 주인공이 신분의 억압을 넘어서 도자기를 제작하는 꿈을 이루게 되는 과정은 과거를 넘어서서 보편적이고 절박한 청소년기의 자아실현 욕구와 맞닿아 있기 때문이다. 주인공의 노력은 단지 자신의 입신을 추구하기보다는 주위 인물과의 융합을 지향하며 자신의 결핍을 예술적으로 승화시킨다는 점에서 주목할 만하다. 주인공이 억압적 요소를 극복하는 과정에서 이 작품이 지닌 성찰의 깊이가 드러나며 이는 시공간을 초월하여 청소년 독자들의 정체성 형성에 영향을 주게 된다. 목이는 도공이 됨으로써 자신의 소원을 성취하게 되었으나 인간과 자연이 융합된 도자기를 제작하려는 원대한 꿈을 지니고 새로운 도정을 시작한다. 예술적 영원성을 내재한 도자기를 제작하려는 염원으로 마무리되는 소설의 결말은 도공의 꿈을 이룬 목이의 성취가 완성된 것이 아니라 미래를 향하여 열린 진행형임을 보여주는 것이다.

『사금파리 한 조각』의 문학적 성취는 예술성을 내재한 도자기를 자아실현의 중심 소재로 설정함으로서 더욱 분명하게 드러난다. 또한 자아성취를 위하여 끊임없이 노력하는 진행형의 결말은 작품과 독자를 이어주는 긴장되고 역동적인 관계망을 형성하며 작품의 의미를 더욱 심원하게 전달하는 데에 기여한다.

문학은 영화와 어떻게 만나는가

—동화 『북극으로 가는 기차』와 영화 〈폴라 익스프레스〉

1. 문학에서 영화로

이 글은 동화 『북극으로 가는 기차』와 이 동화를 기반으로 하여 영화로 제작된 〈폴라 익스프레스〉의 주제와 표현 양식을 살펴봄으로써 동일한 내용을 근간으로 하는 두 장르의 작품이 책과 영화라는 매체의 차이에 의하여 어떠한 변화를 지니는가를 알아보는 것이 연구의 목적이다. 원작의 완성도와 별개로 후에 제작된 작품의 표현 양상과 기법은 상당한 차이가 존재할 수밖에 없다. 동일한 내용에 기반한 작품이라 할지라도 영화 제작이라는 또 다른 창작을 거쳐 생성된 두 작품 간의 표현 양상과 내용 전개방식의 차이는 작품의 완성도와 주제 전달에 심대한 영향을 끼치게 된다.

이 글은 동화로서 널리 읽혀진 원작을 바탕으로 삼은 영화가 독자적 작품으로서의 특징을 지니는 근거가 되는 감각적 표출과 상상력의 변이 양상을 분석하고자 한다. 두 작품의 정밀한 분석을 토대로 하여 두 작품이 공유하는 주제인 환상성의 특성을 살펴보며 공통적으로 드러나는 정서적 핵심인 유년기적 소망과 성취를 형상화하는 방식을 고찰해보고자 한다. 동시에 두 작품이 현저히 다른 방식으로 접근하는 공간적 배치 구조와 감각적 인식의 차이를 추출하고 그 의미를 검토할 것이다. 이를 통해 문학을 근간으로 하여 제작되는 영화와 문학의 상호연관과 차별성을 확인할 수 있으며 문학작품과 영화가 각기 독자적인 표현 양식을 통해 주제를 전달하는 과정을 고찰할 수 있을 것으로 판단된다.

이 글의 분석은 크리스 반 알스버그(Chris Van Allsburg)의 『*Polar Express*』를 프뢰벨출판사에서 출판한 신지식 번역의 『북극으로 가는 기차』와 2004년 제작되어 국내에서 상영된 로버트 제메키스(Robert Zemeckis) 감독의 영화 〈폴라 익스프레스(Polar Express)〉를 대상으로 한다.

2. 문학과 영화의 공유와 변이

1) 문학적 기반과 영화적 공유

영화 〈폴라 익스프레스〉는 동화 『북극으로 가는 기차』를 근간으로 하여 제작[1])되었으므로 전체적인 줄거리를 공유하고 있다. 이를 정리하면 다음과 같다.

① 성탄 전날 밤 주인공 '나'를 비롯한 소년소녀는 북극행 기차를 타게 된다.
② 기차는 어두운 숲과 높은 산을 지나 북극에 도착한다.
③ 북극에 도착하여 산타와 선물 요정을 만난다.
④ 주인공은 성탄절 선물로 산타의 썰매에 달린 은방울을 소원하고 이를 얻는다.
⑤ 돌아오는 기차 안에서 옷에 난 구멍으로 인해 은방울을 잃어버렸음을 알게 된다.
⑥ 쓸쓸하게 기차의 차장과 인사를 나누고 집으로 돌아온 '나'는 은방울이 산타의 선물로 돌아왔음을 알게 된다.
⑦ 세월이 흐른 후 더 이상 은방울소리를 들을 수 없게 되지만 여전히 은방울소리는 귓가에 울린다.

(1) 환상성

동화 『북극으로 가는 기차』와 영화 〈폴라 익스프레스〉에서 공통적으로 강조되는 것은 환상성의 체험이다. 두 작품에서 환상성이 주목되는 것은 환상적 공간의 체험을 통해 현실의 결여를 보완하고자 하는 시도를 보여주기 때문이다. 두 작품은 실재공간과 환상공간을 넘나들며 완고한 현실에 대한 통찰적 시선을 드러낸다. 문학에서 환상은 현실적으로는 부재하지만 심리적으로 실재하는 욕망이 가시화되는 지점에서 발생한다.[2] 동화 『북극으로

1) 영화는 동화의 제목과 줄거리뿐만 아니라 동화의 그림을 그대로 차용한 화면 구성을 보여줌으로써 동화를 근간으로 제작되었음을 보여준다.

가는 기차』와 영화 〈폴라 익스프레스〉의 환상이 발현되는 지점은 산타의 존재에 대한 갈망이다. 성탄절은 지루하게 반복되는 일상을 넘어서는 축제의 시간이다. 축제의 핵심적 인물인 '산타 할아버지'를 기다리는 아이들의 내면에는 일상을 넘어선 소망의 충족에 대한 기대가 어려 있다. 산타 할아버지의 존재 여부는 아이들의 소망과 그 충족을 둘러싼 문제인데 일상에서 접하는 산타는 모조이거나 대역에 불과하다. 진정한 산타를 희구하는 아이들에게 산타의 존재는 '현존하는 부재인 동시에 실재하지 않는 실체'[3]인 것이다. 산타가 허구의 존재라는 일상 세계의 판단을 뒤집고 위반하는 데서 두 작품이 추구하는 환상의 효용이 발생한다. 환상성을 빌어 현실의 억압과 결여를 넘어서고자 하고[4] 실재적인 것과 상상 사이에 자리하여 그 불확정성을 통해 실재와 상상 사이의 관계를 변화[5]시키는 것이 환상의 양식이라고 할 때 『북극으로 가는 기차』와 〈폴라 익스프레스〉는 실재 세계의 결여를 환상 세계를 통해 보충하고 변화시킨다. 환상공간에서 아이들은 현실에서 부재하는 산타의 존재를 확인하고 선물까지 받음으로써 내면의 덕목과 진실성을 보증받기 때문이다.

산타의 선물은 무상으로 획득된 물질이 아니라 그 선물에 상

---

2) 최기숙, 『환상』, 연세대학교 출판부, 2003, 4~5쪽 참고.

3) 환상적인 것의 상상적 세계는 전적으로 실재적인 것도 비실재적인 것도 아니며 그 둘 사이의 어딘가에 불확정적으로 위치함으로써 구조적이고 의미론적인 자질을 규정한다고 본다. 로지 잭슨, 서강여성문학연구회 역, 『환상성』, 문학동네, 2001, 31~32쪽 참조.

4) 최기숙, 앞의 책, 5쪽.

5) 로지 잭슨, 앞의 책, 52쪽.

응하는 덕목을 지녀야 한다는 점에서 의미 있다. 동화 『북극으로 가는 기차』와 영화 〈폴라 익스프레스〉에서 산타의 선물은 관습화되고 상업적인 선물과는 구분되며 산타와의 대면은 내면의 진실성과 연관된다. 그러므로 산타의 부재는 현실 삶을 풍요하게 해주는 덕목들의 부재인 것이다. 산타의 재현 또는 산타의 현재화를 통해 아이들이 추구하는 것은 단순한 호기심의 충족이나 선물에 의한 물질적 보상이 아니라 성탄절이 내재한 본연의 의미에 대한 일깨움이며 현실 삶에서 은폐된 덕목의 부활이다. 현실에서는 간과되거나 왜곡되었던 성탄절의 의미, 내면의 진실됨과 그에 따른 보상, 가족애나 우정과 같은 덕목들과 잊혀진 소망들이 산타를 둘러싸고 복원되는 것이다. 따라서 아이들이 기다리는 산타의 도래에는 상실된 덕목들의 복원과 실현이 내재되어 있다.

환상공간을 여행하는 것은 현실공간이 은폐한 덕목을 부활시키고 결핍감을 충족하는 적극적인 실천의 행위이다. 영화 〈폴라 익스프레스〉의 빌리의 예에서 볼 수 있듯이 그는 산타를 인정하지 않으며 또래의 소년과 교류하지도 않는다. 이 소년은 실재 세계의 황폐함으로 인해서 축제의 의미를 부정하며 나아가 환상세계를 부정한다. 실재 세계의 부정성이 환상공간을 접한 소년의 심리적 대응에도 영향을 끼치는 것이다. 가족애와 공동체적 결속, 성탄의 의미 등을 경험하지 못한 빌리는 축제가 주는 즐거움에 동참하지 못한다. 그러한 빌리를 변화시킨 것은 환상공간의 체험이다. 실재공간에서는 주어지지 않았던 선물이 환상공간에는 존재함으로써 빌리의 결핍감을 충족시킨다. 또한 환상공간에서 출발한 선물이 실재공간에서도 여전히 존재한다는 경이와 충족감은 빌리의 내면을 변화시킨다. 빌리의 삶에서 결여되었고 억압되었던 욕망은 환상 세계를 통해 충족된다. 환상공간의 여행을 통해 현실의 불신을 해소하고 가족애나 우정과 같은 소중한 덕목의 부활을 가져오게 되는 것이다.

동화 『북극으로 가는 기차』와 영화 〈폴라 익스프레스〉에서 나타나는 환상성의 또 다른 특징은 시공간의 법칙을 위반하고 실재와 환상의 경계를 허문다는 점이다. 북극을 향한 여행의 과정에서 실재 세계를 지배하는 시공간의 법칙은 깨어진다. 하루 밤이라는 짧은 시간 만에 북극을 다녀올 수 있다는 것과 사람이 거주하지 않는 것으로 알려진 북극에 산타를 비롯한 선물 공장, 요정들이 존재한다는 점에서 실재 세계의 법칙은 전복되거나 위반[6]되고 이에 따라 환상성은 배가된다. 이러한 전복과 위반을 통해 소년소녀들이 경험하는 경이감은 환상성의 중요한 요소가 된다. 실재공간의 법칙을 위반하는 환상공간의 체험을 통해 경험의 범주는 확대되며 현실과 환상의 경계는 해체된다. 일상을 넘어서는 공간의 경험은 환상성의 중요한 지표로 작용하며 환상의 경이감과 긴장감을 획득하는 중요한 요소가 된다.

두 작품에서 환상성은 상실되거나 망각된 소중한 가치의 회복이라는 과정을 보여줌으로써 독자와 관객들에게 환상공간에 대

6) 요한나 루스는 환상은 실재적인 것과 충돌하고 그것을 위반하기 때문에 환상이 된다는 점에서 부정적 가정을 구현하며 실재 세계는 부정의 방식으로 나타난다고 본다. 로지 잭슨에 의하면 환상성은 실재적 세계가 다시 위치지어지고 그 축이 해체되고 왜곡됨으로써 시간적 공간적 구조들이 붕괴됨을 보여준다. 위의 책, 34~36쪽 참조.

한 가치와 신뢰감을 부여한다. 성탄절이라는 축제의 본래적 의미의 회복과 닫힌 현실을 개방하는 환상공간의 경이감, 내면의 진실성 발견이 환상성의 핵심이며 이것이 동화 『북극으로 가는 기차』와 영화 〈폴라 익스프레스〉를 관통하는 주제인 것이다.

(2) 경계에 선 유년기와 소망의 성취

동화 『북극으로 가는 기차』와 영화 〈폴라 익스프레스〉에서 실재공간에서 환상공간으로 넘어가는 주인공은 아이들이다. 아이들은 경험적 원칙에 갇힌 어른과 달리 현실과 환상의 경계공간에 위치한다. 경계공간에 위치한다는 것은 현실과 환상공간을 모두 경험할 수 있다는 것을 의미한다. 환상공간이라는 낯선 세계는 현실의 규율이나 억압, 은폐를 벗어나 개방적이고 다층적인 경험을 통해 심리적 깊이를 얻을 수 있는 기회로 작용한다. 아이들은 환상공간을 빌어 현실의 취약점을 비판하고, 자유로운 상상력을 빌어 개방된 경험을 할 수 있게 된다. 아이들은 환상공간을 체험하는 주체이며 어른들보다 심리적인 우위를 점하고 있다. 소년의 부모는 은방울소리를 듣지 못하는 존재로서 아이들이 경험할 수 있는 세계를 이해하지 못하고 은방울이 망가진 것으로 간주함으로써 아이들이 향유하는 감각적 경험과 분리된다. 산타의 존재를 믿는 아이들의 눈에 비친 어른들의 세계는 합리성을 가장하고 있지만 고루하고 답답하며 중요한 것을 듣지 못하는 존재이다.[7] 그러므로 산타를 믿는 아이들과 산타를 의심하는 어른들은 감각적 체험을 공유하지 못한다. 아이들이 경계에

선 존재로서 환상공간을 긍정하는 존재라면 산타 할아버지는 환상공간과 현실공간을 오가며 영향을 주는 경계해체적 인물이라고 할 수 있다. 환상공간에서 은방울을 선물로 준 산타는 소년의 실수로 잃어버린 은방울을 실재공간에서 되찾아준다. 환상공간에서 받은 은방울은 실재공간에서 재확인됨으로써 산타의 존재를 입증하는 연결고리가 되며 이는 환상공간과 실재공간을 넘나드는 산타의 영역을 드러내는 것이다. 은방울을 통해 환상공간 속의 존재였던 산타는 현실 삶에도 영향력을 미치는 것으로 나타나면서 아이들의 믿음은 보다 강화된다.

아이들은 실재 세계에는 부재하지만 어딘가에 존재한다고 여겨지는 산타를 만나기 위하여 기차에 올라탄다. 기차에 오르는 것은 수동적인 휩쓸림이 아니라 적극적인 선택의 결과이다. 『북극으로 가는 기차』에서 소년은 산타가 있는 북극으로 향한다는 점을 확인한 후 기차에 오르며 동승한 소년소녀들과 흥겹게 어울린다. 영화 〈폴라 익스프레스〉에서 선택의 과정은 보다 극화되어 나타난다. 망설임 끝에 주인공은 결국 기차에 올라타기로 결정하고 이후에 또 다른 소년 빌리의 승차를 도와주기까지 한다. 이러한 적극적인 선택은 환상 세계를 다룬 다른 작품[8]에서 환상 세계로 진입하는 수동적인 방법과 비교할 때 자신의 선택

7) 판타지라는 장르의 이론을 보다 구체화시킨 루치아 빈더(Lucia Binder)에 의하면 판타지에서 어린이의 세계가 어른의 세계보다 우위에 있으며 어른 세계의 삶은 지루하고 우스꽝스러울 정도로 합리적이다. 김서정, 『멋진 판타지』, 굴렁쇠, 2002, 181쪽.

8) 환상공간으로의 이동을 다룬 동화 『오즈의 마법사』에서 도로시는 예기치 않은 회오리바람에 의하여 환상의 공간에 진입하며, 『이상한 나라의 앨리스』의 주인공 역시 수동적으로 환상적 공간에 진입한다.

을 보다 명확히 드러내는 것이라고 볼 수 있다. 북극으로 가는 기차를 선택하는 소년소녀들의 행동은 자신의 주체적 의지가 두드러진다는 점에서 눈여겨 볼만하다. 적극적인 선택은 탐색의 목표와 의지가 분명하다는 점에서 현실의 불완전성을 극복하려는 의지의 투영이라고 해석할 수 있다. 기차에 올라타고 현실공간을 떠나 환상 세계에 진입하게 됨으로써 소년소녀들은 내면에 억압되었던 의지나 감정들을 일깨우게 되고 자신의 다른 모습을 발견하게 된다. 소년소녀들은 용감하게 의지적 추구를 감행하며 그 결과로 받은 것이 은방울이다. 여기에서 일상적인 선물의 의미는 전복된다. 선물은 어른들이 아이들에게 주는 것이 아니라 아이들이 자신의 믿음과 자발적 행위를 통해 획득한 것이다. 산타로부터 받은 선물은 아이들이 수동적인 존재로서 그저 받은 것이 아니라 능동적으로 획득했다는 점에서 의미 있다. 특히 은방울이 어른들이 아닌 아이들에게만 의미를 지니는 선물이라는 점은 모험에 따른 성취를 강조한 것이다.

경계를 해체하는 소년소녀의 도전과 성취에 기여하는 주요 동력은 기차에서 발원한다. 기차는 동화 『북극으로 가는 기차』와 영화 〈폴라 익스프레스〉의 주요한 사건이 벌어지는 공간이자 현실적인 시공간의 한계를 넘어서서 북극 여행을 가능케 하는 매개체이다. 거대한 위용으로 동화의 그림이나 영화의 장면에 묘사된 기차는 독자와 관객을 압도하며 현실과 환상의 경계를 해체하는 소통의 수단으로 기능한다. 성탄절을 둘러싼 어른들의 활기가 상업적이고 관습화된 것인데 비하여 소년들의 활력은 진실을 찾아나서는 모험으로 연계된다. 따라서 소년소녀의 내적인 활력을 대변해주고 이끌어 갈 동력이 필요한데 이 중심축 역할을 해주는 것이 바로 기차이다. 기차는 강력한 추진력을 지닌다는 점에서 산타를 만나고자 하는 소년소녀의 소망을 구현해주는 현실적인 힘이라고 할 수 있다. 자신의 호기심을 해결할 수 있는 외부적 힘에 대한 선망이 기차로 구체화된 것이다. 눈보라와 높은 산을 지나 북극으로 향하는 기차의 힘과 위용은 유년기의 미약한 힘이나 신체적 왜소함과 대조된다. 기차는 난관을 뚫고 전진한다는 점에서 주인공이 지닌 목표에 부응한다. 기차의 힘을 통해 유년기의 주인공은 자신의 무력함을 떨치고 소원을 이루게 된다. 동화 『북극으로 가는 기차』와 영화 〈폴라 익스프레스〉에서 기차는 경계를 해체하는 이동 수단인 동시에 추진력을 지닌 심리적 상징물이라는 의미를 함께 지닌다. 어두운 숲속을 헤치고 눈보라 속을 달려 북극에 도착하는 기차의 동력은 소년소녀들이 지닌 내면의 활력과 부합된다. 어린이들의 소망이 내적인 것이라면 그것이 외면화된 형태가 기차인 것이다.

2) 문학과 영화의 변이

(1) 확장성과 단절성의 공간적 변이

동화 『북극으로 가는 기차』에서 주인공은 크리스마스 전날 밤 집 앞에 선 기차를 타면서 실재공간으로부터 산타 할아버지가 사는 북극이라는 환상공간으로 향한다. 친근한 장소인 집 앞은 낯선 환상공간으로 가는 출구가 되는 셈이다. 친근한 장소로부터의 출발은 낯선 여행이 주는 경계심을 완화시키고 여행을 흥미롭게 받아들이도록 한다. 따라서 환상공간을 향한 기차여행을 통하여 작품 속의 '나'는 아무런 갈등을 일으키지 않는다. 기차의 여행이 선로에 의하여 자연스럽게 연속되고 이어지는 것처럼 여행은 순조롭고 아이들은 기뻐하는 정경이 그려진다. 이때의 기차는 공동의 목표를 향한 결집력을 보여준다. 동화에서 어둡고 황량한 숲속을 지나는 장면의 묘사는 기차 외부의 스산함과 기차 내부 공간의 흥겨움이 대조를 이루고 있다. 외부의 황량함과 대비되는 공간의 보호성과 공동체적 연대감이 기차 내부에 자리하고 있다. 작중 화자인 '나'는 산타 할아버지를 만나러 가는 여행에 참여하게 된 것을 기뻐하며 기차에 올라탄 아이들 역시 여행을 즐거워하고 노래를 부르며 따뜻한 코코아를 마신다. 이는 감각적 충족을 통한 심리적 안정과 만족의 상태를 보여준다. 기차 차창 밖의 시각적 풍경, 아이들의 노래 소리와 기차 소리가 주는 청각적 감각, 뜨거운 코코아가 주는 미각과 온도감각은 기차여행이 허황된 환상공간으로의 질주가 아닌 실재 삶의 확장이라는 믿음을 가지도록 기여한다. 환상공간에서 여러 가지의 감각을 충족시킴으로써 환상과 실재의 범주는 모호하게 되고 이는 실재와 환상의 경계를 해체하는 데 기여한다. 주인공 '나'는 현실공간에서 점진적으로 환상공간으로 이입하며 이 과정에서 경험적 공간의 원칙을 벗어남으로써 공간은 점차 확장[9]된다. 이동 수단인 기차가 부여하는 사실성은 현실과 환상공간을 자연

9) 환상성은 닫힌 체계 내부에 있으면서, 통일체라고 간주되어 왔던 공간에 침입하여 그 공간을 개방한다. 로지 잭슨, 앞의 책, 36쪽.

스럽게 연계시킨다. 경험적 공간에서 흔히 이루어지는 여행의 형식을 통해 환상공간에 진입하게 됨으로써 환상공간에 대한 거부감과 이질감이 최소화되고 현실의 제한된 공간은 아래의 그림과 같이 확장의 형태를 보이게 된다.

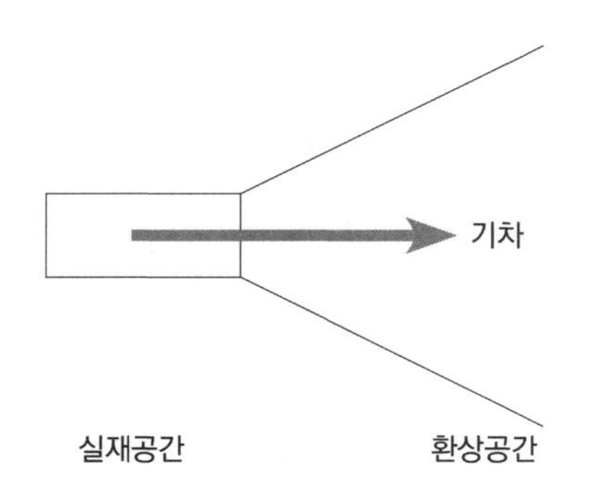

『북극으로 가는 기차』에서 기차의 진행은 수평적인 공간이동을 넘어서는 수직적 상승을 보여준다. '산을 높이 높이 올라 마치 달에 닿을 것 같았다'는 서술은 수평성에서 벗어나 수직적인 높이를 확보한 기차의 공간 확장을 나타내며 이는 동화의 그림과 어우러져 장엄함을 강조한다. 본문의 전체 지면에 걸쳐 묘사된 바와 같이 높이 솟아오른 산의 위용이 강조되어 그려지고 있다. 이 부분은 천상적인 상승을 통해 우주적인 장엄함과 초월적인 이미지[10]를 전달한다. 이러한 신비성은 '북극'이라는 공간이

10) '산을 높이 올라 달에 닿을 것 같'은 기차의 행로는 단지 기차의 여행에 그치지 않는 신화적인 이미지를 내포하고 있다. '달에 닿을 듯'한 천상과의 교섭은 초월적이고 거룩한 상징과 연계된다. 미르치아 엘리아데에 의하면 상승은 절대적 현실을 향한 길을 의미하며 성화(聖化), 죽음, 사랑, 구원의 상징을 내포한다고 본다. 또한 상승은 한 존재 양상에서 다른 존재 양상으로의 이행을 가능케

지닌 환상성과 연계된다. 동화 『북극으로 가는 기차』는 공간을 순차적으로 수평과 수직으로 확장시키는 동시에 신비하고 웅장한 분위기를 고조시켜 북극이라는 공간의 신비함과 경이감을 극대화시킨다.

주인공 소년은 환상공간의 개방성과 장엄함에 경이감을 느끼며 환상공간의 이질성과 광대함에 자연스럽게 이입되어 간다. 이러한 체험이 상징적 의미를 형성할 수 있도록 각인해주는 사건은 은방울의 분실과 재획득이라고 할 수 있다. 은방울을 선물로 받는 과정에서 산타 할아버지의 위엄이 강조되는데 이는 여행의 과정에서 느낀 신비롭고 장엄한 분위기의 연장선에 놓인다고 할 수 있다. 은방울을 잃어버리고 되찾는 사건을 통해 은방울의 의미는 새롭게 각인된다. 은방울이 환상공간에 대한 명백한 증거물이며 추억의 기념물로써 간직되는 것이다. 은방울의 재획득을 통해 산타는 허상의 존재가 아니었음을 확인[11]하게 되는 것이다.

하는 차원의 단절을 조형적으로 보여준다는 점을 지적한다. 동화 『북극으로 가는 기차』에서 '달에 닿을 듯' '높은 산을 올라'감으로써 실재 세계의 공간에서 초월적인 환상의 공간으로 이입하게 되며 높은 산을 통해 조성된 거룩하고 웅장한 이미지가 산타가 사는 북극과 은방울의 신비스러움으로 연계된다는 점에서 존재의 상징적 전환을 드러내는 신화의 이미지와 유사하다. 미르치아 엘리아데, 이동하 역, 『성과 속』, 학민사, 1983, 114~115쪽 및 이재실 역, 『이미지와 상징』, 까치, 1998, 58~59쪽 참조.

11) 작가 알스버그는 환상 세계와 실재 세계의 접합을 위하여 환상계의 사물을 현실화시키거나 현실의 인물이 환상계에 참여하는 방법 등을 통하여 실재 세계와 환상의 경계를 해체시키고 실재와 환상공간의 소통의 길을 열어놓는다. 동화 『북극으로 가는 기차』와 같이 환상계의 사물이 실재공간에도 같은 모습으로 여전히 존속하여 환상공간을 입증하는 방법은 역시 칼데콧 수상작인 『압둘 가사지의 정원』에서도 동일하게 사용된다. 『벤의 모험』에서는 현실의 인물들이 환상 세계에서 만나며 이를 다시 실재 세계에서 확인하는 것으로 설정되어 있다.

따라서 동화 『북극으로 가는 기차』에서 은방울의 분실과 재획득은 환상과 실재공간의 접합과 소통을 위하여 중요한 사건이며 극적인 장치이다. 은방울의 분실과 재획득의 과정을 통해 환상공간은 또 다른 현실이며 현실의 확장공간으로 기능한다.

『북극으로 가는 기차』가 순조롭게 환상공간에 진입하여 공간을 확장하는 데에 반하여 영화 〈폴라 익스프레스〉에서 북극으로 도착하기까지의 여정은 험난한 도전과 극복의 과정이 부각된다. 영화의 전개 내내 긴장감 넘치는 모험담이 벌어지는데 주인공이 기차에 탑승하면서 모험을 겪는 과정은 동화와 완연히 구별된다.

영화 〈폴라 익스프레스〉에서는 산타의 존재에 대한 주인공의 신뢰가 중요한 문제로 부각된다. 성탄 전야에 소년은 산타에 관한 회의를 품고 잠자리에 든다. 신문기사에는 성탄절에 즈음하여 산타 역할을 연기한 배우들의 파업소식이 실려 있다. 산타는 신비의 존재가 아니라 성탄 축제를 연기하기 위한 배우에 불과하며 파업을 통하여 자신의 권리를 찾아야 하는 노동자의 자리로 이끌려 내려온다. 또한 산타가 산다고 알려진 북극은 황무지이며 생명이 존재하기 어려운 공간이라는 건조한 사전적 설명을 읽으며 성탄 전야를 맞이한다. 성탄 전날 화려한 상점에서 반갑게 인사하는 산타는 기계적인 동작에 의한 인형일 뿐이며 산타 인형은 상업적 도구라는 사실에서 주인공은 환멸감을 느낀다. 소년은 돈을 넣으면 원하는 결과를 얻는 자동판매기와 같은 산타가 아니라 살아있는 산타를 만나기를 소원한다.

영화에서 소년은 산타의 존재 가능성에 의문을 지닌 채로 기차에 탑승한다. 여행 내내 산타의 존재 여부는 주인공이 내적 갈등을 일으키는 원천으로 작용한다. 또 다른 소년 '빌리' 역시 산타의 존재를 완전히 신뢰하지 않은 채 기차에 탑승한다. 망설이는 소년들의 태도는 산타의 존재에 관한 '믿음'과 '믿지 않음' 사이를 오가는 진자의 추 역할을 하며 영화를 이끌어가는 주된 갈등의 요소를 형성한다. 이들이 지닌 의구심을 집약하고 증폭시키는 존재는 기차 지붕 위의 방랑자이다. 주인공이 기차의 지붕에서 만나는 방랑자는 산타의 존재를 부정하는 한 축을 형성하는 인물이다. 그는 줄 달린 인형 등의 극적인 장치를 통해 산타를 부정하며 완전한 신뢰에 이르지 못한 주인공을 갈등하게 만든다.

반면 소년의 탑승을 유도한 차장은 지붕 위의 방랑자와 대립적인 인물이다. 산타가 선물을 나누어 줄 시간에 맞추어 기차가 정시에 북극에 도달하도록 노력하는 것이 차장의 소임이기 때문이다. 따라서 기차의 내부 공간과 외부 공간을 분할하는 두 인물은 확연히 대조되는 양상을 보인다. 산타에 대한 '불신'과 '신뢰'를 대변하는 두 인물의 행동 양식 역시 대조적이다. 차장은 깔끔한 제복과 엄격한 말씨, 기계적 정확성을 지니는 반면 지붕 위의 방랑자는 자유로운 복장과 친근한 말씨, 시간에 구애받지 않는 여유로운 태도를 지닌다. 방랑자가 기차 외부에서 기차를 일탈하려는 움직임과 아웃사이더적인 풍자와 조롱을 보인다면 차장은 기차 내부를 장악하는 통솔력과 엄격함을 드러낸다. 두 인물은 서로 상반되는 거리감을 형성하며 이들이 드러내는 대극적인 가치관과 행동 양식에서 주인공은 갈등한다. 양 극단을 상징하는 인물들 사이에서 주인공은 괴로워하며 꿈이라면 빨리 깨어나기를 바란다. 북극에 빨리 도달하고자 노력하는 차장이 산타의 존재를 믿는 심리의 한 측면을 대변한다면 지붕 위의 방랑자는 산타의 존재를 부정하는 또 다른 심리의 측면을 상징한다. 지붕 위의 방랑자는 빌리와 주인공 소년이 지닌 의심과 부정의 심리를 외면화시킨 것으로 심리적 분신이라고 할 수 있다. 확신을 지니지 못한 주인공은 상반된 감정을 오가며 갈등하고 이는 영화의 긴장감을 더욱 고조시킨다. 주인공이 기차 지붕에서 차가운 눈에 얼굴을 부비면서 혼란스러워하는 장면은 미분화된 자아의 양상을 보여주는 것으로 자기정체성을 확고히 정립하지 못하는 유년기의 과도기적 심리 상태로 해석할 수 있다.

기차 내부와 외부로 분할되어 나타나는 대극적인 모습뿐 아니라 기차의 수평적 공간 분할이 상징하는 심리적 거리감 역시 두드러지게 나타난다. 빌리와 주인공의 거리감이 단적인 예인데, 빌리는 산타와 성탄절의 의미에 관하여 부정적이며 홀로 떨어져 있기를 고집한다. 주인공은 외따로 떨어진 객실에 홀로 남아 있는 빌리에게 다가가려 하지만 객실 간의 연결통로가 없고 쇠사슬 연결고리만이 위태롭게 존재한다. 객실의 단절적 공간은 객실 안의 '나'와 저쪽 객차 안의 '그' 사이에 건너기 어려운 심리적 거리감이 존재한다는 사실을 상징한다. 저마다 자신의 고립된 내면에 갇혀 있을 뿐 서로 간의 소통이 부재한다. 소통이 이루어지려면 공간적인 동시에 심리적인 간극을 뛰어넘어야 하는 것이다. 영화에서 기차에 탑승한 아이들은 이미 심리적 동일성을 형성한 동화 『북극으로 가는 기차』의 아이들과 달리 각자의 욕망을 드러내는 분산된 존재일 뿐이다. 이들의 미성숙한 자질을 보여주는 상징적인 장치는 기차표이다. 차장이 차표 검사에서 찍어주는 미완성된 단어의 외따로 떨어진 글자처럼 아이들 역시 동질감을 형성하지 못한 미정형의 모임에 불과하다.

심리적인 단절뿐 아니라 기차의 수평적 진행 역시 순조롭지 못하다. 평탄하게 이어지지 않는 기차의 선로는 기차의 진행에 커다란 장애로 등장한다. 규칙적으로 이어지지 않는 선로 때문에 기차여행은 위기에 직면한다. 탈선하여 위기에 봉착하다가 겨우 선로를 되찾거나 비정상적인 속도로 질주하는 기차에 매달린 채 위험한 계곡을 낙하하듯 넘어가는 장면은 끊어진 공간, 연속되지 않는 공간에 대한 불안감을 보여준다. 즉 소년이 타고 있는 기차는 항시 단절의 위기를 안고 있는 것이다. 내부적으로 단절되어 있는 기차의 행로에는 외부적으로도 단절의 위기가 끊임없이 찾아온다. 심리적 갈등과 이를 반영하는 공간적 단절을 어떻게 극복하는가는 영화를 이끌어가는 주요한 동력이다. 『북극으로 가는 기차』가 산을 오르는 장면에 대한 묘사와 그림을 통해 천상이 이를 듯한 장엄함을 보여주는 것과는 대조적으로 영화는 높은 곳에서 하강하는 장면 그리고 불안정한 철로 위를 고속으로 질주하는 기차의 움직임을 빠른 화면 이동으로 보여줌으로써 긴장과 단절감을 고조시킨다. 따라서 동화 『북극으로 가는 기차』가 수직적인 공간성과 이에 수반되는 장엄함을 강조하는 데 반하여 영화는 수평적 공간의 단절에 대한 두려움과 위기의식을 강하게 드러낸다. 이를 표로 요약하면 다음과 같다.

동화 『북극으로 가는 기차』	수직적, 확장성의 공간
	신비로움과 장엄함에 대한 정서적 전달에 주력
영화 〈폴라 익스프레스〉	수평적, 단절성의 공간
	공간 단절에 따른 위기 극복의 강조

(2) 청각적 상상력과 시각적 사실성

확장성과 거리감의 미학이 두 작품 간의 사유의 차이를 드러낸다면 청각적인 상상력과 시각적인 인지는 두 작품의 감각적 차별성을 표출한다. 이는 청각적 섬세함을 바탕으로 한 상상력과 시각적 인지를 기반으로 하는 사실성의 강조라고 구분할 수 있다.

두 작품의 출발은 산타의 존재에 대한 주인공의 인지 여부이다. 산타의 존재를 어떻게 현현시키며 산타를 둘러싼 환상성을 어떻게 인식하느냐가 감각적 형상화를 가르는 주요한 지표이다. 『북극으로 가는 기차』 서두 부분에서 주인공 '나'와 나의 친구가 산타를 인지하는 방법은 '딸랑거리는 방울소리'이다. 『북극으로 가는 기차』는 초반부터 청각적 인식이 강조된다. 산타의 얼굴이나 썰매를 끌고 나타나는 시각적 모습이 아니라 '딸랑거리는 방울소리'가 산타의 존재를 상징하고 산타의 존재를 증명하는 감각적 인식의 방편이 된다. 소년의 친구는 산타 할아버지가 없으므로 방울소리를 들을 수 없을 것이라고 단언하고 '나'는 그렇지 않다고 확신한다. 산타의 썰매에 달린 은방울소리는 산타가 있다는 것을 증명하기 위한 효과적인 방편이 된다. 북극으로의 여정은 은방울의 신비한 방울소리, 즉 내적인 믿음을 외면화시키는 증거를 얻기 위한 과정으로 볼 수 있다. 따라서 내용 전개에서 핵심이 되는 것은 은방울소리이며 이는 청각적인 상상력으로 연계된다.

동화 『북극으로 가는 기차』에서 주인공은 산타에 대한 확신을 지니고 있으며 산타가 존재하는 구체적인 증거인 은방울을 원한다. 즉 은방울을 소망함 → 획득 → 은방울의 분실 → 재획득이 주요 사건으로 제시된다. 신비한 방울소리를 들을 수 있게 됨을 기뻐하는 주인공과는 달리 방울소리를 들을 수 없는 부모가 등장함으로써 부모와 소년소녀의 차별성이 부각된다. 즉 작가는 신비한 방울소리를 들을 수 있음/들을 수 없음이라는 대립적 긴장감을 형성해놓는다. 마지막 회상 부분에서 '옛날엔 들을 수 있었음'/'어느덧 방울소리가 들지 않게 됨'이라는 대립구조를 통해 소리에 대한 인식의 차이를 드러낸다. 초반부의 '방울소리의 없음'/'방울소리가 있음'의 대립은 '소리를 들을 수 있는 소년소녀'와 '들을 수 없는 어른'이라는 대립항으로 변주된다. 따라서 이 동화의 앞뒤를 감싸고 있는 것은 '소리'를 둔 대립이다. 방울소리의 인식은 수미상관의 구조를 이루어 작품을 감싼다. 따라서 '들을 수 있음'과 '들을 수 없음'은 동화에 나타나는 대립과 긴장 형성의 주된 축이다.

'소리'를 둘러싼 청각의 강조는 시간의 흐름과 연관된다. 어른이 되어서 이제 들리지 않는 은방울소리는 흐르는 시간 앞에서 영원한 것은 존재하지 않는다는 사실을 일깨워준다. 은방울소리의 기억은 유년시절의 순수함에 대한 그리움과 연관을 맺고 있다. 은방울소리는 흘러가버린 진실의 순간, 영원히 지속되지 않는 순수한 시간을 상징화한 것이다. 시간의 흐름에 따른 변화와 소리의 특성을 결부시켜 진실함과 영원성에 대한 아쉬움을 드러내고 있다. '존재하는 산타'에 대한 갈망으로 비현실적인 기차에 올라 탄 소년이 산타를 만나 썰매에 달린 은방울을 얻는 과정은 유년기의 도전과 내적 탐험을 거친 후에 주어지는 일종의 보상과도 같은 것이다. 은방울소리는 현실의 한계를 넘어서서 도전과 탐색을 거친 주인공이 얻어낸 내적 도약의 증거물[12]인 셈이다. 결론 부분에서 나이든 주인공은 이제 다시 은방울소리를 들을 수 없게 됨을 아쉬워한다. 이러한 주인공의 아쉬움은 곧 다음 문장에서 회상의 소리, 내면의 소리를 통해 해소된다. 여전히 마음속에서 울리는 은방울소리를 듣기 때문이다. 시간을 초월하여 여전히 아름답게 울리는 은방울소리는 회귀적 상상력을 통해 듣는 소리이다.

동화의 마지막 장은 독자에게 성찰과 자성의 순간을 부여함으로써 문학이 지닌 언어적 상상력의 효용을 최대한 발휘한다. 은방울소리에 대한 아쉬움은 영원을 보장하지 않는 시간의 흐름 위에 선 현재의 무기력을 드러낸다. 은방울소리가 들리던 유년의 시간은 되돌아오지 않는 시간이며 다만 회상을 통해 되살려질 뿐이다. 동화는 유년기에 겪었던 환상의 체험으로 말미암아 얻게 되었던 감각적 충족감으로 회귀하고자 하는 욕구를 드러낸

12) 방울소리는 피조물 가운데서도 가장 순수한 정신을 가진 자들이 듣는 영원의 아름다운 소리이다. 따라서 이 소리는 내면의 소리이다. 조셉 캠벨, 이윤기 역, 『천의 얼굴을 가진 영웅』, 민음사, 2004, 224쪽.

채 마무리된다. 따라서 동화는 기억의 반추와 회귀라는 구조를 지닌다고 볼 수 있다. 동화 전체가 과거시제 문장인 것은 이러한 기억과 회상의 구조 때문이다. 나이 들어 은방울소리를 들을 수 없는 현재는 의미 있는 시간이 아니며 환상공간에 대한 체험과 진실함이 존재하던 과거야말로 반추할 가치 있는 시간으로 제시되는 것이다. 진정성을 내재한 순수한 소리를 영원히 듣고자 하는 동화는 유년시절의 환상 세계에 대한 경험을 감싸며 회귀하는 형태를 보인다. 은방울의 신비한 소리를 들을 수 있었던 유년의 시간과 은방울을 선물로 받을 수 있었던 환상공간은 되돌릴 수 없는 시공간이기에 기억의 반추를 통해서 재현되는 것이다. 환상 세계를 둘러싼 과거의 체험은 현재의 무감각한 시간을 탈각하고 본래적 자아의 회복을 가능하도록 한다. 이러한 회귀적 상상력은 궁극적으로는 유년기의 회상을 통한 자아동일성의 추구와 맞닿아 있다.

동화와는 달리 〈폴라 익스프레스〉는 시각적 이미지에 한층 무게를 두고 전개된다. 영화는 수평적 공간의 단절과 심리적인 거리감을 내재한 기차가 북극에 정확히 도착하여 산타를 만날 수 있는가에 초점을 맞추고 있다. 단절감과 거리감을 극복하고 목표 지점에 이르기 위한 도정에서 여러 사건을 겪게 되는데 이 와중에서 판단의 근거가 되는 것이 시각적 이미지이다. 시각성에 대한 영화의 전개방식은 두 가지로 요약할 수 있다. 첫째, 소리보다는 눈으로 보는 것이 믿는 것이라는 믿음이다. 둘째로 시각적 웅장함의 강조이다.

소년이 산타가 존재한다는 믿음을 이끌어내는 것은 시각적 확실성이다. 시각은 인식적 판단능력의 기준으로 작용한다. 시각적 신뢰는 청각에 대한 의심으로부터 출발한다. 영화 초반부에서 주인공은 청각적 인지에 대하여 부정적이다. 영화에서 아버지가 아이들에게 잠들기 전 인사를 하는 장면에서 딸랑거리는 방울소리가 들린다. 주목할 것은 이 소리가 산타의 존재를 상징하는 방울소리가 아니라 아버지의 뒷주머니에 구겨 넣어진 산타 복장에 달린 방울의 소리라는 점이다. 즉 썰매의 방울소리가 진실한 소리라면 아버지 등 뒤에서 들리는 방울소리는 산타 흉내를 위한 소품의 소리라는 점에서 가짜이다. 가짜 소리라는 것을 확인한 주인공의 실망스런 표정에서 청각은 진실을 드러내는 감각적 인지의 증거로서 미흡하다는 전제를 읽을 수 있다. 가짜 소리가 너무나 많기 때문이다. 가짜 소리와 가짜 산타 인형이 가득한 공간에서 '진짜'를 찾아야 한다는 것, 즉 '진짜'에 대한 갈망이 소년을 움직이는 동력이다. 소년이 산타의 부재/실재 사이에서 흔들릴수록 '보는 것'이 중시되고 시각적 확인이 강조된다. 리얼리즘적인 사실성을 강조하는 '보는 것'을 통한 사실 확인은 궁극적으로 세상을 알고자 하는 소년의 욕망을 반영[13]하는 것이다.

두 번째로 시각적 웅장함은 영상의 화려한 전개와 맞물려 산타의 존재를 확신케 하고 성탄절의 축제 분위기를 고조시키는 데 기여한다. 불신에 차 있는 주인공 소년이 확신을 지니기까지 여러 번 시각적 확인 과정을 거친다. 공중에서 내려다보거나 올

13) 피터 브룩스, 이봉지·한애경 공역, 『육체와 예술』, 문학과지성사, 2000, 201쪽.

려다 본 트리의 거대한 번쩍임이나 거대한 산타의 모습은 소년을 압도하며 심리적 확신에 이르게 되는 중요한 계기로 작용한다. 산타는 우선 거대한 그림자로 등장한다. 거인을 연상시키는 거대한 그림자는 군중을 압도하는 위엄을 강조한다. 시각적 상상력을 극대화한 이러한 장면의 연속은 영화적 특성[14]을 충분히 살리면서 관객의 상상력을 뛰어넘는 이미지를 제공한다. 산타의 시각적 위용은 산타의 존재를 진심으로 받아들이는 결정적 계기를 이룬다. 아이들은 북극에 도착한 이후에도 산타의 존재를 확인하기 이전에 웅장하고 화려한 북극의 전체 모습을 조망함으로써 점차 신뢰를 가지기 시작한다. 즉 북극과 선물 공장과 산타의 존재를 시각적인 방법에 의거하여 판단하고 신뢰하기 시작하는 것이다.

원근법적인 조망에 의한 거대한 트리의 아름다움과 웅장함을 강조하는 시각적 장치는 영화의 중요한 감각적 표현 기법이 시각에 의존하고 있다는 사실과 긴밀히 결부되어 있다. 따라서 영화 〈폴라 익스프레스〉는 청각보다는 시각적인 명료성에 무게가 주어지는데 이는 영화라는 장르적 특성과도 부합하는 것이다. '보여주기'의 장르적 특성에 주력하는 영화의 표현 기법과 '시각적 확인'이라는 내용의 주제가 부합되는 것이다. 영화라는 특성상 언어적 묘사나 진술보다는 시각적 상징 요소[15] 창출에 주력

14) 영화가 지닌 매체의 특성상 어떤 소재를 영화로 전환하는 데 있어서 중요한 수단은 카메라와 카메라 작업이다. 볼프강 가스트, 조길예 역, 『영화』, 문학과지성사, 1999, 29쪽.

15) 시모어 채트먼, 김경수 역, 『영화와 소설의 서사구조』, 민음사, 1996, 128쪽.

하는 것이다. 다양한 카메라 작업을 통하여 생성된 현란하고 웅장한 화면 전개는 영화의 호소력을 높이는 데 기여하기 때문이다. 시각적 이미지의 강조는 여타의 감각조차 시각화하는 부분에서도 찾아볼 수 있다. 기차의 여행 도중 아이들이 맛보게 되는 코코아 역시 시각적인 화려함을 통해 제공된다. 코코아의 따뜻함과 맛이라는 촉각과 미각적 효과보다는 음료를 제공하는 요리사의 화려한 춤 솜씨, 음료를 따르는 동작을 통해 시각적인 움직임에 기초한 화려함과 즐거움을 강조한다. 이러한 장면의 전개는 미각을 시각화하여 전달한 것으로 간주할 수 있다. 따라서 관객은 시각적인 흥겨움으로 미각적 체험을 향유하게 된다.

주인공과 빌리 등은 선물 공장 내부를 탐험하게 되는데 공장에서 선물 받을 아이들에 대한 면밀한 관찰이 이루어진다는 사실을 알게 된다. 선물 받을 아이들의 품행 관찰, 즉 '살펴보기'는 아이들 몰래 이루어지고 이것은 북극의 스크린으로 중계된다. '살펴보기'를 통해 대상자가 선물 받기에 적합한지 아닌지를 가리게 된다. 이 장면은 아이들을 지켜보는 숨은 눈이 있음을 보여주는 것이며 어린이의 행동 결과를 보여주는 스크린은 거대하고 수많은 눈의 집합체인 셈이다. 이러한 살펴보기와 살펴짐의 관계는 끊임없이 대상을 바라볼 수 있고, 즉각적으로 판별할 수 있으며, 공간적으로 구획 정리[16]된 판옵티콘(panopticon)의 변형태라고 할 수 있다. 산타의 선물이 주어지는 주된 판단의 근거 또한 시각적 인식에 바탕을 둔 것이다.

16) 미셸 푸코, 오생근 역, 『감시와 처벌』, 나남, 2003, 310쪽.

시각적 이미지는 판단의 근거일 뿐 아니라 소년소녀가 갖추어야 할 내면의 품성을 구체화하여 각인하는 역할을 한다. 추상적 덕목은 시각적 이미지를 빌어 구체화되는 것이다. 집으로 돌아가는 기차에 탑승하려는 아이들은 차장에게 차표를 검사받는데 출발 지점에서 낱개의 글자에 불과했던 글자들은 하나의 단어로 완성되면서 아이들에게 저마다 의미 있는 덕목을 제시한다. 산타가 아이들에게 들려주었던 격려의 말들은 의미 있는 문자로 아이들에게 각인된다. 필요한 덕목을 들려주는 청각적 전달에서 그치는 것이 아니라 종이에 새겨지는 것이다. 즉 덕목은 흘러가는 말로 사라지는 것이 아니라 새겨진 문자로 고착되어 남게 된다. 이러한 문자화의 작업은 차장의 현란한 동작과 더불어 진행되어 관객의 시각적 집중력을 한층 높인다. 덕목이 새겨진 차표는 북극으로의 여행이 끝나면 폐기되는 것이 아니라 내적인 성숙을 위하여 필요한 증표이다. 영화 전반부부터 차표를 둘러싼 여러 모험들은 차표가 지니는 가치를 예고한다. 북극을 떠나며 차장이 차표에 새겨진 덕목의 철자를 완성하는 장면은 차표가 일회용 승차권이 아니라 삶이라는 여정에 필요한 내적 덕목을 담고 있다는 상징적 가치를 획득하는 부분이다. 영화 초반부에서 차표가 그토록 중요했던 이유가 설명되는 부분이기도 하다. 영화는 동화와 달리 북극행이 완결된 여행의 형태가 아니라 인격적 완성이라는 보다 긴 과정 중 일부분이라는 암시를 담는다. 따라서 환상공간인 북극과 현실을 오가는 여행은 완결된 것이 아니라 더 나은 인격을 위하여 나아가야 하는 여정의 한 부분으로 자리매김 된다. 환상공간의 경험은 내적 성숙을 위한 하나의 단계에 불과하며 전진해야 할 미래적 삶의 시간이 소년소녀 앞에 놓여 있는 것이다. 〈폴라 익스프레스〉는 자아정체성의 정립과 모험을 통한 내재적 가치의 완성이라는 방향을 제시한다. 출발할 때에 새겨진 뜻 없는 음소들이 과거라면 의미 있는 덕목의 완성은 미래의 목표라는 점에서 차표는 미래적인 시간을 지칭하며 나아갈 것을 촉구한다. 따라서 〈폴라 익스프레스〉는 미래지향적이며 직선적인 시간 전개[17]를 보여준다.

3. 문학과 영화의 변이와 의미망

언어적 묘사에 많은 부분을 의존하는 동화와 다양한 감각적 효과를 동원하는 영화는 분명 상이한 장르의 산물로서 각기 변별적 자질과 개성을 내재하고 있다. 이 글의 분석을 통해 살펴볼 수 있듯이, 동일한 텍스트를 기반으로 하는 두 장르의 작품은 감각적 표출의 다양화와 상상력의 변화를 통해 작품의 독자성을 구축하며 이는 문학적 외연의 확대와 문학적 서사를 확충한 영화적 기법의 확보라는 점에서 폭넓은 의미를 지닌다.

동화 『북극으로 가는 기차』와 영화 〈폴라 익스프레스〉는 환상성이라는 공통점과 유년기의 소년소녀들이 지닌 소망과 성취라는 공통분모를 지니고 있다. 두 작품에서 환상성은 상실되거나

17) 마리아 니콜라예바에 의하면 판타지 동화에서 직선적인 시간 흐름은 주로 소년들의 시간과 밀접하게 연관되며 행동과 진보의 정신이라고 본다. 마리아 니콜라예바, 김서정 역, 『용의 아이들』, 문학과지성사, 1998, 190~191쪽.

간과되었던 가치의 소중함을 일깨우는 계기로 작용한다. 현실의 결여를 환상공간을 통해 극복하는 과정에서 내면의 진실함과 신뢰는 중요한 요소이다. 두 작품에서 주인공인 소년소녀는 어른들의 관습적인 일상과는 다른 소망과 도전을 보여줌으로써 환상공간으로의 여행을 능동적인 탐색과 성취의 과정으로 변모시킨다.

『북극으로 가는 기차』는 기계적이고 반복적인 일상 속에 환상적인 공간이 가까이 있다는 점을 통해 삶의 공간을 개방시켜준다. 환상공간에서 선물 받은 은방울은 나이가 들어 다시 환상공간에 진입할 수 없게 된 이후에도 기억을 통해 현재적 울림을 지니는 것이다. 청각적 상상력은 과거 회귀의 욕구와 결합하여 과거 환상의 공간을 영원한 현재로 만든다.

반면 영화 〈폴라 익스프레스〉는 산타에 대한 굳은 신뢰보다는 흔들리는 내면으로 출발한다. 또한 단절적인 공간이 전개됨으로써 분리에 대한 긴장감을 유발한다. 영화는 분리와 불신을 딛고 신뢰를 회복하여 목표를 성취해야 하는 역동적인 전개과정을 보여준다. 영화의 내용은 시각적인 이미지를 통해 전개되며 시각적인 요소는 판단의 주된 근거로 작용한다.

영화가 미래의 완성을 지향하는 직선적인 성취 구조를 제시한다면 동화는 과거지향적인 회귀의 구조로 진행된다. 문학작품이 지니는 상상력의 강조로 인해 동화는 시각적인 이미지보다 청각적 상상력이 강조되며 주제는 회귀적이고 원환적인 구조로 전달된다. 환상 세계를 향하는 뚜렷한 목표와 장엄한 정서 전달에 주력함으로써 정서적 일치감과 유년의 순수함을 강조하고 이는 과거지향적인 회귀의 구조로 연계된다. 유년기의 환상 체험을 되살림으로써 현재 들리지 않는 소리를 듣는 것은 순수한 진실에 대한 희구에서 연원한다. 반면 보여짐에 주력하는 영화의 시각적인 이미지 창조는 동질성보다는 갈등과 분할에 따른 긴장감이 고조되며 이를 극복하기 위한 사건과 모험 위주로 진행된다. 영화 후반부는 각자 분리된 개인이 아닌 공동체의 일원으로 거듭난 모습이 그려진다. 주인공은 갈등과 분할의 공간적·심리적 거리를 극복하고 점차 축제가 지닌 본래적인 의미와 억압된 내면의 덕목을 깨달아간다. 따라서 주인공의 내면은 내용이 전개됨에 따라 변화하고 성장하는 역동적인 모습을 보여주며 불완전한 과거의 극복을 통한 덕목의 완성을 지향하게 된다. 이를 정리하면 다음의 그림과 같다.

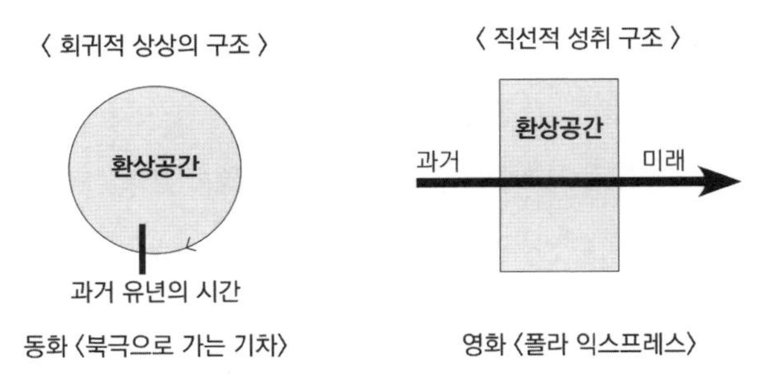

동화와 영화에서 드러나는 문제제기 방식과 해결에서 드러나는 감각적 표현의 차이는 동일한 기반에서 출발한 두 작품의 현저하게 다른 종착지를 보여준다. 동화가 언어 작품으로서의 효용을 충실하게 반영하여 청각적 감각에 기반한 회상적 구조를 지니고 있다면 영화는 웅장하고 속도감 있는 시각적 상징의 세

계를 표출한다. 동화가 과거를 향한 원환 구조를 지닌다면 영화는 미래로 열린 직선 구조를 드러낸다.

이러한 표현 기법과 주제의 차별성은 후에 제작된 영화가 문학에서 내용적 기반을 제공받았음에도 단순히 아류로 간주되지 않는 존립의 근거를 제공하게 된다. 문학의 회귀적 상상 구조와 영화의 성취적 진행 구조는 문학과 영화의 독자적 상상력의 특질을 설명하주는 부분이다. 동화의 회상적 상상의 구조는 언어적 상징성에 힘입은 것이다. 동화는 유년기의 회상을 통하여 자아동일성의 회복을 갈구하는 작가의 의도를 드러낸다. 반면 영화의 성취적 진행 구조는 시각적 상징의 창출이라는 특성을 보여주며 미래를 지향하는 진행형의 상상력을 드러낸다. 단절적 공간이 상징하는 갈등과 분열을 극복하고 전진하는 영화의 상상력은 거대한 축제의 장에 공동으로 참여하는 융합의 시각적 이미지로 귀결된다. 이와 같은 상상력의 구조는 영화와 동화가 동일한 스토리와 화면 설정을 통해 제작된 쌍생아와 같은 존재이면서 각기 독자적 영역을 구축함으로써 문학과 그에 기반한 문화콘텐츠라는 또 다른 가능태를 열어가는 근거이다. 문학의 외연이 확대되어 영화로 재해석되고 재창출되는 과정에서 문학과 영화가 지닌 각자의 고유성은 더욱 강화되어 각 작품의 독창성과 개성으로 자리매김 된다. 두 작품이 태생적 공유를 바탕으로 다양한 표현 기법을 활용하여 보다 확대되고 차별화된 감각적 이미지와 상상력의 향유를 제공한다는 점에서 흥미롭고 또한 의미 있다.

서정적 주체의 심화와 시양식의 새로움

—1960~70년대의 시의 동력에 대하여

1. 1960년대 시의식의 자장(磁場)

1960년대의 문학은 1950년대적 문제의식의 연장선이며 동시에 넘어섬이다. 전후 문학이 전통과의 단절을 선언하며 황폐한 문학의 개간 작업을 선언했지만 괄목할 만한 성과를 이루지 못한 것은 진정한 문학적 창조는 전통의 유산을 흡수한 가운데 역사와 사회의식을 내재화시키는 데서 가능하다는 사실을 간과한 탓이었다. 1960년대 문학에 새로운 광휘를 던져준 것으로 평가되는 4·19는 전쟁 이후 누적적으로 제기되어 온 문학의 내재적 요구가 사회정치적 혁명의 요구와 부합되면서 증폭된 힘을 얻을 수 있는 계기로 작용한다.

4·19는 전후의 암울한 상황과 이데올로기의 해독에 침윤된 사회 전반에 자유에 대한 신념을 불어넣었다. 그러나 성숙한 의식

을 갖춘 혁명 주체가 형성되지 못한 채 성급하게 진행되었던 급진주의적 변혁의 요구는 사회구조적 수용의 여우를 넘었고 민주정권의 유약성과 관념적인 통일론에 휘말리면서 대중적지지 기반의 자리를 점차 잃어 가게 되고 결국은 근대화를 기치로 내건 힘의 집단에 자리를 내어 주게 되었다. 미완의 혁명으로 끝날 수밖에 없었던 4·19가 가져온 기대와 좌절은 이후 문학이 진지하게 검토하지 않을 수 없는 문학과 사회의 관계 혹은 자유 이념에 대한 사유의 자리를 마련하게 된다.

4·19의 기대와 좌절을 수용하기 위해 1960년대 문학이 필요로 하는 것은 현실에 대한 구체적이고 객관적인 인식이었으며 이는 주체적 자기 정립을 바탕으로 하는 것이다. 전쟁과 이데올로기의 횡포가 가져온 수난의식으로부터 주체의식을 회복하고 이를 개성적 목소리로 사회화하기 시작한 것은 1960년대 문학이 가지는 특색이라고 할 수 있다. 개인의 정체성 확인뿐 아니라 민족의 정체성 확립은 무엇보다 시급하고 중요한 문학의 과제였다.

기댈 가치가 부재하는 황량한 공간, 그 공간을 내면화하고 성찰할 여유가 부족했던 전후의 현실에서 서구 문학의 영향력은 압도적이었다. 그럴 듯한 출구로 보였던 서구 문학 추수라는 해결책에는 현실에 대한 이해의 결여와 자기 반성이 생략된 몰주체적 문학 태도로 연계될 위험이 내포되어 있었으며 부분적으로는 이미 위험성을 드러내고 있었다. 1960년대의 문학은 이러한 주체의 상실 위기에서 서정적 주체를 정립해야 한다는 과제를 안고 있었으며 이는 현실에 대한 통찰을 전제로 하는 것이었다. 현실을 객관적으로 파악하는 문학적 힘은 현실의 파고에 휩쓸리지 않으면서 현실을 직시할 수 있는 거리를 지닐 때 가능하다는 사실을 1960년대 시문학은 입증하기 시작한다.

1) 사회와 만나는 시적 주체와 서정적 갱신의 가능성

전후 문학의 맹목적이고도 막연한 수난의식이 채 가시지 않은 1960년대 시문학의 자장 안에서 김수영은 지식인이 가질 수 있는 삶의 양상과 방법을 회의함으로써 정직하고 집요한 주체적 자아의 탐색을 시도한다.

그는 모더니즘에 대한 성실한 이해자이자 비판자이다. 전후의 모더니즘으로 명명된 문학 운동이 장식적 수사와 감상의 나열에 있지 않다는 점을 감지했다는 점에서 김수영은 1950년대 한국 모더니즘의 정당한 비판자이다. 사회가 허위로 뒤덮여 있다는 사실을 인지한 시쓰기의 주체로서 감당하지 않을 수 없는 반성적 자의식을 서정성에 용해시켜 시적 갱신의 작업을 이루었다는 점에서 또한 모더니즘의 옹호자에 해당한다.

왜 나는 조그마한 일에만 분개하는가
저 王宮 대신에 王宮의 음탕 대신에
五十원짜리 갈비가 기름덩어리만 나왔다고 분개하고
옹졸하게 분개하고 설렁탕집 돼지 같은 주인년한테 욕을 하고
옹졸하게 욕을 하고

한번 정정당당하게 붙잡혀간 소설가를 위해서

언론의 자유를 요구하고 越南 파병에 반대하는
자유를 이행하지 못하고
二十원받으러 세 번씩 네 번씩
찾아오는 야경꾼들만 증오하는가

—김수영, 「어느날 古宮을 나오면서」 1연, 2연

김수영은 소시민으로 살아가는 개인의 한계를 인식하고 부끄러움이라는 정직한 한탄을 드러낸다. 진정한 주체가 부재하는 서러운 시대에서 살아감이란 나약한 개인의 옹졸한 행위로 귀결되지만 옹졸한 개인과 그 삶에 대한 부끄러움은 주체를 찾기 위한 모색이며 출발이다. 암울한 현실에서 역사의 주체로 나서지 못하는 개인의 나약함을 서러워 하지만 스스로의 나약함을 인정함으로써 현실의 억압적 요소를 통찰하고 현실의 질곡으로부터 역류할 수 있는 힘을 얻는다.

1960년대 김수영의 시적 작업은 사회적 자아로서의 서정적 주체의 회복이라는 문제와 긴밀히 연관된다. 부도덕한 정치 현실의 거대한 힘 앞에서 옹졸하고 나약할 수밖에 없는 개인의 모습을 철저하게 인식한 그는 스스로의 모습을 비판하고 반성함으로써 사회와 정치를 우회적으로 비판한다. 이러한 비판적 작업을 효과적으로 수행하기 위하여 김수영은 전통적인 시의 문법 밖에 있었던 비시적(非時的)인 언어와 일상적 언어를 과감하게 시의 언어로 끌어들인다. 김수영이 보여준 부끄러움의 정직한 인정은 자칫 현실과 괴리된 채 추상적 언어 인식으로 추락할지도 모르는 자의식의 어두운 함정을 제거하는 것이었으며 서정적 주체의 확인을 통한 사회적 대응력 확보라는 가능성을 보여준 것이라고 할 수 있다.

김수영이 힘없는 개인의 비애라는 비껴 서 있는 자의 시선을 견지함으로써 현실을 통찰하는 방법을 마련했다면 신동엽은 사회 현실과 만나는 서정적 주체의 위상을 역사적 현실 속에서 찾아낸다. 역사를 서정시의 영역으로 이끌어 들이려는 그의 노력은 서사적 장시로 귀결되어 『금강』으로 구체화되는데, 이는 서사적 장시가 줄 수 있는 서사성의 도입이라는 장점을 살린 것이다. 즉 개인 내면의 시적 형상화에서 벗어나 집단의 포괄적 감성을 형상화한다는 점에서 사회 현실에 대한 요구를 수용할 수 있는 문학적 용량이 증대할 수 있다는 것을 인식한 결과이다. 서사적 장시는, 시인이 내면화시켜 자기 동일적 감정으로 담아내기에는 지나치게 거대해져 버린 사회적 발언을 수용하는 시양식이라는 유용성을 가진다. 이러한 장시의 흐름은 1970년대 민중적 비판의식의 고양과 더불어 판소리를 비롯한 풍자 정신을 계승한 김지하의 「오적」, 「비어」로 연계된다.

> 앞마을 뒷마을은
> 한 식구, 두레로 노동을 교환하고
> 쌀과 떡, 무명과 꽃밭
> 아침 저녁 나누었다.
>
> 가을이면, 迎鼓 舞天,
> 겨울이면 씨름 윷놀이,

오, 지금도 살아있는 그 흥겨운
農樂이여.
(…중략…)
서로, 자리를 지켜 피어나는
꽃밭처럼
햇빛과 바람 양껏 마시고
고실고실한 쌀밥처럼
마을들은 자라났다.

地主도 없었고
官吏도, 銀行主도,
특권층도 없었다.

—신동엽, 「금강」 6장 부분

신동엽은 결핍의 현재와 이상화된 과거를 대비시킴으로써 현재의 결여 상태를 부각시키고 현실을 부정하는 힘을 얻는다. 압박과 피압박적 요소가 존재하지 않는 조화로운 과거의 시간은 그가 현실을 부정할 수 있는 근거가 된다. 그가 동학 혁명을 시적 소재로 중요하게 여기는 이유 중의 하나는 조화로운 사회적 관계에 기초하여 협동이 가능한 삶의 공간으로 변혁할 수 있다는 희망과 열의가 집약되어 나타나 있기 때문이다. 그가 꿈꾸는 건강한 생활의 시간은 착취와 압박이 존재하지 않는 유토피아적 공간이다. 따라서 신동엽 시에는 과거와 현실의 대비가 선명하게 드러난다. 과거 시간에 대한 신동엽의 경도는 다분히 선택적이라 할 만한데 거기에는 물질적 교환 가치가 점증해 가는 현실에 대한 전면적인 비판이 서려 있기 때문이다.

신동엽은 분단으로 인해 민족 공동체가 와해되어 가고 자본의 힘이 점증해 가는 현실을 반유토피아로 규정하고 이 타락한 사회에 대한 반발로 '냇물 굽이치는 싱싱한 마음밭'(「香아」)에서 원초적 생명력의 발현을 희구했던 것으로 보인다. 이로 말미암아 신동엽은 도시라는 공간에서 삶의 억압적 징후를 발견하고 고통스러워하는 시인과는 상상력의 토대가 현저히 다른 대지적 상상력을 근간으로 한다는 특징을 갖게 된다. 그러나 신동엽이 가지는 분노의 외침이 타기해야 할 대상의 교활함에 비할 때 너무나 단순한 외침에 그쳤다는 점과 분단을 넘어서 민족 공동체의 화합에 대한 기대가 정감적 차원에 머물렀다는 점에서 그의 문학적 한계로 지적되지 않을 수 없다.

지적 고안을 통해 다듬어진 언어로 현실을 풍자적으로 비판하는 황동규는 김수영이 시도한 서정적 갱신의 가능성을 이어받아 또 다른 측면에서 심화시킨 것이라고 볼 수 있다. 그는 정치의 권위주의화 과정에서 소외되고 비껴 선 자의 입장에서 현실을 직시함으로써 사회적 자아로서의 비판적 개인이 가지는 긴장을 잃지 않는다. 그는 개인을 압도하는 세계의 무의미함 또는 광포함에 대한 경계를 초기시부터 지속시켜 왔다. 개인을 지극히 작은 존재를 무력화시키는 현실을 똑바로 보려는 기장된 노력을 지속하며 그 노력을 통하여 자아를 지키고 반성하려는 의지는 황동규 시의 핵심이다.

琫準이가 운다, 무식하게 무식하게
일자무식하게, 아 한문만 알았던들
부드럽게 우는 법만 알았던들
왕 뒤에 큰 왕이 있고
큰 왕의 채찍!
마패없이 거듭 국경을 넘는
저 步馬의 겨울 안개 아래
부챗살로 갈라지는 땅들
砲들이 땅의 테크닉처럼 울어
찬 눈에 홀로 볼 비빌 것을 알았던들
계룡산에 들어 조용히 발에 목매었을련만
목매었을련만, 대국낫도 왜국낫도 잘 들었을련만,
눈이 내린다, 우리가 무심히 건너는 돌다리에
형제의 아버지가 남몰래 앓는 초가 그늘에
귀 기울여 보아라, 눈이 내린다, 무심히,
갑갑하게 내려앉은 하늘 아래
무식하게 무식하게.

—황동규, 「三南에 내리는 눈」 부분

그는 동학 혁명이라는 변혁에 실패한 전봉준을 시화함으로써 사회 변혁에 실패한 소외된 자의 눈으로 현실을 직시하려는 의도를 드러낸다. 동학과 4·19 체험을 동일선상에 놓고 혁명적 열정을 아쉬워하는 시인들과는 다른 측면에서 황동규는 혁명을 통한 사회 개혁의 지난함을, 그리고 정치 현실의 완고한 구조가 개인의 자유 의지에 끼치는 부정적 영향을 드러낸다. 이 시의 진정한 의미는 전봉준을 비하하기 위한 것이 아니라 '무식'하지 않았으면서 부패한 현실을 개혁할 줄 몰랐던 '무식'하지 않은 자들에 대한 비판에 있다. 사회 모순을 적극적으로 타개해 나가려는 자가 광포한 힘에 의하여 짓밟혀 오히려 울지 않을 수 없는 현실을 전봉준의 울음으로 환기시킨 것이다. 갑갑한 하늘에 무심히 내리는 눈의 이미지는 전봉준의 울음에 빗댄 현실의 억압과 그 현실을 감내하는 고통스러움을 상징적으로 드러낸 것이다. 억압적 사회구조와 개인 사이의 어긋남을 드러내어 비판한다는 점에서 황동규의 시는 사회구조에 대한 반성적 사유의 산물이다. 현실과 서정적 자아의 긴장된 균형감을 잃지 않는 황동규의 비판의식은 1970년대의 억압적 정치 현실을 거치면서 심화되어 간다.

2) 전통적 서정의 새로운 면모

전통적 서정성의 바탕 위에서 내면적 서정의 주체적 모색을 꾀한 시인으로 박재삼을 들 수 있다.

박재삼은, 화전민 의식으로 명명된 전후의 공간이 어쩔 수 없이 서구 문학에 맹목적으로 이끌리고 서정적 자아의 목소리를 외국 문학에서 배운 생경한 시어로 채색하는 분위기 속에서 전통의 유산 가운데 건져낼 것이 있음을 보여준 시인이다. 박재삼 시가 지닌 슬픔의 정서는 소월의 시로부터 유구한 흐름을 지닌 것이지만 슬픔에의 자기 탐닉이라는 함정을 넘어서 전통적 한을 개성적으로 표현하는 박재삼 시의 저력은 정서의 창조적 조형과 구어체 시어의 활용에서 비롯된다.

> 감나무쯤 되랴,
> 서러운 노을 빛으로 익어 가는
> 내 마음 사랑의
> 열매가 달린 나무는!
>
> 이것이 제대로 뻗을 데는 저승밖에 없는 것 같고
> 그것도 내생각하던 사람 등뒤로 뻗어가서
> 그 사람 머리 위에서나 마지막으로 휘드러질까본데,

—박재삼, 「한」 부분

마음속의 그리움을 감나무로 치환하고 그 색채의 심상에 힘입어 삶의 종말과 사랑의 농밀함을 시각화하는 박재삼의 시는 방만한 슬픔을 억제하는 동시에 정서적 환기의 효과를 높인다. 자연물의 심상을 적절히 사용하는 데서 오는 서정적 효과와 슬픔의 공유, 남도 사투리를 도입한 구어체 시어는 자기 위안의 차원을 넘어서는 슬픔의 역동적인 국면을 보여준다. 박재삼이 보여준 슬픔의 시각화는 당대 한국인의 한과 비애를 전달한 적절한 틀이었다고 볼 수 있다. 그러나 이 슬픔이 현실의 구체적 경험에서 비롯된 것이었다 할지라도 사회적인 통로를 갖기 못한 채 제한된 범위에 국한된다는 점은 박재삼 시의 한계로 지적할 수 있다.

3) 내면적 자아의 고독한 언어 실험

파행적 근대사의 와중에서 개인의 실존에 어떠한 논리적 명분도 발견하지 못한 김춘수는 현실이 주는 가혹한 폭력에서 벗어나기 위하여 무의미시를 창작하고 그 무의미시를 통하여 현실을 소거하고 역사를 무화시킨다. 자유 연상 체계로 짜여진 내면 지향의 시는 시인에게 절대 자유의 영역이 된다. 역사의 허구와 현실의 억압을 벗어나려는 김춘수의 시쓰기는 순수한 서정의 주체를 정립하려는 모색의 산물이다. 자아 내면에서 고독하게 언어와 만나는 시를 통해 김춘수는 독자적 자유를 구축한다.

> 胴體에서 떨어져 나간 새의 날개가
> 보이지 않는 어둠 속을 혼자서 날고
> 한 사나이의 무거운 발자국이 地球를 밟고 갈 때
> 허물어진 世界의 안쪽에서 우는
> 가을 벌레를 말하라.
>
> —김춘수, 「시 1」 부분

김춘수는 그의 시론을 대변해 준다고 여겨지는 시를 여러 편 보여 왔는데 이 시는 그의 시적 작업을 규명할 수 있는 단서를 제공한다. 인용시에서 드러나듯 그의 시쓰기는 동체에서 떨어져 나간 새의 날갯짓처럼, 세상 사물이 은폐된 어둠의 공간에서 이루어진다. 그 공간은 세상의 사물을 보는 것이 불가능한 공간이며 스스로 말하고 듣는 것만이 가능하다. '말하라'는 종결어미가 드러내듯 가을벌레의 울음은 '허물어진 세계의 안쪽'에서 가능한 자기 명령이다. 그러한 자기 명령을 준수할 때 그는 독자적 자유를 획득한다. 그러나 그 자유란 외부와의 상호작용을 배제한 밀실의 자유에 가깝다.

사회역사적 의미가 배제된 시적 자유의 향유라는 점에서 이승훈의 초기시는 김춘수의 시적 방법과 닮아 있다. 1960년대의 젊은 시인들이 주축이 된 『현대시』 동인인 이승훈의 초기시는 개인의 독특한 영역에서 지성적 언어의 연마에 바쳐진다. 시의 언어가 울리는 곳은 타인을 배제한 나만의 공간이며 스스로 발화자가 되고 청자가 되는 공간이다.

폐쇄적 의사소통의 시는 발화자의 고독한 내면을 드러낸 것임은 물론 현대 사회의 단절되고 고립된 경향을 반영하는 것이다. 이후 그의 시가 나에게 발원하여 나로 회귀하는 밀폐된 절대 공간을 벗어나 '당신'과의 가교를 구축한다는 것은 초기시의 폐쇄된 자유에서 새로운 출구를 여는 것으로 이해할 수 있다.

2. 산업시대와 시의 현실 대응력

4·19가 가져온 자유의 이념과 그것의 좌절이 1960년대 문학의 사회적 토양이었다면 자유민주주의의 좌절이 주는 중압과 급격한 경제 개발의 어두운 이면은 이후 문학의 사회정치적 여건으로 자리한다.

1970년대의 시인들은 전대 시인들에 의해 감행되었던 삶에 대한 회의와 질문을 본격적으로 개진하고 정치 세력에 의해 주도되고 왜곡된 삶의 실상을 의심하고 질타함으로써 현실과 뚜렷하게 맞선다. 시는 현실의 순간적인 이해이며 발견이 아니라 지극히 커다란 사회의 구조에 대한 통찰이자 역사적 도정 위에 놓인 현실에 대한 각성이라는 측면으로 확대 심화되어 간다. 문학이 맞서야 할 사회의 부정적 구조가 복잡해짐에 따라 문학의 양상도 다기한 방향으로 진행되었지만 시적 상상력의 저변에 놓인 것은 문학적 주체의 정립과 이에 부응하는 시양식의 갱신이라고 할 수 있다. 사회를 비판적으로 바라보는 문학의 시선이 강해짐에 따라 분단이라는 역사의 질곡과 경제 개발의 논리에 희생당하는 압박받는 자들의 정서가 전면에 부각된다. 1970년대의 시인들이 보이지 않게 공유하고 있었던 것은 고향 상실에 대한 위기감이며 상실에 대한 복원 희구이다. 정신적인 면에서 고향 상실은 자기 동일성의 위기를 표현하는 일말의 부정적 징후를 제공하기 때문이다. 민중적 감성을 담은 시에서 고향 상실은 현실 훼손에 대한 직접 혹은 간접적인 계기로 작용하게 된다.

1970년대 문학의 토양이 된 산업사회는 외면적으로는 풍요로운 것이어서 문학의 양적 팽창을 가져왔다. 창작과 독자의 확대라는 긍정적 효과 이면에는 상업주의로 전락할 위험을 내포하고 있었으며 경박한 아류의 양산을 재촉하였다. 물질의 횡포에 맞서려는 사회 도덕적 열망이 내재된 시의 창작은 산업시대라는 사회의 중압을 헤쳐 가려는 문학의 직접적 대응이었다. 꾸준히 탐색되어 온 서정적 주체의 정립과 시양식의 갱신은 이 시기에 보다 분명하고 심화된 형태로 드러난다. 새로운 시대의 변화를 문학적으로 수용하려는 노력의 일환이 기존의 서정 양식을 갱신하려는 개성적인 노력으로 나타나는 것이다.

1) 민중적 감성의 확산과 시의 저항적 동력

김수영이 지식인의 자의식을 바탕으로 사회와 만났고, 신동엽이 유토피아적 시원의 세계에 대한 향수 위에 있다면, 김지하는 훼손된 흙 그리고 원초적 생명력을 저해하는 사회 현실과 보다 직접적으로 만난다. 『황토』는 김지하의 시적 출발이 원초적 생명성의 저해와 그것에 대한 반발에서 시작된다는 것을 강렬하게 드러낸다.

황톳길에 선연한
핏자욱 핏자욱 따라
나는 간다 애비야
네가 죽었고
지금은 검고 해만 타는 곳
두 손엔 철삿줄
뜨거운 해가
땀과 눈물과 모밀밭을 태우는
총부리 칼날 아래 더위 속으로
나는 간다 애비야

—김지하, 「황톳길」 부분

김지하에게 있어 자아의 각성은 훼손된 대지의 생명력을 확인하는 일과 동시적인 것이다. '지금은 검고 해만 타'는 황토의 훼손된 생명력은 현실에 대한 반발의 원천이 된다. 그의 죽음으로 가득 찬 현실을 질타하고 최소한의 생존의 조건을 허락하지 않는 현실을 비판하여 시적인 저항력으로 충전시킨다. 현실의 억압이 거셀수록 그의 반발 또한 치열해지는 것이며 생명력의 회복이라는 당위성이 확고해진다. 억압에 대한 분노와 비판보다 그에게 중요한 것은 훼손된 생명의 회복이며 이것을 이루기 위해서는 '죽음의 허리'를 넘어 '파멸의 시간'(「피리」)을 견디어야 한다는 처절한 자기 확인이 필요하다. '외로운 벌거숭이 산'에 '내일은 한 그루 새푸른 솔'(「빈산」)이 존재한다는 신념이 김지하 초기시의 원동력이 되는 것은 원초적 생명력의 복원 의지에서 기인한다.

장시 「오적」은 김지하의 시적 작업이 전통의 민중문학인 판소리와 탈춤의 재담을 계승한 것임을 드러낸다. 김지하는 민중의 적층적 생활 감정과 비판 정신이 스며 있는 판소리 사설과 탈춤의 대사를 적극 활용한 사회 풍자를 감행함으로써 전통의 계승뿐 아니라 민중의 정서가 뿌리를 드리운 곳을 재발견하고 이후 민중시가 나아갈 방향에 의미 깊은 시사점을 던진 것이라고 할 수 있다.

전래의 구비문학에서 민중적 감성을 발견하고 이를 서정적으로 포괄하였다는 점에서 신경림의 작업 또한 주목된다. 그에게 민요의 도입은 시적 방법의 차원일 뿐 아니라 의식의 차원에도 깊이 개입되어 있다. 신경림의 시는, 현재 사라지고 있으며 또한 조만간 사라질 위기에 있는, 아직은 소박한 삶의 정취가 배어 있는 힘없고 외로운 고향 사람들의 삶의 정서를 실감나게 전해주기 때문이다.

> 장날인데도 무싯날보다 한산하다.
> 가뭄으로 논에서는 더운 먼지가 일고
> 지붕도 돌담도 농사꾼처럼 지쳤다.
>
> 아내의 무덤이 멀리 보이는
> 구판장 앞에서 버스는 섰다.
> 나는 아들놈과 노점 포장 아래서
> 외국 자본이 만든 미지근한 음료수를 마셨다.
>
> —신경림, 「산읍기행」 부분

그에게 고향은 풍요한 추억으로 분식되는 고향이 아니라 옹색하게 추웠던 경험을 그대로 반영하는 공간이며 현재의 산업화 이면에서 더욱 궁색해져 가고 있다는 서글픔이 배어드는 곳이다. 그가 산업사회의 이면에서 소외된 농촌의 궁핍하고 서러운 정서를 효과적으로 표출해 낼 수 있었던 기저에는 과거의 곤궁한 삶에서 민요가 그러했던 것처럼 서러움과 위안의 정서가 놓여 있다. 산업화 시대의 외형적 풍요 속에 그늘진 농촌의 현실을 직핍하게 그렸으며 간결하고 절절한 목소리로 가난한 고향 사람들의 노여움과 정한에 목청을 틔워 주었다는 평가는 이런 점에서 적절하다.

아침 노을의 아들이여 전라도여
그대의 이마 위에 패인 흉터, 파묻힌 어둠
커다란 잠의, 끝남이 나를 부르고
죽이고, 다시 태어나게 한다.

—이성부, 「전라도 2」 부분

원천적 생명력이 저해당하는 공간은 1970년대 민중시의 중요한 시적 감성의 토대가 된다. '나'를 불러 각성케 하는 것은 이마 위에 놓인 흉터를 바라보는 것과 동일하다. 즉, 자아의 각성과 훼손에 대한 인지는 동시적으로 이루어지며 등가의 가치를 지닌다. 이 시에서 훼손된 자의 정서는 현실에 대한 반발력으로 작용하고 현실을 변혁하려는 의지로 전환된다. 자아의식의 확인이 전라도라는 소외되고 고통 받는 공간을 빌려 이루어진 사실은 이성부의 시가 개인적 자각을 넘어서 집단적 공감과 힘의 연대를 꾀하고 있음을 알아차리게 하는 요소이다. 이것은 1970년대 민중시가 가진 문학적 인식의 확대이며 문학이 사회에 대하여 가지는 역량이 증대하였다는 사실을 입증하는 한 예에 해당하는 것이다.

김지하, 이성부와 더불어 조태일, 정희성, 김창완, 최하림, 이시영의 시는 물질적 풍요 이면에 가려진 고단한 삶을 포착하고 민중적 일상의 삶을 형상화했다는 점에서 산업화 시대에 대응하는 주체적 노력의 소산이며 시의식의 갱신이라고 말할 수 있다. 소외된 민중의 집단적 정서에 의해 뒷받침된 문학이 현실에 대한 수동적 반응으로부터 한 걸음 나아가 능동적이고 주체적인 사회적 응전력을 보인 것이다. 산업사회의 풍요에서 소외된 도시 노동자의 곤핍한 삶과 피폐해진 농촌의 삶에 대한 관심과 연민은 산업화 시대라는 새로운 사회 조건과 맞서는 문학적 대응의 소산이라고 볼 수 있다. 이 부분은 1970년대 시문학사가 획득한 귀중한 성과이면서 1980년대로 이어져 더욱 심화될 여건을 마련해 주고 있는 것이라고 할 수 있다.

2) 사회와 서정적 자아의 불화에 대한 언어 미학적 탐색

철학적 사색이 담긴 사물의 생명력을 발랄한 이미지로 제시한 정현종은 언어 미학이라는 무기를 활용한다. 그는 시가 역사의 패배와 사회의 결핍상을 드러내는 데 바쳐지기에는 부족하다는 점을 인식하고 문학의 생명력으로 결핍과 패배를 충족시키려 한다. 그 충족은 발랄한 상상력으로 인해 가능해진다.

> 그 잎 위에 흘러내리는 햇빛과 입맞추며
> 나무는 그의 힘을 꿈꾸며
> 그 위에 내리는 비와 빰 비비며 나무는
> 소리내어 그의 피를 꿈꾸고
> 가지에 부는 바람의 푸른 힘으로 나무는
> 가지의 생이 흔들리는 소리를 듣는다.
>
> —정현종, 「사물의 꿈 1 – 나무의 꿈」 전문

사회의 위압적 분위기가 주체의 정립을 가질 여유를 허락하지 않으며 거대한 사회의 흐름에 맹목적이고 기계적으로 포섭시키려는 사회 상황에 대응하여, 일상성과 소시민성에 개탄하고 분노하는 것 이상으로 현실의 곤고함을 대체하는 삶의 발랄함이 중요하며 그것을 시의 상상력을 통해 보여주겠다는 것이 정현종의 의도이다.

사물과 하나 되는 절대적 친화성을 통해 시인은 역동적 삶을 꿈꾼다. 그 활달한 역동적 삶은 현실에 대한 절망적 상황을 동전의 뒷면으로 가진다. 그는 '사물을 잘 아는 것이 방법적 사랑'이고 그 '사랑의 표현'인 노래를 통해 '노래가 신나게 흘러 다니는 세상'(「사랑사설하나」)을 꿈꾸는 가인(歌人)이 되고자 한다. 이 가인에의 꿈을 쉽사리 달성하지 못하도록 하는 완강한 현실이 상상력의 이면에 자리하고 있다. 그 완강함을 떨치고 솟아오르는 방법적 무기는 물활적이고 감각적인 상상력이다. '거짓을 사랑함'으로써 도저한 '거짓'(「그대는 별인가」)을 덮겠다는 시인의 의도는 고통을 먹고 자란 초록빛 꿈으로, '상처에 뿌리내린 꽃'(「눈보라에 뿌리내린 꽃」)으로 세상을 채우려는 역동적 상상력을 통해 드러난다. 우화의 수법과 상징을 폭넓게 구사하는 그의 시쓰기는 시대의 중압으로부터 삶 자체의 약동감을 회복하려는 개성적 서정 추구의 결실이다.

산업시대의 시가 더 이상 전통적인 서정시의 고답적인 문법에 머물기 어렵다는 점을 간파한 오규원은 물신시대를 사는 개인의 주체성 확보의 위기를 기지에 찬 언어로 드러내어 또 다른 시양식을 보여주었다.

> 時에 무슨 근사한 얘기가 있다고 믿는
>
> 낡은 사람들이

아직도 살고 있다. 時에는
아무것도 없다.
조금도 근사하지 않은
우리의 生밖에

—오규원, 「龍山에서」 부분

오규원이 애써 거부하는 것은 관습과 일상성에 물든 언어이다. 일상적인 언어는 그에게 파괴와 전도의 대상이 된다. 관습적 공감이 바탕을 이루는 '시쓰기' 행위 역시 그에게는 부정의 대상이다. 서정시에 대한 통상적인 믿음을 오해라고 판단하는 오규원은 종래의 서정시의 미덕을 추문화시키고 종래의 시적인 언어에 대하여 의심에 찬 눈길을 보내기에 주저하지 않는다. 시가 더 이상 근사한 것이 될 수 없다는 고백은 억압적 시대, 물신화된 사회와 맞서는 시의 주체적 갱신 의지를 담은 것이다. 시는 더 이상 근사한 어떤 것도 아니며, 시는 이제 산문임을 고백함으로써 역설적으로 산업화 시대의 시는 한층 발 빠른 대응력을 얻게 된다.

사물에 내재된 본질적 힘을 응시하는 조정권의 단정한 언어는 불필요한 정서의 자기 탐닉을 방지하려는 서정적 주체의 자각이 근간을 이루는 것이다.

그것은 내게 마악 솟아나온 새싹과도 같은 것이었습니다.

저마다의 선택된 벽을 스스로 뚫고 솟아나와 내려다보면 한 치나 될까 한 짧은 키들로 조그마한 얼굴을 드러내 보이며,

흙 속에서 키워온 중심 잡힌 눈이며 귀며 양 어깨에 접어 세운 날개

죽지며 그리고 둘레에 잔잔히 흐트러져 떨어지는 빛나는 햇살 줄기들—
그것은 스스로의 안정된 무게와 몸짓과 보이지 않는 것들로 하여
줄기찬 생활의 날개를 서서히 펴는 것이었습니다.

—조정권, 「힘」 전문

조정권의 시가 견지하는 수직적 상승 의지는 구체적인 현실의 경험을 바탕으로 한다. 상승을 위한 힘은 현실의 개념적이고 당위적 이해에서 오는 것이 아니라 새싹의 힘에서 감지되는 것이다. 지표를 뚫고 상승하여 자신의 영역을 확보하는 노력은 중심 잡힌 눈과 안정된 무게로 가능하다는 것은 조정권의 시 인식일 뿐 아니라 시작의 태도에까지 연계된 것이다. 현실의 추상적 이해를 배제한 채, 균제된 언어 훈련 속에서 점진적인 의식의 상승이 가능하다는 인식을 그의 시가 보여주기 때문이다.

송수권은 소외된 사람들의 서러운 삶을 전통적 가락으로 다듬어내어 전통 서정의 한 가닥을 보여준다.

말없이 잠든 초당 한 채
그늘진 오동꽃 맑은 향 속에서
누가 唐音을 소리내어 읽고 있다.
그려낸 먹붓 폄을 치듯
고운 색실 먹여 아꿔틀면
어머님 한산 소매 끝에 지는 눈물
오동잎새에 막 달이 어린다.

—송수권, 「刺繡」 부분

조정권이 남성적인 어조로 상승하는 힘의 본질을 파악하려 한다면 송수권이 그리는 정한의 세계는 한국 전통시의 비애 혹은 여성주의와 적지 않은 관련을 지닌다. 그의 시가 바탕에 깔고 있는 비애와 여성주의는 함부로 슬픔의 정서에 함몰되지 않는 단단함을 동시에 보여주는데 이는 정서를 통어하려는 시인의 의지가 개입되어 있기 때문이다. 수를 놓듯 공들여 지어내는 섬세한 언어 배치가 과장된 슬픔을 봉쇄하고 정서적 감응력을 높이는 것이다.

전통적인 서정을 바탕으로 투명한 절대 세계로의 정신적 도약을 그려낸 이성선과 토착적 정서의 복원을 보여준 권달웅, 일상 세계에서 삶의 진정성을 모색하는 정진규의 산문적 리듬, 사물의 투시를 통해 형이상학적 사유를 빚어낸 오세영의 시는 산업화 사회의 소외와 황폐함으로부터 서정시 본연의 자기 동일적 상상력을 회복하고자 한 것이다. 이들의 시적 작업은 산업사회의 외형적 풍요와 과장된 사회 현실과 대척점에 서는 서정성이 바탕을 이루고 있다. 이들은 언어를 통어하는 균제의 미학으로 부박한 물질이 횡행하는 삶과는 거리를 유지함으로써 서정적 주체의 위상을 마련한 것으로 파악할 수 있다.

3. 주체적 시문학의 정립을 위한 모색과 실천

1960년대와 1970년대의 시문학사에 새로움이 있다면, 그 새로움이란 현실에 대한 객관적이고 총체적인 사유에서 비롯되며 여기에 기반 한 새로운 문학적 양식의 과감함으로 이어진다는 점에서 찾을 수 있다. 문학사의 실천적 새로움은 과거 문학의 단절이 아니라 연계와 극복이고 이러한 과정을 통해 얻어진 열린 체계 위에서 가능해진다.

1960년대와 1970년대의 시문학사에서 우리는 문학의 내적 그리고 외적인 성숙을 말할 수 있다. 1960년대 이후 우리 사회가 외형적인 면에서 서구 사회 추수의 경향을 짙게 드러내었고, 그러한 의미에서 산업화 사회라는 지칭이 가능하다면, 당대의 한국인에게 필요한 것은 자신의 삶을 지배하는 사회구조에 대한 인식이었고 객관적인 현실 인식과 아울러 문학적 대응력의 구축이었다. 현실에 대한 보다 적극적인 깨달음이 있어야 한다는 인식은 문학의 생존 논리를 확고하게 할 수 있었던 근거였으며 당대의 문학이 외부적 요건에 이끌리는 것이 아니라 주체적 방향성을 가져야 한다는 점에서 문학의 주체적 위상 정립을 요청하는 바탕이었다. 우리 사회가 겪은 정치적 권위주의와 산업화는 문학의 주체적 자각을 위한 도정을 마련하게 되었다. 이러한 주체적 인식을 토대로 1960년대와 1970년대의 문학적 자각, 그리고 갱신의 폭과 갈래는 한층 심화되고 다양한 양상을 띠게 되었다. 문학의 범주에서 가능한 역사의 총체적인 흐름에 대한 회의와 현실 변혁의 논리를 지녔던 시문학의 새로움은 1960년대와 1970년대가 마련한 문학사적 기반을 통해 가능했던 것이다.

부재 너머의 이름, 님을 향한 언어의 형상

—한용운의 시에 대하여

『님의 침묵』은 님이 떠나가는 순간부터 시작된다. 님과의 이별은 사랑의 마지막이자 시의 시작이다. 님은 온전한 형상을 드러내지 않는 존재이지만 시집 전체는 님을 향한 갈구와 기다림의 어조로 가득하다. 문학의 다양성과 삶의 중층성을 반영하듯 간단히 정의되지 않는 님의 의미야말로 독자의 읽는 즐거움을 더욱 두텁게 하는 것일지도 모른다. 님의 존재는 한마디로 정의하기에 참으로 난감한 존재이지만 『님의 침묵』에서 화자는 님과의 관계 체계 안에서야 비로소 삶의 가치와 의의를 보장받는다. 한용운 시집 『님의 침묵』에서 의미의 궁극적인 지향은 '님'을 향하고 있으며 비유 구조는 님을 중심으로 결합하고 있다. 님의 의미에 대한 탐구는 한용운 시의 전체를 파악하는 데에 있어서 핵심에 해당하기에 님을 둘러싼 의미 구조를 분석하여 한용운 시의 면모와 특징을 분석하고자 한다.

시 「님의 침묵」의 서두 '님은 갔습니다. 아아 사랑하는 나의 님은 갔습니다'라는 탄식으로부터 시작되는 『님의 침묵』의 시편들은 기다림과 좌절이 교차하는 가운데 님의 존재를 확인하고 님에 대한 나의 믿음과 사랑을 확인해 나가는 작업이라고 할 수 있다. 님과의 이별은 현실 삶을 결핍과 좌절의 고통으로 이끌어 가지만 이 부재의 고통은 도리어 님의 존재에 대한 역설적인 확인이 된다.

당신이 가신 뒤로 나는 당신을 잊을 수가 없습니다.
까닭은 당신을 위하느니보다 나를 위함이 많습니다.

나는 갈고 심을 땅이 없으므로 추수가 없습니다.
저녁거리가 없어서 조나 감자를 꾸러 이웃집에 갔더니, 주인은 '거지는 인격이 없다. 인격이 없는 사람은 생명이 없다. 너를 도와주는 것은 죄악이다.'고 말하였습니다.
그 말을 듣고 돌아나올 때에, 쏟아지는 눈물 속에서 당신을 보았습니다.

나는 집도 없고 다른 까닭을 겸하여 民籍이 없습니다.
'민적이 없는 자는 인권도 없다. 인권이 없는 너에게 무슨 정조냐.' 하고 능욕하려는 장군이 있었습니다.
그를 항거한 뒤에, 남에게 대한 격분이 스스로의 슬픔으로 化하는 찰나에 당신을 보았습니다.
아아, 온갖 윤리, 도덕, 법률은 칼과 황금을 제사지내는 연기인 줄을 알았습니다.

영원의 사랑을 받을까, 인간 역사의 첫 페이지에 잉크칠을 할까, 술을 마실까 망설일 때에 당신을 보았습니다.

—「당신을 보았습니다」 전문

이 시의 화자는 님이 떠나간 후 님이 부재하는 현실을 살아간다. 화자에게 현실은 도저한 결여의 상황이며 이러한 결여는 '인격'과 '생명', '인권'이 없는 것으로 간주되어 인간으로서의 권리 및 가치를 말살당하는 상황에서 구체적으로 드러난다. '땅'과 '집'은 인간이 스스로의 생존을 영위해 나가기 위한 물질적인 기반에 해당한다. 3연의 '민적'은 주체적인 개인으로서의 권리를 보장받을 수 있는 근거이다. 최소한의 생존 기반의 상실은 인간으로서의 수모와 굴욕으로 귀결된다. 굴욕적인 삶의 현실에 화자는 슬픔과 분노를 느끼지 않을 수 없다. 역설적이게도 부재하는 님의 존재를 인지하는 순간은 굴욕이 극에 달하고 분노와 고통이 극한에 이르렀을 때이다. 인간적인 수모와 고통의 밑바닥에서 인지하는 '당신'은 슬픔과 격분을 지양하는 상태에서 주체로서의 인간됨을 인정받을 수 있는 삶의 원리를 뜻한다고 볼 수 있다.

마지막 3행은 부재의 현실과 그에 대한 깨달음을 드러낸다. '온갖 윤리, 도덕, 법률은 칼과 황금을 제사지내는 연기인 줄을 알았'다는 진술은 현실에 대한 부정적 반응을 집약한 것이다. '칼'과 '황금'은 현실적인 권력과 재력을 상징하며 이는 '집'과 '땅', '민적'이 없어서 인간의 존엄성마저 위협당하는 나의 현실과 대척점에 선다. 부정적 역사와 현실에 대한 통찰적 인식은 허무의 바닥에 이르게 한다. 허무의식으로 말미암아 화자는 은둔이나 역사에 대한 부정 그리고 순간적 도취의 몰각 사이의 선택을 두고 서성거린다. '영원의 사랑을 받을까'는 현실적인 삶에 대한 회의와 그로 인한 초월적인 세계로의 은둔을 의미하는 것이고 '역사의 첫 페이지에 잉크칠을 할까'는 윤리와 도덕, 법률이 허위이고 교묘한 가면이라는 사실을 직시한 순간 깨달은 허위의 역사에 대한 전면적 부정을 노정한 것이다. '술을 마실까'는 현실 삶을 살되 순간적인 쾌락이나 몰각에 골몰하는 행위를 뜻한다고 볼 수 있다. 세 가지 모두 부정적 허무의식의 소산이며 현실 삶에 대한 포기 또는 망각을 뜻하는 것이어서 주체적 삶의 원리를 보장하는 것은 아니라고 할 수 있다. 도저한 절망과 허무의 순간에 본 당신은 이러한 현실 망각과는 선택의 방향을 달리하는 가치를 표상한다고 할 수 있다. 시인이 희구하는 것은 초월적인 것이 아닌 사랑, 거짓이 아닌 역사, 자포자기가 아닌 인생을 보장하는 절대선의 원리로서의 '당신'이다.[1)]

당신, 즉 님은 현실에서 부재하지만 현실의 부정적 상황에 대응하는 실재로서 존재한다는 인식을 드러내는 것이다. 일제강점기하의 억압적 현실을 고발한 것으로 이 시를 이해할 수도 있으나 보다 눈여겨 볼 것은 부재로서 자신의 존재를 증명하는 님의 표상과 님에 대한 화자의 갈구이다. '당신'의 존재는 현실에 대한 도피와 부정적 삶에 대한 파행적 순응을 거부하는 삶의 원리로 기능한다.

---

1) 김우창, 『궁핍한 시대의 시인』, 민음사, 1977, 133쪽.

「나룻배와 행인」에서는 잠시 머물고 떠나는 님의 모습과 기다리는 화자의 모습이 대조를 이룬다. 화자의 분신인 나룻배는 기다림이라는 행위를 통해 자신의 존재성을 입증한다.

나는 나룻배
당신은 행인.

당신은 흙발로 나를 짓밟습니다.
나는 당신을 안고 물을 건너갑니다.
나는 당신을 안으면 깊으나 옅으나 급한 여울이나 건너갑니다.

만일 당신이 아니 오시면 나는 바람을 쐬고 눈비를 맞으며 밤에서 낮까지 당신을 기다리고 있습니다.
당신은 물만 건너면 나를 돌아보지도 않고 가십니다그려.
그러나 당신이 언제든지 오실 줄을 알아요.
나는 당신을 기다리면서 날마다 날마다 낡아갑니다.

나는 나룻배
당신은 행인.

—「나룻배와 행인」 전문

나룻배와 행인이라는 은유는 시적인 상상력의 풍부한 가능성을 내포한다. 나룻배는 행인을 싣고 물을 건너 주는 존재이다. 행인으로 비유된 당신은 정처 없는 존재로서 잠시 머물고 떠나

가는 순간적인 존재이다. 반면 나룻배로 비유된 나는 기다림을 간직한 존재로서 지속적인 시간에 걸쳐 자신의 존재 가치를 입증한다. 당신을 안고 물을 건너가는 행위는 나룻배의 존재를 실현하는 순간이다. 행인이 나룻배를 통해 도달하여야 할 공간에 이르는 순간에 나룻배는 배로서의 기능을 다하게 된다. 나룻배의 기능과 존재 가치는 행인이 다시 물을 건널 때까지 유보된다.

낡아간다는 것은 시간의 유구한 흐름 속에서 소멸에 다가가는 변화 상태를 의미한다. 화자는 자신의 시간을 소진시키면서 기다림의 절대성을 고수한다. 님의 도래는 나룻배라는 본연의 위치를 벗어나지 않을 때 기대될 수 있는 일이다. 낡아감을 수반하는 시간의 경과에도 불구하고 변하지 않는 희생적이고도 꿋꿋한 기다림의 자세가 바탕이 될 때 님의 도래는 예견 가능한 사건이 된다. 기다리면서 낡아간다는 진술에서 기다리는 행위가 단지 한순간에 그치고 마는 것이 아니라 존재가 소멸에 이르도록 지속되는 것임을 보여준다.

님과의 관계는 기다림의 의미망 속에서 새롭게 부각된다. 님이 오지 않는다고 해서 그 존재를 부인할 수 없다. 기다림이 가지는 현실적인 맥락은 자신의 존재 가치의 실현과 님의 현존에 대한 믿음과 연관된다. 영원히 머무는 존재도 아니고 영원히 오지 않는 존재도 아닌 님은 나룻배인 화자의 기다림 속에서 존재의 의미를 부여받는다. 불완전한 시간 속에 존재하는 님을 영속케 하는 것은 나의 기다림의 과정을 통해서이다. 기다림은 현실의 결여를 미래적 시간의식을 통하여 극복함으로써 현실의 부재를 극복하는 방법이다. 기다림에는 미래에 대한 낙관과 현재의 결여를 감수하는 인내가 함축되어 있다. 기다림이란 결여의 삶 속에서 나의 존재를 확인하고 나아가 님의 도래까지의 험난한 시간을 감내하려는 의지적 사랑의 실천 행위이다.

님을 기다리며 현실의 고난을 극복하려는 자세를 보여주는 한용운의 시는 현재적인 모습에 만족하지 않고 미래를 향한 적극적인 의지를 표출한다. 『님의 침묵』은 님을 기리는 긍정적인 면모만을 다룬 것은 아니어서 좌절과 절망의 언사가 비치기도 한다. 그러나 좌절과 절망이야말로 사랑하는 님을 보낸 화자의 진솔한 감정 표출이 아닐 수 없다. 좌절과 절망이라는 고비를 넘어서서 한용운의 시가 지향하는 것은 궁극적으로 미래에 도래할 님이며 님의 도래가 수반하는 주체적인 삶의 회복이다.

님이여, 당신은 백 번이나 단련한 金결입니다.
뽕나무 뿌리가 산호가 되도록 천국의 사랑을 받읍소서.
님이여, 사랑이여, 아침 볕의 첫걸음이여.

님이여, 당신은 義가 무거웁고, 황금이 가벼운 것을 잘 아십니다.
거지의 거친 밭에 福의 씨를 뿌리옵소서.
님이여, 사랑이여, 옛 梧桐의 숨은 소리여.

님이여, 당신은 봄과 광명과 평화를 좋아하십니다.
약자의 가슴에 눈물을 뿌리는 자비의 보살이 되옵소서.
님이여, 사랑이여, 얼음바다에 봄바람이여.

—「讚頌」 전문

「찬송」에서 님이 가진 미래적 의미는 구체화된다. 1연은 님의 존재에 대한 형용이다. 님을 수식하는 어휘인 '금결', '아침 볕'은 모두 광휘가 가득한 시어로서 찬란한 빛의 이미지를 통해 님을 수식하고 있다. 화자는 이 광휘가 우연히 획득된 것이 아님을 백 번이나 단련한 금결이라는 시어를 통해 표출하는데 단련이란 시어를 통해 좌절과 난관을 거쳐 왔음을 시사한다. 또한 백 번이라는 횟수를 통해 지나온 역경이 만만치 않았음을 암시한다. 화자는 오랜 기간을 거친 단련을 통해 획득된 광휘가 영구히 지속되기를 기원한다. '뽕나무 뿌리가 산호가 되도록 천국의 사랑'을 받고자 하는 것은 역경의 시간이 지난 후의 영광된 시간의 향유를 희구하는 것이다.

2연에서 님에 대한 기원은 상세히 진술된다. 화자는 거지의 거친 밭에 복의 씨를 뿌리라고 청한다. 거지의 거친 밭이라는 비유에서 「당신을 보았습니다」의 땅과 집이 없어 수모와 굴욕을 당하는 '나'의 상황을 떠올릴 수 있다. 황폐한 '나'의 현실을 극복하는 것은 주체적인 삶의 회복을 통해 가능하며 화자는 이러한 소망의 단초를 '복의 씨'로 비유한 것이다. 2연에서 드러나는 '씨', '밭', '오동'의 시어를 통해 표출된 식물적 상상력은 풍요함에의 희구라는 지향점을 가지고 있다. 씨앗은 현재의 시점에서는 미소한 존재이지만 비옥한 땅에 뿌려진다면 장차 풍성한 결실을 맺는 식물로 성장해 나갈 수 있다는 생명력의 가능성을 담고 있다. 한용운은 식물적 상상력을 도입함으로써 현재는 거칠고 황폐하더라도 미래에는 거지의 황폐한 땅이 아닌 풍요한 대지의 꿈을 이룰 수 있다는 점을 부각시킨다. 식물이 누리는 시간

중 비교적 오랜 시간 삶을 영위하는 '옛 오동'의 존재는 식물의 제한적인 삶의 시간을 넘어서 보다 장구한 시간에 걸친 조화로운 생명의 향유를 암시한다. 오동나무의 강인한 생명력이야말로 풍요의 꿈이 한정된 시간에 머물고 마는 것이 아니라 보다 오랜 시간 동안 지속될 수 있는 바탕이 되기 때문이다. 2연에서 진술된 풍요한 식물성의 꿈은 3연에서도 되풀이되어 풍요한 미래에의 기대를 강화시킨다. 봄과 광명, 평화는 온화함과 광휘로움, 조화로움을 연상시킨다는 점에서 2연에서 제시된 풍요한 식물의 꿈을 실현시키는 외부 조건이라고 할 수 있다. '봄과 광명과 평화를 좋아'하는 님의 성향과 '복의 씨'는 유기적으로 결합되어 풍요한 대지의 꿈을 실현시킨다. 마지막 행의 '얼음바다에 부는 봄바람'은 현실과 미래의 상황을 대비시켜 놓은 행이다. 님이 부재하는 현실이 춥고 황량한 얼음바다라면 님과의 조화로운 만남이 이루어지는 미래는 봄바람이 가져오는 온화함으로 가득할 것이다.

님과의 해우가 보장할 수 있는 조화로움과 풍요로움은 미래 시간에 가능한 것이다. 조화로운 미래의 성취는 님의 존재에 대한 신뢰와 맞물린다. 풍요한 삶, 조화로운 삶은 「당신을 보았습니다」의 억압된 삶을 견디고 극복하는 자만이 향유할 수 있다. 「당신을 보았습니다」에서 님의 존재는 고통의 극한에서는 드러나지만 고통을 회피하거나 초월해 버린 상태에서는 나타나지 않는다. 한용운의 님은 영원의 초월적 세계로 은둔하거나 삶을 전면적으로 포기하거나 몰각하지 않은 상태에서만 해후할 수 있는 존재인 것이다. 「찬송」은 속악한 현실 가운데서 삶을 부정하거나 도피하지 않는 상태에서 기대할 수 있는 님에 대한 강렬한 희망을 담는다. 님의 존재를 빌려 화자는 현실을 부정하지 않으면서 현실의 속악함을 승인하지 않으려는 의도를 드러낸다.

한용운의 시집 『님의 침묵』은 시 「님의 침묵」으로 시작하여 「사랑의 끝판」으로 마감된다. 「사랑의 끝판」은 오랜 시간에 걸친 기다림이 종식되고 님과의 만남이 머지않았음을 암시하는 비유와 역동적인 미래의 시간이 도래할 것을 믿는 시적 진술을 보여준다.

> 님이여, 하늘도 없는 바다를 거쳐서, 느릅나무 그늘을 지워버리는 것은 달빛이 아니라 새는 빛입니다.
> 홰를 탄 닭은 날개를 움직입니다.
> 마구에 매인 말은 굽을 칩니다.
> 네 네 가요, 이제 곧 가요.
>
> ―「사랑의 끝판」 2연

님을 그리며 기다리던 화자는 그늘을 지우는 것이 어두운 달빛이 아니라 '새는 빛'이라고 힘주어 말한다. 이별의 고뇌와 좌절을 담은 어둠이 물러가고 나타나는 새벽의 찬란한 빛은 님의 도래와 비견되는 빛인 것이다. 아침빛이 가져오는 역동적인 미래상은 「찬송」에서 나타나는 빛의 이미지와 연계되어 생각할 수 있다. 님이 곧 빛으로 인식되는 상징 구조 속에서 새벽빛은 님과의 만남이 머지않은 시간에 가능하리라는 암시를 제공한다. 움직이는 모든 것은 활기를 지님으로써 님에게 가려는 화자의 역동적인 의지를 간접화된 방법으로 묘사한다. 날개와 말발굽은 미래를 향한 움직임을 내포하는 것이며 님이 부재하는 공간으로부터 벗어나 긍정적인 공간으로 나아가려는 움직임을 담은 것이다. 날개와 말발굽이 지닌 역동성은 님과의 합일로 나아가려는 화자의 의지를 가속화시키는 역할을 한다.

님이 떠나가는 「님의 침묵」으로 출발하여 「사랑의 끝판」으로 마감되는 『님의 침묵』 전체의 구성은 님과의 이별로부터 시작하여 기다림과 그리움 그리고 재회에의 기대를 담은 것으로 요약할 수 있다. 한용운의 시에 나타나는 님은 낭만적 사랑의 대상이거나 이 세계를 떠난 피안의 존재이거나 구원의 존재가 아니라 남루한 현실 삶 가운데서 파악되는 존재이다. 삶에 대한 망각이나 포기를 지양하는 주체적인 삶의 원리로서 기능하는 님은 부박한 삶을 견디는 의지와 실천의 행위 속에서 가치를 보증 받는다고 할 수 있다.

님과의 재회를 그리는 염원은 능동적인 기다림의 바탕이 되며 기다림의 절대성은 실의와 갈등을 넘어서 만남을 성취하려는 의지적 신념으로 표출된다. 이러한 과정을 거쳐 성취된 만남은 이별-재회라는 단순한 평면 구조 위에서의 만남이 아니라 보다 상승되고 고양된 지점에서의 만남을 의미한다. 현실을 타개하려는 적극적인 의지와 맞물리는 주체적이고 풍요한 미래의 회복은 한용운의 『님의 침묵』을 관통하는 의지이자 갈망이다.

님의 존재가 함축하는 의미망을 통해 한용운은 1920년대 초기시가 지녔던 슬픔의 탐닉, 또는 상실감이나 절망의 안이한 반복에서 벗어난다. 이러한 시적 사유의 차별성은 상실과 절망으로 가득한 삶을 도피하지 않는 삶의 불완전성에 대한 정직한 응시와 긍정을 바탕으로 이루어진다. 한용운에게서 눈여겨보아야 할 것은 님이 떠나 부재한다는 사실 자체보다는 님이 부재하는 삶을 어떻게 받아들이고 어떻게 결여의 삶을 살아가는가라는 점이다. 한용운은 억압과 결여의 현실을 님의 부재라는 사유 구조 속에서 파악했다. 한용운은 모순과 결여로 가득한 사회역사의 상황을 누구보다 통찰적인 시선으로 응시하고 있었으며 부재와 결여 자체에 함몰되지 않으려는 노력을 보이는 동시에 현실의 부정적인 측면을 건전한 삶을 열망하는 힘으로 전환시켰다. 현실의 부정성이 가장 두드러진 부분에 이르러 님에 대한 갈구는 또한 강렬해지며 님과의 합일을 이루려는 실천적인 의지 또한 뚜렷해진다는 점에서 이를 확인할 수 있다. 그는 초월적이고 이상적인 삶의 원리를 제시하기보다는 현실의 파행성 가운데서 주체적인 삶의 원리를 모색하려 했다. 설악이라는 은둔의 공간에서 세간의 고통을 직시했던 한용운의 실천적 사유는 님이 떠난 척박한 현실에서 님이 도래할 미래에 대한 신념을 포기하지 않는 의지적 선택을 가능케 했다. 한용운 시의 현재적 의미는 님이 부재하는 현실 앞에서 그가 선택한 길의 적절성과 그 선택을 실천하려는 의지의 진실함에서 찾아질 것이다.

부박한 삶과 성찰적 상상력의 행보※

—마종하, 이태수, 최동호의 시에 대하여

1. 삶의 자리, 시의 형상

우리의 삶은 빈곤하기 그지없다. 빈곤한 삶의 현재를 건너가며 쓸쓸한 삶의 어느 결락을 메우려는 욕망이 우리의 시읽기에 묻어나고 있지 않은가 물어 볼 일이다. 한때 문학이 삶을 기획하고 현재의 누추함을 넘어설 수 있다는 강렬한 희망을 불어넣은 때가 없지 않았다. 그러나 의도적으로 기획된 문학의 전언이 누추함을 완전하게 거두어 주지는 못한다. 성급한 미래의 예견은 가볍기 쉽고 삶의 무게에 짓눌린 시는 헛되이 무겁다. 시인 내면의 정직한 토로와 깊이 있는 성찰이 수반되지 않고서는 삶이 그

※ 이 글이 대상으로 하는 시집은 마종하의 『한 바이올린 주자의 절망』(세계사, 1995), 이태수의 『그의 집은 둥글다』(문학과지성사, 1995), 최동호의 『딱따구리는 어디에 숨어 있는가』(민음사, 1995)이다.

빈곤함에도 불구하고 살 만한 것이라는 느낌을 주는 시를 얻기는 어려운 일이기 때문이다.

중견의 원숙함을 보여주는 마종하·이태수·최동호 시인의 시집은 서정적인 어조의 진지함을 유지하고 있다. 그와 같은 시적 어조는 삶에 대한 체험적 성찰이 바탕을 이룬다고 보아도 무리는 아니다. 시에 대한 열정이 담긴 진지한 어조에도 불구하고 그들이 바라보는 삶의 자리는 결코 풍족한 것이 아니다. 최동호 시인의 경우 부박한 현실에서 부스러져 빠져 나가는 시간의 알갱이를 안타깝게 쥐고 있으며 이태수 시인은 먼지 낀 세상 가운데 서 있고 마종하 시인의 경우 변두리의 후미진 귀퉁이를 착잡하게 바라보고 있다. 삶의 결핍은 예나 제나 마찬가지일 터이지만 이들 시인은 현재 딛고 선 자리를 철저히 응시하여 삶의 두께를 얻고자 애쓴다. 그 모색의 발자국은 산정을 향한 길로, 인간의 거리로 뻗어 나간다. 어느 경우이든 세속 주민으로서 살아가기의 어려움에 대한 정직한 토로가 시의 진정성을 더하고 있으며 삶의 빈곤을 딛고 나아가려는 모색이 시의 깊이를 더한다. 한갓 장식적 수사에서 벗어난 시의 언어에서 얄팍하고 변덕스러운 삶의 외피를 넘어서려는 시인의 의연함을 발견할 수 있다면 그리하여 삶의 남루를 벗고 삶의 체험에 의미의 마디를 부여하려는 시인의 노력이 헛된 것이 아님을 확인할 수 있다면 삶의 궁핍함에도 불구하고 독자가 누리는 풍요함은 값진 것일 터이다.

2. 주변인의 시와 삶의 훈기: 마종하

마종하 시인에게 시는 삶의 외곽, 변두리에서 쓰여진다. 시집 『한 바이올린 주자의 절망』에서 그의 거처는 버스를 두 번이나 갈아타고 들어가야 하는 대도시의 주변에 위치한다. 주변성은 자연스레 시에 녹아들어, 주변이라는 삶의 조건은 시적 인식의 바탕을 이룬다. 시인은 삶의 주변성을 눈물겹게 체험하고 시의 언어로 육화한다. 마종하 시인이 속한 삶의 터전은 평범한 삶의 그것이지만 그곳은 대도시의 화려한 외양과는 거리가 멀다. 저마다 도시의 한복판에서 문명과 자본의 화려한 불빛에 익숙한 터에 마종하 시인이 누리는 삶의 공간은 도시의 한복판에서 물러난 곳이며 그 터전에서 시인은 페인트공, 시장의 사람들, 아무도 귀 기울여 주지 않는 시를 쓰는 시인, 그리고 기껏 백묵으로 손을 허옇게 바를 뿐인 자신과 만난다.

> 시인이 되자마자 시단을 떠나서
> 스스로 시인이 되어 살아가고 있고
> 그뿐이랴. 교사가 된 김이박, 그 어처구니없는 친구는
> 학교를 떠나서 울타리 바깥에서
> 아이들을 만나고 있다. 따라서, 농촌의
> 어촌의 산촌의 광촌의, 농부가 어부가 촌부가 광부가
> 저마다 떠나서 정신없이 살고 있다.
>
> —「떠난 사람들」 부분

그렇다 나는 미생물이다. 사기사이다.

지금까지 살아 버틴 건 그 때문인걸.

오늘도 가슴 깊이 죄를 숨기고

침묵의 말을 거짓으로 떠들었지.

—「죽은 시인의 사회」 부분

시인은 시인에 걸맞은 자리에서, 교사는 그에 걸맞은 자리에서 삶을 영위하지 못한다. 세상은 그들에게 알맞은 자리를 제공해 주지 못했고 제각기 주변으로 밀려난 자리에서 역설적으로 그들의 자리를 확인한다. 제자리 밖에서 자신의 위치를 확인하는 사람들과 마찬가지로 시인 역시 소외감과 불화감으로 가득한 내면의식을 버리지 못한다. 영예도 없고 '수입도 적은'(「두 길·21」) 변방의 삶에서 시인은 자괴감과 반성의 시선을 통하지 않고 시쓰기를 바라볼 수 없다. 죽어가는 시인, 코피 쏟는 시인들 사이에서 혹 자신이 시인다움이 사라져 버린 '죽은 시인의 사회'(「죽은 시인의 사회」) 속에서 사는 것은 아닌가 자문하기도 한다.

마음에 가득 찬 것이 위선과 기만은 아닐까, 혹 자신이 사람구실 제대로 할 수 없는 '미생물'이나 '사기사'에 불과한 것이 아닐까 하는 의구심에 시달리며 시인은 묻고 또 묻는다. 시란 또 시인이란 직분이 어떠한 것인가에 대한 의문에 기대어 시인은 '말과 생각과 시늉으로' '여기저기 흩어진'(「털어내기」) 자의식의 편린을 날카롭게 주시하기도 한다. '빈 집에서 담배연기 가득 채우며 시를 쓰는 일' '이것이 전부일까'(「묵의 하루」)라는 반문은 가슴 깊이 묻혀 있는 진실을 언어로 이끌어내지 못하는 시업(詩

業) 대한 자책이자 삶의 구체성이 가라진 허황한 언어를 양산해 내는 창작에 대한 경계가 담긴 것으로 이해할 수 있다. 그는 시인이라는 직분에 의구심을 던지고 시인의 역할에 회의하면서도 시쓰기를 떨구어 버리지 못한다.

자괴감에 젖어 왜소한 자신, 뜻대로 쓰여지지 않는 시, 세상의 영예와는 너무나 거리가 먼, 이제는 삶의 주변부로 밀려난 시를 쓰는 시인이란 반성이 시인을 지탱시키는 저력이라는 것을 시인은 알고 있는 탓일까. 반성과 회의는 삶을 제자리에 세워 주지 않는 시대를 바로보기 위한 방편이며 혼탁한 물결에 함부로 휩쓸리지 않으려는 자존의 노력이라고 할 수 있다. 소외된 주변인의 자리를 고집함으로써 시에 관하여 고민하고 회의하는 시인의 자세는 일상의 남루함이 가득한 속에서 구차하지 않을 수 있는 존립의 근거이기도 하고 또 다른 주변인들의 삶의 훈기를 발견하기 위한 근거이기도 하다. 마종하 시인의 시에서 드러나는 삶의 모습은 주변인들의 우울한 초상이기는 하지만 삶의 궁핍함을 배면 깊이 감추고 자신의 길을 살아내는 꿋꿋함을 간직하고 있다.

> 이제 길이 뚫린다고 한다.
> 저 지하철 공사장의 굴삭기가
> 나의 거친 손으로 확대되고
> 장화 신은 인부들이 나의 발로 일한다.
> 그렇다. 다시 길을 뚫는 것이다.
>
> —「두 길·12」 부분

그는 버스를 두 번이나 갈아타고 돌아오는 길의 암담함, 버스에 매달려 지낸 삶의 궁핍이 맹목적인 열정의 힘만으로 폭파되어 나갈 리 없다는 것을 이미 잘 알고 있다. 그 길을 고달프게 돌아오지 않아도 될 변방에서 도심으로 나아가는 길을 뚫는 것은 근육의 억센 힘이라는 것을 또한 알고 있다. 되풀이되어 언급된 '길'의 의미가 동일한 의미로 쓰여졌다고 보기는 어렵다. 새로 뚫리는 길이 세상과 원활하게 만나는 내면의 통로가 될 것임을 시인은 꿈꾸기 때문이다. 거친 손으로 어렵사리 뚫어낸 길은 나와 삶의 외곽에 사는 또 다른 나를 연결하는 소통의 길이며 왜소한 자아가 세상과 만나는 길로 열리기도 할 것이다. 시인은 그 길이 온몸으로 뚫고 가야 할 것임을 믿는다. 변두리에서 중심에 이르는 길이 세속적 명예와 닿는 길은 물론 아니다.

시인으로서 그의 직무는 남루한 삶과 동떨어진 곳에 외따로 존재하는 것이 아니었다. 길이 길로 이어져 보다 넓은 길로 나아가듯, 그의 직무는 나날의 삶 속에서 사람과 사람 사이를 따뜻하게 결합시키는 '용접공'이며 외따로 떨어진 사람들의 감정과 감정을 이어 주는 '배관공'(「두 길·21」)이라고 할 수 있다. 시인으로서의 자기규정이 이러할 때 그는 외따로 떨어진 우울한 골방보다는 사람들 가득한 거리에서 시적인 자산을 얻는다.

> 그 즐비한 노점식당에 걸터앉아서
> 고여서 뭉쳐진 눈물과도 같은
> 우무 한 접시를 썰어서
> 들이마실 수 있었다.

사람들의 냄새가
이토록 끓어 넘치게 하는 것일까
피어오르는 헛김 속에서 시선을 가리며
저 소주 마시는 사나이들의
붉어진 목과, 분주한 아주머니의
얼굴의 땀도 보았다.

—「저녁나절의 시장에서」 부분

가난한 그의 이웃들은 허황한 꿈으로서가 아니라 고달픈 노동으로 삶을 산다. 안락함과는 거리가 먼 노점의 한구석에서 그가 먹는 음식은 삶의 눈물이 배어나는 한 그릇 서러운 음식이다. 그 음식을 들이키며 그는 사람들이 살아가는 내음에서, 그들이 흘리는 땀방울에서 삶의 훈기를 확인한다. '가난이 죄가 되지 않는'(「반가운 내 얼굴」) 사람들의 거리에서 이미 낡아 버린 '꿈의 포장' 한 자락을 걸치고 사는 사람들의 모습은 마음 깊숙한 구석에서 밝아 오는 빛이며 따뜻한 위안이다. 사람과 사람이 모여 사는 세상의 '감자 부침개 같은 끈기'(「두 길·9」)와 '몸으로 더운 살 부비는 사랑 말고 남을 것이 없는'(「두 길·15」) 훈훈함을 새삼 확인하는 것이다.

시인은 시장거리에서 가난한 이웃과의 대화를 통해 '시가 씨가' 되고 그리하여 어느 봄날 '씨들이 부풀어 향기로운 날'(「봄시장」) 환하게 꽃피운 시를 보고 싶은 열망을 품어 본다. 시는 씨라는 진술에는 나날의 삶이 담긴 진솔한 시에서 하나의 씨를 확인하고자 하는 바람이 배어 있다. '시'가 '씨'가 될 때 봄날 피어 오른 꽃의 환함을 기대할 수 있다. 시가 꽃으로 피어나는 봄날의 훈기는 다름 아닌 남루한 삶, 그 사람들의 삶의 훈기에서 풍겨 나온다. 시가 씨가 되리라는 희망은 시장 거리의 '할머니의 분향기와도 같은 얼굴'(「봄시장」)에서 찾아낸 것이기 때문이다. 꽃인 시, 시인 꽃이 갖는 생생한 구체성은 나와 이웃들이 영위하는 삶의 구체성을 원천으로 한 것이다. '덜컹이는 불안과 기대만으로 지나간 꿈들, 단단히 끌어안고 밀집하여 부서지는 꿈들'(「돌의 구름」) 대신 근육과 땀방울의 소중함을 믿으며 시인은 삶의 생생한 감각을 택한다.

사람과 사람 사이의 더운 사랑을 확인하기 위하여 그는 어두운 방 안을 벗어나 '불빛 숨지는 도시의 구겨진' 한 모퉁이를 아프게 바라보며 '시린 구두를 옮겨딛는다'(「김포 평야에서」). 그의 '시린 구두'는 따뜻하게 품어 줄 공간 없이 주변으로 내몬 세상의 얄팍함에서 기인한 것이며 소외된 외곽을 떠도는 시인의 서러운 가슴이 담겨 있는 것이기도 하지만 남루한 삶의 세목들을 답사하고 확인하기 위한 토대가 되는 것이기도 하다. 시린 구두는 고달픈 삶의 행로에 대한 증언이자 시의 원천이다. 구석진 골목을 떠도는 그의 구두는 세상의 모진 비바람을 막아 주기에는 턱없이 부족할 것이다. 그곳에서 쓰여지는 시 역시 삶의 골목에서 불어오는 차가움을 상쇄시키지는 못한다. 그럼에도 그의 땀배인 '시린 구두'는 차가운 세상의 주변부를 걸어 다니며 사람들의 삶의 훈기를 품어내기를 포기하지 않을 것이다.

3. 먼지 낀 세상과 시인의 구두: 이태수

이태수 시인에게 삶은 무겁고 혼탁하기 그지없는 것이다. 그에게 현실은 어쩔 수 없이 고단한 구두를 끌고 걸어야 하는 팍팍한 먼짓길에 불과하다. 시집 『그의 집은 둥글다』에서 묘사된 세상은 온통 '안개'로 덮여 있을 뿐 분명한 길의 이정표가 보이지 않는다. 스스로의 거처를 '콘크리트 숲 그늘, 희뿌연 시멘트 바닥'(「콘크리트 숲 그늘」)이라고 규정한 그의 발길은 뿌리 없이 떠돌고 있다. 먼지 낀 세상에서 그는 속할 곳이 없다.

> 오리무중입니다. 지금 여기는
> 모든 길이 허공에 떠 있습니다.
> 눈 비비고 보아도 짙은 안개, 내 눈에는
> 안개뿐입니다. 간간이 나무들이 보이지만
> 숲은 안 보입니다.
>
> —「지금 여기는」 부분

허공 중에 떠 있는 물인 안개와 부유하는 먼지는 불투명한 현재를 효과적으로 그려내는 이미지이다. 먼지와 안개는 시인이 영위하는 삶의 공간이 모호하고 흐릿하며 나아갈 길은 막막하다는 것을 보여준다. 뿌연 세상에서 시인의 머리는 명료한 의식을 얻지 못한 채 '물먹은 머릿속 솜'(「구두코의 하늘 자락」)처럼 무겁다.

시인은 마음을 뿌옇게 흐리는 세상의 먼지를 닦아내고 뿌리 없는 시멘트 바닥에 불과한 도시를 떠나 자신의 뿌리와 기댈 언덕을 찾으려는 노력을 지속적으로 보여준다. 그의 시적 노력은 현실의 막막함과 무거움 그리고 뿌리 없음을 떠나 삶의 청명함을 회복할 길에 대한 모색으로 드러난다.

> 어린 시절 내 고향 새실에서
> 철없이 마음 풀어 수놓던 밤하늘의
> 그 아련한 별나라가
> 어찌하여, 수십 년이 지난 오늘밤
> 닳고 이지러진 마음
> 불 환히 밝혀주지. 잠 못 이루게 하지.
>
> —「입암, 한여름밤의 꿈」 부분

불투명하기 짝이 없는 현실과 반대로 유년의 기억은 찬란하다. 유년 시기는 자연과 내가 한 몸이 되었던 시기이다. 어린 소년에게 별은 그 자체로 찬란한 것이었다. 과거를 되돌아봄은 현재의 자신을 보다 명확하게 인식하기 위한 방편이다. 별 총총한 어린 날의 기억은 현실의 고뇌를 더욱 무겁게 하는 괴로움을 유발하는 동시에 편안한 안주를 거부하는 의식의 각성을 가져다준다. 별나라에 대한 기억은 닳고 이지러진 현재, 안개로 흐릿하고 모호한 현재를 더욱 분명하게 부각시키면서 현재에 안주하는 안일함을 거부하게 한다. 따라서 유년시절에 대한 반추는 현실에 대한 망각이나 도피가 아니라 현재를 보다 명확하게 규명하기 위한 시도를 함축하고 있다. 유년의 순수한 공간으로 되돌아가는 상상력의 궤적은 삶의 진정성을 되찾고자 하는 의도와 직결되어 있다. 이러한 기억에의 의존이 유년이라는 과거의 전체적인 복원을 의미하는 것은 아니다. 유년에 대한 느낌은 다분히 현재의 삶에 근거하여 일어나는 것이며 현재가 충분히 만족스럽지 못하다는 의미로 기능한다.

유년의 공간은 먼지와 안개에 휩싸이지 않은 청명한 풍광이 살아 있는 곳이다. 유년의 공간은 자연과 내가 하나였던 화해의 공간이며 만물이 밝고 투명하게 살아 숨 쉬던 곳이다. 시인은 기억을 거슬러 올라가 유년의 공간을 재생해내는 동시에 현존하는 유년의 공간, 그 자유롭고 청명한 공간을 찾아 나선다. 그러한 열망이 이끌어낸 곳은 '바위 틈'가에 '얼음꽃이 눈부시게 햇살을 퉁기고' '하늘의 옥빛 자락'에 '서걱이는 바람'(「진밭골 가는 길에」)이 부는, 도시의 먼지와 안개가 자취를 감춘 투명한 자연이다. 가볍고 투명한 풍경은 시인의 무겁고 답답한 심경과 대조를 이룬다. 시인의 '마음'이 향하는 유년의 고향, '진밭골' '산길'(「마음아, 너는 또」)은 '기댈 언덕도' '뿌리도 없는' 곳(「콘크리트 숲 그늘」), '가짜꽃들만 만발'(「바깥을 보아도 내 눈길은」)한 도시의 허위에 지치고 목마른 시인이 희구하는 대안(代案)의 공간이다.

마음 무겁고 스산한 날
양지바른 산길을 오른다. 신발 가볍게 신고
발바닥으로 돌부리의 촉감을 느끼며
머나먼 그를 생각한다. 옥빛 하늘을 이고
조금씩 몸을 비트는 산.

—「산길을 오르며」 부분

먼지와 안개의 거리 너머 시인이 기다리는 '그'는 도시 가운데 있지 않다. '이 세상의 번뇌를 밀어내'(「어느 날, 그는」)는 '그'는 옥빛 하늘 저 너머 쉽사리 잡히지 않는 자리에서 아물거린다. '그'는 '일상의 권태와 무중력'에 시달리는 시인에게 '한줄기 서늘한 바람'이며 정신의 '싱싱한 산소'(「어느 날, 그는」)와 같다. 시인이 그를 찾아 오르는 산길은 실재의 자연일 수도 있고 시인의 상상력으로 재구성된 자연일 수도 있다. 나지막하고 부드러운 능선으로 뻗어 나간 그 길의 어느 언저리에 존재하는 그는 실재하는 대상일 수도 있고 청명한 꿈과 이상을 상징적으로 집약한 존재일 수도 있다. 보다 분명한 것은 '그'의 존재는 먼지 낀 현재와 대척점에 선 존재로서 삶의 가능성과 진실성을 재재한 구원의 존재로 간주된다는 점이다. 모나지 않은 둥근 속성을 간직한 '그'(「그의 집은 둥글다」)의 존재는 일그러진 삶의 비추는 유년의 찬란한 별빛과 등질의 의미를 가지다. 눈물겨운 먼지 세상에서 '그'는 허물어지려는 삶에 가치를 부여하고 그 황폐함을 견디며 기다리게 하는 존재로서 한껏 기대를 높이지만 밀폐된 삶에 통풍구를 만들어 주는 그는 쉽사리 오지 않고 시인의 목마름은 가중된다.

그는 오지 않음으로 해서 오히려 시인에게 막막한 삶을 견디고 살 수 있는 기다림의 원리를 부여한다. 그를 확연하게 만나볼 수 없음에도 시인은 그에 대한 믿음을 저버리지 않으며 그를 기다리기를 주저하지 않는다. 어두운 세상 구석에서 '찬밥을 먹으며'(「찬밥을 먹으며」) 그를 기다리는 자세는 시인이 부박한 현실을 사는 하나의 축으로 기능한다.

시인이 '그'를 목마르게 기다리는 만큼 세상은 시인에겐 부족하기 짝이 없는 것이다. 시인은 '그'가 없는 부재와 결여의 현실을 산다. 그를 그리는 갈구의 눈빛이 시인을 인간의 숲을 벗어나 산길을 오르게 하고 옥빛 하늘을 응시하게 한다. 그러므로 그가 걷는 길은 아무나 찾아갈 수 있는 길은 아니다. 결여의 삶을 뒤척여 본 자만이 걸을 수 있는 길이다. 그 길은 분명 지도에는 없는 길이며 심지어 투명한 산자락에도 없다. 그 길은 시인의 '마음' 안에만 있다. 시인이 애타게 '마음'을 부르고 '마음'을 그리는 연유가 아마도 거기에 있을 것이다.

현실의 안개와 꿈 사이에서 괴롭게 흔들리면서 시인은 나지막한 길을 오른다. '그'를 만나려면, 투명한 삶의 회복으로 다가가는 그 길을 오르려면 얼마나 가벼워져야 하는 것일까. 시인은 먼지 낀 일상의 속박을 털어내기 위해 '구두끈을 풀'(「구두코의 하늘자락」)고 청명한 자연을 찾아간다. 그의 시에서 언급되는 구두는 안개 낀 세상을 살아가는 수단이자 일상의 삶에 시인을 매어 두는 매개체이다. 삶의 갑갑함을 떨쳐 버리고자 신발을 가볍게 신거나 구두끈을 풀어 버리지만 완전히 벗어 버리지는 못한다. 꿈속 같은 자연의 투명함 사이를 오르면서 그가 완전히 벗어 버리지 못하는 신발은 현실의 완강한 굴레와도 같다. 먼지 낀 도시의 거리를 걷던 신발을 벗어 두면 그는 현실과의 끈을 끊고 초월적 세계를 향하거나 세상을 버린 은둔자가 될 것이다. 그러나 그는 버림의 길을 택하기보다 먼지로 혼탁한 현실과 마음 이편의 투명함을 오가며 꿈꾸기를 그치지 않는다. 그것이 불투명한 세상을 사는 시의 소명임을 아는 까닭이다.

4. 시간의 깊이와 내면의 섭생: 최동호

자연은 최동호 시인에게 있어서 쇠락한 정신을 새로이 하기 위한 도전의 장을 마련한다. 그의 시집 『딱따구리는 어디에 숨어 있는가』에서 자주 등장하는 산은 지상의 협소한 삶의 공간과는 대조되는 공간이다. 자연의 풍부함 가운데서 혼탁한 정신을 새로이 가다듬고 내적 심성을 다지려는 태도는, 자연에 뜻을 두고 세상의 잡답을 멀리하여 정신의 평정을 얻는 옛 선비들의 자기 단련의 태도와 닮아 있다. 산은 그에게 가르침을 주는 공간이다. 자연의 이미지 가운데서 시적인 영감의 원천이 되는 것이 시인에게 한둘이 아니지마는 산은 탈속한 이미지로 인하여 자주 취택해 온 것이기도 하다. 산이 담고 있는 풍부한 의미와 만나기 위해서는 애써 땀 흘려 찾아가야 하는 등정의 과정을 필요로 한다. 물질문명의 범람 속에 자연은 어느새 우리가 애써 찾지 않으면 아니 되는 곳으로 물러앉아 버린 탓이기도 하지만 자연이 지닌 풍부한 의미는 그리 쉽사리 얻어질 성질의 것이 아니기 때문이다.

그는 일상적인 삶의 협소함을 간파하고 산으로 대변되는 자연에서 삶의 두께를 얻고자 시도한다. 산으로의 등정은 자연이 감추고 있는 사람의 역동적 에너지를 간취하기 위한 의미를 지닌다. 그의 시에서 드러나는 결연한 어조는 정상을 향한 끝없는 도정이 가지는 정신의 긴장된 상승과 땀방울의 치열한 의미를 넘어서 자연의 심대함 가운데 내적인 자양을 취하고자 하는 의지를 표현한 것이다.

치솟은 바위 끝에서
솔나무 가지들이 어린 손을 뻗어 바람을 잡으려 한다.
대지의 입김을 따라
바위 틈 사이에 솔씨 하나 날아와
여린 뿌리를 내렸었다.
누구의 눈에도 쉽게 뜨지 않는
작은 솔나무가 혼신의 힘으로 스스로를 흔들리게 하고
빠져나가는 바람을 잡으려 한다.

—「어린 솔나무에게」 부분

산은 생명의 깊숙한 뿌리를 포태하고 있다. 그곳에서 시인이 눈여겨보는 것은 장대한 높이로 성장한 나무가 아니라 '누구의 눈에도 쉽게 뜨지 않는' 어린 '솔나무'가 벼랑으로 뿌리를 내려 자신의 자리를 차지하고 산중의 세찬 바람을 받아들여 자신을 키우는 모습이다. '솔나무'의 모습은 하나의 생명이 결코 순탄치 않은 여건에 적응하여 자신의 자리를 세우는 과정을 함축하고 있다. 어린 나무를 둘러싼 척박한 환경과 그에 대응하는 나무의 굳건함에서 만만치 않은 삶의 표정을 읽은 시인이 던지는 위무의 언어는 어린 나무에게로 향한 것인 동시에 척박한 삶의 시간을 견디는 자아의 내면을 향한 것이기도 하다.

바윗돌은 스스로의 가슴을 열어 나무뿌리를 기르고, 흩어지려는 돌 부스러기마저 놓치지 않으려 실 같은 뿌리가 왕모래를 움켜쥐고 있었다. 부스러진 흙의 향기로움에는 오랜 시간 빗방울이 다져놓은 정갈한 고요가 있었다.

—「어린아이와 산을 오르다」 부분

어린 나무가 뿌리를 뻗어 바윗가에 자신의 자리를 마련하고 앙상한 줄기를 키워 가는 과정은 단시간에 얻어지는 것이 아니다. 완강한 바위를 열어 뿌리를 내리고 연약한 뿌리로 단단한 흙을 움켜쥐는 강인한 인내가 수반되지 않고서는 푸른 잎을 드리우고 줄기를 키운 큰 나무로 자라기 어렵다. 어린 싹이 자라 하나의 나무로 성장하고 그 나무를 키워내는 땅의 단단한 바위가 왕모래로, 다시 부드러운 흙으로 옮겨 가는 과정에는 길고 지난한 세월이 함축되어 있다. 산을 오르는 사람들의 일시적인 발길과 달리 뿌리를 박은 나무들은 장구하고 힘겨운 세월을 견디어 자신의 존재를 입증한다. 깊은 물은 소리를 내지 않는다고 했던가. 소나무처럼 작은 아이의 손을 잡은 시인이 응시하는 것은 나무를 통해 고요함 속에서 웅변적으로 드러나는 시간의 축적이다. 일상적 체험의 협소함에 갇힌 삶은 자연이 함축하고 있는 기나긴 시간의 축적을 간과하기 쉽다. 산등성이에서 자라는 나무의 옹골찬 삶은 지상의 찰나적인 시간과 대조를 이루면서 부박한 세속의 닫힌 삶에 하나의 창을 열어 준다. 그 창은 제한적인 삶을 살아가는 인간에게 유장한 시간의 흐름을 열어 보이며 시간의 거대한 질서 속에 내가 위치하고 있다는 자각을 부여한다. 자연의 시간은 굴곡 많은 인간의 시간에 비할 때 보다 근원적이고 지속적인 시간을 체험하게 하며 그 시간에 대한 직관은 우주적 생명의 질서에 스스로를 통합시킴으로써 자신이 지닌 생명의 가능성을 확산시킬 수 있는 계기를 열어 준다.

산에서 자라는 어린 나무가 지상의 어린아이와 동등한 의미를 지닌다면 아이의 손을 잡고 산을 호흡하는 시인 또한 자연의 시간에 기대어 자신을 키워 가는 자연 속의 어린아이라고 할 수 있다. 새싹 돋는 나무를 응시하는 시인은 자연이라는 거대한 '자궁 속의 어린아이'(「비에 젖은 나무들」)라는 자기규정을 통해 내적인 섭생을 취함으로써 삶의 질감을 두터이 하는 방편을 마련한다. '어린아이'라는 스스로에 대한 인지는 자연의 거대한 시간 운행에 관한 깨달음과 경외감을 전제로 하지 않고서는 얻기 어려운 것이다.

새싹 돋는 나무는 오랜 시간의 흐름에 깊숙한 뿌리를 드리우고 있으며 봄이라는 현재에 적응하여 새로운 눈뜸을 알린다. '흘러간 시간의 징표처럼 있는 저 나무'(「비에 젖은 나무들」)들은 새싹으로 인해 과거 시간을 딛고 끊임없는 갱신을 이룩할 수 있다. 자연이라는 웅숭깊은 모태 안에서 나무와 내적 교감을 함께하는 시인 또한 장구한 시간의 흐름이 이룩한 삶의 두터운 질감을 바탕으로 하여 새로운 자각과 갱신을 꿈꾼다.

'구물거리며 살아가는' 인간의 삶은 산이 증언하는 자연의 시간에 비해 보잘것없다. 시인은 '옛날 이 國望峰에 오른 선인'들이 이룩한 삶의 가치를 생각하며 보잘것없는 삶의 시간을 인지하고 깨달음의 순간을 기대한다. '발 딛지 못한 山頂의 어느 곳'(「이른 봄 國望峰에서」)은 인간 존재의 한계로 인해 도달하지 못하는 공간이자 옛 사람으로부터 오늘에 이르기까지 지속되어 온 시간의 내밀함이 감추어진 공간이다. 그 공간이 있음으로 해서 얄팍한 우리의 삶은 시간의 깊이를 얻고 세속적인 영리에 급급한 삶은 범접하기 어려운 척도가 자연의 한켠에 자리하고 있음을 깨닫게 된다.

자연의 시간이 영원의 끝에 닿아 있는 신비를 지닌 채 생명의 원초성을 지니고 있다면 인간의 노력과 자취가 함축되어 기나긴 시간을 견디고 현재와 과거를 이어 주는 시간의 또 다른 축적물은 서책, 특히 고서(古書)라고 말할 수 있다. 시인이 고서를 가까이 하고 선인의 자취를 따라가는 것은 단순한 교양인으로서의 태도에 머물지 않는다.

'눈과 더불어 편안한 山寺에 들어가' '홀로 寒山詩를 읽'고자 하는 바람은, 세간의 소음을 멀리하여 자연의 적막 속에서 내적인 고요를 얻고 그 고요 속에서 한산시라는 고서가 담고 있는 시간적 축적과 만나려는 의도를 드러낸다. 고요와 정밀(精密)의 시간은 세간의 소음을 떠나 멀리 가는 자만이 얻을 수 있는 것이다. 쉽사리 얻어지는 것이 아님에도 시인은 도시의 '휘황한 불빛 사이'(「겨울 寒山詩」)에서 적요한 공간에 대한 갈구를 포기하지 않는다.

'고목나무 깊은 산 속에 들어가 겨우살이 하는 벌레처럼' '나무구멍'에 자신의 자리를 만들고, 서책이 마련해 준 심원한 내면 공간과 만난다.

> 작은 글자들을 따라가
> 머나먼 산간 계곡의
> 싱그러운 바람 소리를 들었다.

돌 건물 한 모퉁이에서
모래알이 부스러지고
가끔 書冊에서 고개를 내민 글자들이

丁丁한 겨울 나무 속의
벌레처럼 꿈틀거릴 때
딱딱한 부리가 가슴을 쳤다.

햇살 푸르게 되살아나는
구정 연휴 첫날,
딱따구리는 어디에 숨어 있는가
흰 눈 머리에 함께 쓴 白雲과 道峰이
서로를 비추며 빙긋이 마주보고 서 있었다.

—「딱따구리는 어디에 숨어 있는가」 부분

고요의 시간을 얻기 위하여 찾아든 공간이 시정(市井)의 공간과 같을 리 없다. 흰 눈이 세상의 어지러운 발자취를 지워 번다한 흔적이 사라진 공간, 고적한 그 공간에서 만나는 것은 수많은 서적이 이룩한 삶의 풍부한 자취이다. 자신의 자리에 비유된 오래된 고목나무의 구멍이 말해 주듯, 시인의 고적한 자리는 새 것의 신선함보다는 시간의 곰삭은 질감이 둘러싸고 있다. 시인은 서책을 열어 시간의 풍화를 견디어 온 인간의 오랜 지혜와 만난다, '작은 글자'들이 열어 주는 '머나먼' 세계의 '싱그러운' 깨우침과 만나는 시인의 책 읽기는 편협한 일상의 시공간에서 보다 넓은 시공간으로 나아가는 하나의 통로인 셈이다. 마치 '겨우살이 하는 벌레'의 '나무구멍'과 같은 현재의 적요한 공간과 시간은 보다 심원한 세계를 만나려는 시인의 내면과 일치한다. 이러한 시인의 내면 공간은 서적의 해묵은 시간과 새해 첫날의 서설이 열어 주는 미래의 시간이 동시에 만나는 자리이다. 서책에서 눈을 들어 다시 새해 첫날의 서설을 보는 시인의 시선에는 풍부한 삶의 유적 가운데서 다져진 차갑고 명징한 내면의 충만함이 담겨 있다.

지상의 시간은 유한하다. 우리의 인식과 감각의 한계에서 말미암은 것이기도 할 터이지만 지상의 유한한 삶은 인간에게 언제나 탄식과 회한의 근거가 된다. 이 회한과 탄식을 넘어가기 위하여 시인은 산정을 올라 벼랑가에서 자라는 소나무의 삶을 응시하고 고적한 공간에서 선 인물들의 자취와 만난다. 이러한 삶에 대한 성찰은 세속의 잡답을 떨쳐 버리는 단호함과 내적인 긴장 없이는 불가능할 것이다. 번다한 삶의 '흙을 털며 구두끈을 조이는'(「여우 웃음」) 시인의 자세에는 안일하고 얄팍한 삶을 극복하려는 자세가 예비되어 있다. 일상의 유혹을 털어 버리듯 흙을 털고 신을 단단하게 신은 시인은 스스로의 발걸음을 다스림으로써 내면을 다스리고 지상과 산정이 하나로 연결된 산등성이를 오르며 삶의 결연한 의지를 다진다. 구두끈을 조이듯 팽팽하게 긴장된 내면의식이 바탕이 되지 않았더라면 옛 선인들로부터 오늘의 나에게 이르기까지의 시간 운행 가운데 자신의 자리를 자각하며 자연이라는 자궁 속의 어린아이라는, 다분히 미래로 열려진 자기규정을 통해 심성을 단련하여 삶의 지각을 더욱 튼실하게 하려는 시의 행보는 추진력을 얻지 못했을 것이다.